KB003015

ㄱ

ㄱ자 수놓는 이야기
김정환 장편소설
문학동네

차례

프롤로그

에우리디체

사랑은 회색이다. 이리 만신창이가 되어 살날 얼마 남지 않은 것을 스스로 아는 여자의 몸처럼 우스꽝스러운 게 또 있을까. 생명의 신비한 공포가 담겼던 내 몸이 비천했던 전생과 더 비천했던 그전 생의 생로병사를 이승에서 뒤집어쓴 듯, 헤벌어졌다. 내 몸 안 모든 것이 흘러나온 것 같다. 원래 내 몸 아니던 것도 몸 안에 있다가 흘러나온 것 같다. 몸이 그렇게 흘러나온 액체 같다. 어렴풋이 그게 악취의 뜻이었던 것 같다. 어렴풋이, 조신하고 엄정했던 조선 대갓집 마님의 넓은 안방과 자수방석도 영영 소용없어 보인다. 다행히 내게 사랑은 회색이었다. 이런 생이 총천연색이라면 그게 바로 지옥이겠지. 그는 아직 살아 있다. 내가 이렇게 살아 있으니 그건 분명하다. 그가 죽었다면 난 고문할 가치조차 없는 진물덩이에 지나지 않을 것. 이런 분명도 있는가. 가치가 이렇게도 생겨나는가. 운명의 끈은 이렇게도 이어진다.

회색인 사랑의 기억이 가까스로 액체 아닌 몸이게 하는 내 몸이, 아무래도 얼마 남지 않은 그 기억의 몸이 그에게로 이어질 수 있다면, 그게 죽음일 수 있다면. 그게 삶이라면 또한 지옥일 테니까. 겪었던 고통을 다시 겪고 내뿜었던 악취를 다시 내뿜어야 할 테니까. 지금은, 가혹하고 지독한 채, 과거인 그것을. 이제는 총천연색도 없이. 나여, 뒤돌아보지 마라.

오르페우스

정치는 그 안에 낭떠러지 죽음을 품고 있지. 여성의 정치라도 제 안의 낭떠러지 죽음을 끄집어내지 못할 것이다. 사랑이 오기 전에 그것을 알았지만 사랑이 온 후의 문제는 어떻게 품느냐라는 것을 나는 깨달았다. 왜냐하면 죽음을 품기로는 이 시대 국가보안법도 마찬가지고, 조선시대 당쟁과 간언도 마찬가지다. 그리고 사랑은 죽음을 다르게 품고 있었다. 하지만 이런 사랑, 이런 고통도 있는가. 지켜야 할 비밀을 지키기 위해 나는 고통받지만, 그녀는 무엇이 지켜야 할 비밀인지 모른다. 나를 지키기 위해서는커녕 나 때문에, 내 아내라는 이유로 고통받고 있다. 고문자가 뭘 불라는 말도 없이 무작정 패는 것은 그런 고문의 고통이 훨씬 더 크고 육신보다 더 먼저 정신을 굴복시키기 때문이다. 육신은 피투성이지만 지켜야 할 것을 지켜야 하기에 내 정신은 아직 온전하고, 지키고 있기에 내 자존은 아직 강성하다. 그러나 그녀의 자존은? 이런 온전, 이런 자존도 있는가. 그런 그녀 생각에 내 고통을 느낄 겨를이 없다. 이런 다행도 있는가. 이런 고통의 죽음도 있는가. 핏덩이로 돌아간 내 육신의 귀는 내가 태어났을 때 내 귀로 들어왔던 모든 음악을, 모든 지휘와 연주를 다시 듣고 있다. 아니 그것들이 다시 오고 있다. 그 모든 것이 다시 닫히려 한다는 뜻이다. 그게 죽음이고, 이렇게도 살다 갈 수 있다는 뜻이다. 삶과 죽음의 여닫이쯤 되는 지점에 나는 왔다. 그, 음악은 죽음 속으로 이어질 수 있을까. 아니면 더 가야 하는 것일까.

1, 여자

하긴. 이렇게는 결코 아니지만, 내가 액체가 되기를 갈망했던 적은 많다. 거의 사랑의 횟수만큼 많다. 그의 뜨거운 혀가 내 몸을 핥을 때마다 그가 내 온몸을 샅샅이 핥아 내 온몸이 솜털 소름 돋기 돋은 채 그 뜨거운 혀보다 더 뜨거운 채로 액체가 되고 그가 나를 남김없이 핥아버리기를 나는 바랐으므로. 섹스란 그가 내 몸 안으로 들어오는 것이고 그의 세상이 내 몸 안에 들어서는 것이고, 황홀은 내 몸을 한없이 가라앉는 듯 붕붕 뜨게 하다가 폭발, 서로가 서로를 보내게 만드는 것이지.

이것이 반복되면, 쾌감이 진해지지만, 그럴수록 쾌감은 먼저 사라져갔던 길을 더 지독하게 반복하는 것의 다른 이름 같다. 누추는 부끄러움을 줄인다. 섹스는 본디 누추한, 누추하게 만드는 행위 아닌가. 그도, 그의 세상도 누추했으므로 별로 없었던 부끄러움이 그나마 서너 번의 섹스로 사라졌다. 상대방의 육체에 대해 모든 것이 아깝고 소중하던 시간도, 생각도 사라졌다. 매우 이기적인 육체가 정신을 녹여

버리는 그것을 하나 되는 행위로 표현하려면 정말 총천연색이 필요하지. 최소한 그 점에서만큼은 동물이 인간보다 더 지혜롭다. 동물은 유난 떨지 않고 인내할 뿐이다. 그, 번식 장려를 위해 신이 마련한, 서로를 보내는 절정의 속임수를.

어떤 때 액체가 된 나의 몸을 또 어떤 때 그의 혀가 다 핥아버린다는 것은 나의 세계가 서서히, 점점 더 그의 세계로 스며드는 느낌, 아니 내가 나의 세계로 되는 느낌이었다. 그 안에서 그의 친가와 외가 식구 들이, 청상으로 시든 무뚝뚝한 시어머니와 비린내 아직 요란한 시누이들이, 허접스레 화사한 구민회관 결혼식과 꾀죄죄한 죽음의 장례식이, 새까맣고 거칠고 앙상한 상경 하객 문상객 들이, 그 복잡한 촌수와 항렬과 절차 들이, 촉촉한 회색으로 거듭났다. 그때 나는 여자도 남자도 아니었다. 그들이 뚜벅뚜벅 나의 살림 속으로 들어왔을 뿐. 한없이 흩어지면서 생생한 몸. 다 흩어지고 나면 더 생생한 몸. 그때 시간은 새로운 시간의 살을 섞으며 이어진다. 나는 그 시간이었고, 그게 보였다.

가로등빛 환한 저기로 가서 내게 입 맞춰줘…… 어두컴컴한 골목길을 다소 틈탄 그의 구애를 받아들이며 나는 그렇게 말했다. 여자가 먼저 그렇게 말하는 행동이 아직은 의외였을 때니까, 그리고 꽤나 수줍음을 탔을 나이니까, 막연하든 확실하든 사랑 감정이라기보다는, 어렴풋이 느껴지는 어떤 어둠의 운명을 그에게서 덜어주고 싶은 모성본능이 작용했던 것 같다. 물론 그때는 그가 지하당원 되기 전이고, 그는 결코 나를 꼬드기려 했던 것이 아니었지만, 어둠의 운명은 그때 시대의 표상이었다.

그가 지하당원이 된 것을 전혀 몰랐다고 내가 말한다면 완전 정말은 아닐 것이다. 물론 그는 스스로 완벽한 전사이고자 했다. 아내에게조차 신분을 밝히면 안 되는 지하당원 수칙을 당연시했다. 이런저런 민주화 집회에 나를 데리고 참가했단들, 그게 더 절묘한 위장이었다. 몹시 더운 날 아이스바를 빨며 분신 열사 장례행진에 참가했다가 엄숙주의자들의 핀잔을 산 것은 더더욱. 하지만 그는 아내를 사랑했고, '동지애는 모든 사랑에 우선한다'는 수칙은 낯설었다. 이룩된 것을 저질러진 것으로 간주하라는 명령처럼.

이런저런 집안 대소사에 그가 데려오는 선배나 친구 혹은 후배 들은 한두 군데씩 뭔가 어긋난 데가 있었다. 이름은 가명 냄새를 풍겼다. 혁명의 '혁'자나 노동의 '노'자나 선구의 '선'자가 자연스럽지 않은 자리에 들어섰다. 그런 이름들은 서울 변두리나 농촌보다 더 촌스러워 보이는 동네 이름 냄새를 풍긴다. 학력과 직업이 어울리지 않는다. 어색하게 게으르거나 서툴게 민첩하다. 전공은 다른 차원에 있다는 듯이. 이 모든 것이 모처럼, 일부러 모인 조촐한 출판기념회는 자녀들로, 발랄하지 않고 을씨년스럽다. 정년퇴임식은 물론 꽤나 흥겨운 공연조차, 뒤풀이는 개마고원에서 할 것 같다. 그 희귀한, 외국 여행 냄새를 풍겼다. 미세하지만 꽤나 수상하게. 몇몇은 몇몇의 과거에 대해 입을 다물었다. 과도하게. 부역, 전향, 보안, 자격정지, 그런 말들이 글자 없이, 그래서 더욱 연기를 피우며, 감돌고 떠돌다가, 다시 감돌았다. 생이 기각되고, 빠져나올 수 없을 것 같은 분위기. 위축된 파란만장. 상경 하객들보다 더 완강한, 농부 행세. 늙은 교수는 남한치고 과도하게 늙은 것 같았다. 그래, 남한이라는 말. 단순한 지리 명칭이지만 느닷없이 정치화하면서 뉘앙스가 과도하게 협소해지는. 전라도니, 광주니, 경상북도니, 대구니, 그런 명칭도, 지방이라는 말을 삽시간에 같은 처지로, 아니 휘하로 전락시키는. 상경이란 말과 정반대 어감의. 그러고 보니 어딘가 닮은, 꺼칠한 말투. 꺼칠한 낭만주의. 그 자체 순진하지만 늙수그레한 나이를 생각하면 징그럽고, 소름 끼치는. 그보다 더 늙수그레한 것은 인쇄기름 냄새였다. 조간신문처럼 상큼하기는커녕 인습보다 더 낡은, 약하지만 모이면 공동체 모양을 틀 짓던 그 냄새. 군대 냄새를 너무 마구 지워버린 군 출신. 선생 냄새를 너무 고스란히 간직하고 있는 교사 출신.

내가 무슨 억하심정으로 이러는 건지. 결정적인 것은 그의 태도였는데. 내가 시시콜콜 이상한 것을 꼭 집어 물어보지 않고 오히려 이상하다는 내색을 애써 안 드러내려는 쪽이었건만 그는 내게 말 못 하는 괴로움을 지우지 못했다. 미안해. 그의 사랑 행위에 죄책감이 스며들었다. 미안해.

내 몸 도처에서 주저하는, 아니 처음부터 부분적이고 우연적인 핥음. 그런 식으로 사랑은 식지 않는다, 그러므로 병들기 시작한다. 내게 내밀히, 그의 행동거지는 슬픔과 기쁨, 그리고 고독까지, 고대 그리스 비극 주인공을 닮아갔다. 내밀히, 나는 깜짝깜짝 놀라곤 했다. 그가 피투성이 외모가 아닌 것에.

양차세계대전 이후 비극을 일상으로 겪으면서도 도무지 지리멸렬하게 안이한 그 현대를 고대 그리스 비극 주인공들이 감당할 수 있을까. 아니 그들이 이런 사태를 도무지 이해나 할까? 용서는커녕 스스로 분노인지도 모르면서 마냥 길길이 뛰지 않을까, 비극적인 희망을 품고 비극적으로 절망할 수 없는, 육박해들어갈 수 없는 것에? 주인공, 등장인물은 없고 연출자와 배우만 있는 것에?

왜냐하면, 무대 밖으로 나온 등장인물이 등장인물인 채로 만나는, 무대 밖 연출자와 배우와 극작가와 기획자, 극장주와 관객 들의 세상이 바로 현대다. 등산하고 독서하고 여행하고 추억하고 찬탄하고 부러워하고 연민하고 분노와 자괴를 섞는, 개중 일부는 헌책방 순례도 하는, 그러나 무대 밖으로 나온 등장인물에 대해서는 아무도 관심이 없는, 아니 알아보지도 못하는 세상이. 어머니와 여동생, 가까운 친척과 동네 친구와 동기 동창 들 말고 그를 아는 모든 사람들 눈이 휘둥그레진다. TV에 나온 저 사람이 내가 알던 그 사람 맞나? 나중에는 동기 동창 동네 친구도, 그리고 가까운 친척도, 그리고 여동생 들도, 그리고 어머니도 눈이 휘둥그레진다. 저 친구가 정말 내 친구, 저 친척이 정말 내 친척, 저 오빠가 정말 내 오빠, 저 애가 정말 내 애 맞나? 그것은 TV에 나온 잘나가는 연예인을 보고 하는 말과 방향 차이가 없다. 고통은, 특히 혈육으로 인한 그것은 무지막지하게 큰 바로 그만큼 무책임하니까. 저게 내 아들, 맞나? 어미라는 말, 무산된다. 저게 내 오빠, 맞나? 오라비라는 말, 무산된다. 내가 평소 그를 감 잡았던 것, 내가 아내로 여기 끌려와 있는 것, 그래서 저게 내 남편인가, 라고 말하지 않게 된 것, 다행인가? 어떻게 이런 다행이 있는가. 등잔 밑은 과연 어둡지만, 그 어둠은 소외된 어둠이 아니라, 등잔 빛을 고요화한, 빛보다 더 무르익은 어둠이지.

그가 그렇게 얘기했을 때 나는 그의 소망이 그 정도로만 이루어질 수 있기를 바랐다. 말이 공간을 만들고 생각이 시간을 만든다. 아기자기하고 촘촘한 채로 내용보다 더 튼튼한 일상의 형식은 나날이 생산된다. 나는 어디에 있는가라는 질문이 떠오르지 않기를 나는 바랐다. 입장이 바뀌지 않기를. 왜냐하면 삶은 연극이 아니고, 피투성이 상처로 거룩한 죽음에 감동하기를 바라는 일이 아니다.

하지만 참으로 점잖던 그가 입장을 이렇게 바꾸어놓았다. 야만적인 그리스는 피투성이 현대가, 현대는 품위로 더욱 비극적인 그리스가 되었다. 다행인가. 이게 다행인가. 나는 살아 있는 것과 거룩한 죽음에 모두 크게 감동할 자격을 얻었다. 이유도 모르고 세상이 슬피 우는 소리가 내 액체의 귀에 젖어든다. 이승에 대해서는 너무 늦은 이 제사. 아니 저건, 벌써, 저승이 슬피 우는 건가, 내 몸에 젖어들며 내 육체를 가까스로 아직 육체이게 하는 저 울음은? 여보, 여보……

한 번도 불러본 적 없는 호칭. 그가 나를 부르는 소리, 아니면 액체인 내가 그를 향하는 소리? 여보, 여보…… 잇는 소리. 이어지는 소리. 비명일지도, 단말마일지도 모를 저 소리. 그가 그렇게나 좋아하던 음악을 닮은, 합쳐진 그의 몸과 내 몸이 음악을 닮으며 저승으로 이어질 것 같은 저 소리.

2. 남자

옆방에 비명소리 끊기고, 거적 끌리는 소리 나고 철문 쿵 닫혔다. 죽음은 이리도 당연하구나. 그는 내 윗선이고, 지도였다. 발께가 새삼 쑤신다. 그는 내 발이었다. 발은 위대하다. 우리들의 인생은 탐험이고 탐험은 발의 본성으로 육체가 정신의 두려움을 이기는 세계니까. 죽음을 당연한 일로 깨닫고 동료 시신을 매장하고 예를 표하던 첫 네안데르탈인처럼 나는 고독하다.

유럽의 원래 주인으로 다뉴브 강 유역 호모사피엔스한테 완강하게 저항했으나 이탈리아와 남프랑스까지 밀리고, 그곳에 도구산업을 일으키며 일만 년 이상 버티다가 일만 년 전 지구상에서 사라진 네안데르탈 족의 마지막 생존자도 최초로 죽음을 당연시한 자만큼 외롭지는 않았으리라.

그는 동족 최초로 지구상 영상 온도를 누렸고, 자신의 죽음이 동족 최후의 죽음인 것을 알지 못했으므로. 고독은 당연한 죽음을 지켜보는 자의 몫. 고통은 혹독한 고문으로 숨이 끊긴 자의 주검을 지켜보는 자의 몫. 모가지가 끊겨 길길이 뛰는 것은 죽은 자의, 이제 비로소 공개적으로 혁혁한 이력의 몫. 그의 동거녀가 너무 앳되고, 그런 채로, 표정에는 세월의 더께가 껍질처럼 앉았고, 무척 순종적으로 보여 안쓰러웠던 것 말고는 하자가 별로 없는 이력. 묶인 발을 다시 잃고 나는 잠시 비현실적이다. 합쳤다가 분리된 자음과 모음 사이처럼. 귀에 익어서 분리될 수 없는 노래, 작곡과 가사의 분리처럼.

분명 나도 곧 갈 것이지만 그 사실이 슬픔을 완화하는 것은 아니다. 나는 아직 살아 있는 자 아니라, 아직 살아남은 자. 죽음이 가까이 다가올수록 의식이 희미해질수록, 남은 의식은 사랑하는 아내를 둔 남편이고 부모 슬하 자식이고 동생들 오빠고, 누구와 친하다는 사실이 사실은 얼마나 슬픈 것인가, 그 점만을 의식하는 의식이기에 그것은 더욱 그렇다. 아내여, 죽음이 우리를 가를 것이 분명하건만, 그럴수록 더 격렬해지는 이 사랑은 얼마나 잔인한가. 그 슬픔만이 나를 다시 글자이게 하고 노래이게 한다면 그건 얼마나 더 잔인한가, 파란만장할 겨를도 없이?

학사주점 내부는 퀴퀴하고 맥주, 막걸리와, 생선 매운탕, 빈대떡 따위 퓨전이 어설펐지만, 착한 너는 다소곳이 학사주점 내부를 닮아가는 중이었는데도, 너로 하여 이국의 빛을 머금었다. 내 느낌에 너는 내가 끝까지 파헤치고 싶었던 세계, 미세한 오색이 정말 파란만장한 중세 카탈루냐 세계지도 속에 들어앉은 아라비아인 같았지.

여자는 사랑을 나누기 위해서라도, 그리고 애를 낳기 위해서라도 끊임없이 균열하는 존재 같아. 너는 그랬고 나는 화들짝 놀라 그 균열의 지도를 결코 벗어나고 싶지 않았다. 인사불성으로 취했을 때 말고는. 그리고 과연 그럴 때면 허리 아래가 난데없이 허전하더니 시커먼 아스팔트가 벌떡 일어나 내 얼굴을 갈겼지. 일어서면 또다시 허리 아래가 허하고 아스팔트가 벌떡 일어나고, 얼굴을 시커멓게 갈기고. 그건 술이 아니라 네가 없어진 세상의 비유였는지 모른다.

너를 만나 사랑하고 결혼하고, 아이는 생기지 않았지만 잠시 술 담배 끊고 지도 속 아라비아인의 행복을 누리던 나를 깜짝깜짝 놀래킨 것은 까르르 웃는 네 웃음의, 가장 가볍고 청아한 그 소리의 균열이었다. 바깥세상은 불길해. 그렇게 속삭이던 시간이 다했다. 바깥세상이 불길해. 그렇게 말해야만 하는 시간이 왔다. 뭔가 균열을 막아야겠다는 생각으로 나는 네 균열의 지도를 벗어났지만, 균열이 조직을 부른 것은 아니다. 조직은 우연히 왔다. 후회는 없지만, 죽은 그와 산 너로 하여, 지금 내 허리 아래는 두 겹으로 비현실적이다.

처음 듣는 대남 방송은 귀를 통해 내 몸의 모든 실핏줄을 낯선 전선줄로 다시 까는 느낌이었지만, 아니 느낌이었기에, 그리고 지금 이곳이 불길했기에, 그 수상한 어투와 수상한 내용은 곧 익숙해지고, 스릴과 서스펜스만 남았다. 지상낙원이란 말이 사실 꽤나 수상해야 신빙성 있는 실체가 되는 말 아니던가. 공산주의사회가 그랬다. 몇 안 되는 조직 윗선들이 그전 남한지하당사건, 혹은 대규모 파업이나 시위에 연루된 전력의 소유자였기에 조직의 역사적 계보와 내적 위계가 내 안에 또한 핏줄로 들어섰다. 그건 실핏줄 아니라 동맥 순환도에 가까웠달까. 윗선의 윗선의 윗선은 필경 사형당한 이들이기에 더욱. 그 와중, 학벌이 평균 이하고 나이가 평균 이상이던 나의 머쓱함은 씻긴 듯 사라졌고, 그렇게 드러난, 진짜 노동자 출신에 나보다 나이가 더 많은 전사들 셋이 정말 물적 토대로 느껴졌다.

셋이 적은가? 일망타진된 우리 모두 합쳐 삼십 명 남짓이었다. 그게 적은가? 국가보안법은 구성원 일곱 이상의 반국가단체를 구성, 활동할 경우 사형에 처할 수 있다는 법이었다. 소름 끼치기 이전에 황당한 법이었지만 역설적으로, 물론 수상하게, 구성원의 자부심을 높여주는 데가 있었다.

죽음을 각오해도 좋을 만큼, 그리고 죽음을 각오한 유능한 활동가 열 명이면 정말 국가 전복이 가능하다. '신약' 등장인물 수는 그보다 더 적을 터. 대중은 '구약' 속에 있었다. 열두 사도들이 지금 되살아온다면 자신들의 기독교가 서방을 정신적으로 또 물질적으로 지배하고 있는 것에 대해 우리 비슷한 당혹의 자부심을 느낄 터. 살아생전 그들이 정말 예수를 하나님의 아들로 믿었더라도 마찬가지다. 그들의 세계는 그들만의 세계였으니까. 믿음 자체를 믿었던 베드로와 달리 제도를 통한 믿음 전파를 믿었던 바오로도, 보이고 들리는 세계만 알았고 그 세계는 아주 좁았고 바오로의 세계는 그 좁은 세계 속 아주 좁은 교회 건물 속에 국한된 것이었다.

우리는 더군다나 북의 수령과 연결되고 보고는 하되, 독자적으로 행동하는, 조금 더 나아가 '수령'을 모종의 족쇄로 느끼는, 남한 최초 자생적 마르크스주의자 집단이었다. 규율은 엄격했지만 우리는 민주조직이었다. 추종이라니. 평전사들은 그런 말을 윗선들 앞에서 거리낌 없이 내뱉었고 윗선들은 그 말을 자신의 권위에 대한 도전 혹은 규율 위반과 혼동하지 않았다. 나는 빨갱이는 물론, 공산당이나 공산주의자라는 말보다 사회주의자라는 단어를 더, 그리고 그보다는 마르크스주의자라는 호칭을 더 좋아한다. 반공교육 때문 아니라, 그게 덜 종교적으로, 더 국제적으로, 더 멀쩡하게 들리니까. 지상낙원이 북과 동일시되는 정황에서 '국제'는, 거꾸로, 바오로의 대중화, 제도화, 혹은 국제화에 끝까지 저항했던 베드로 순혈주의를 닮은 그것이기도 했다. 정신의 숨통을 틔워주기 위한 불가피한 개인주의이기도 했고.

우리가 모두 죽는단들 우리가 벌인 일이 수포로 돌아갈 것 같지는 않다. 다만, 지금 떠오르건대, 고등학생 때 빽판과 사뭇 다른 느낌의 라이선스 노란색 표지 제목 'Ten Famous Baritones'의 검은 엘피판이 내던 그 황금의 목소리를 정말 황금으로 느끼던 나 못지않게 1905년 혁명 실패 후 레닌이 다시 망명을 택하고 『유물론과 경험비판론』 집필에 몰두한 것은 사치처럼 보인다.

유물론의 실체인 대중들에게 유물론의 논리를 가르치는 일이 뭐 그리 급했을까. 지도는 발의 일이고, 지도가 불가능한 처지에 이를 때 발은 세상의 어수룩한 데를 온전케 하고 빈자리를 메운다. 이른바 땜통이지. 재단과 왜곡의 위험이 상존하는 논리 작업에 매달리지는 않는다.

더군다나 울화에 물들기 쉬운 망명 시절에는 발의 틀이어야 할 이론이 발가락을 잘라버릴 수도 있다. 현실의 소수를 다수파, 볼셰비키로 명명한 것, 하여 볼셰비키가 볼셰비키가 아니게 된 것, 하여 대중이므로 의당 볼셰비키였던 대중 대다수가 레닌 살아생전 내내, 그리고 레닌 사후 영영 멘셰비키로 남게 된 것이 그런 것 아닐까. 나는 포섭된 게 아니다. 발을 얻게 된 거였다.

그러나 조직은 제도다. 성경에는 사도들 사이 대화가 없다. 기적과 감동이 그것을 대신한다. 조직에는 감동과 기적이 없다. 고통이 있을 뿐. 조직은 가장 강력한 제도다. 기적과 감동이 없으므로 이견이 있으나, 대화는 발로 하여금 말하게 하고 논리적이게 한다. 강해질수록 조직은 타도 및 대체 대상인 정권보다 구조가 더 단순명쾌해진다. 즉, 가장 못난 이론이 된다.

강철 조직은 발의 틀에서 더 나아가 결과여야 했던 것 아닐까? 결과를 원인으로 마련하려는 노력의 결과라면 조직이란 게 도대체 잘될 수가 있는 물건이었을까? 생물체 조직의 자체 논리는, 그러므로 일망타진될 그날까지 갈밖에 없는 것 아니었을까? 일망타진'된' 것이야말로 조직하는 우리가 알게 모르게, 우리도 모르던 우리 마음속 깊이 '목적'했던 것 아니었을까? 그게 종교를 극복하는 유일한 의미 행위라는 것을 알고 우리는 조직하거나 조직에 가담했던 것 아니었을까? 오인된 원인을 부정적으로나마 다시 결과화하려는 안간힘이 바로 조직이었다면, 그게 사실이라면, 위로가 될까? 이런 선구도 있는가? 우리의 억울한(?), 의로운(?) 죽음이 훗날 아무 연관도 없는 사람들한테까지 위로가 된다면, 되기를 바란다면, 자기기만일까. 아니 사치일까? 아내와 내겐 이제 고통만 남았고 고통만 소중하다. 미안. 정말 미안.

3, 여자

육체를 망가뜨렸고, 망가뜨리지만, 고문 또한 가까스로 육체를 육체이게 하고, 까무러쳤다 깨어날망정, 의식을 의식이게 한다. 손톱 뽑는 고문은 길다. 그동안 내 온몸이 뽑히는 손톱 그 자체고 마침내 뽑히고 나면 빠진 자리가 내 온몸이다. 익사의 물고문은 지리하고, 그동안 온몸은 콧구멍을 통해 물 아닌 것이 되려고 발버둥친다. 고문이 끝나면 파김치 된 육신이 자신의 물침대 육신을, 저주할 힘조차 없으므로, 낯설어한다. 전기고문은 짧다. 죽음의 방문이 백지장을 남기면 나는 아직 살아 있다. 시간의 극미세가 공간이고 죽음이고, 죽음의 색은 하얗다는 것이 백지장의 전언이다.

그리고, 전기고문과 전기고문 사이는 손톱 뽑는 고문보다, 물고문보다 더 길고 더 고통스럽다. 온몸은 공포에 젖어 전압을 맞아들인다. 구타는, 대개 집단구타일망정, 오히려 공정하지. 여러 개 각목이 몸을 으깰 듯 때려서 정말 으깨버리니까. 적어도 거짓은 없다.

쓸데없는 소리, 라고 말리기도 전에 쓸데없는 질문이 저 혼자 떠오른다.

여기가, 이게 아우슈비츠보다 더 나은가. 죽음에 이르는 더 짧은 시간이 온갖 고문으로 더 길어지는 것이 더 나은가. 그사이 휴식은 수용소 유태인들의 며칠, 몇 주, 몇 달, 몇 년에 걸쳐 이어지는, 혹은 방랑하는 유태인들의 수천 년에 걸쳐 이어지는, 예정된 죽음을 향한 행렬보다 더 나은가. 기적적인 구출과 기적적인 생환의 감격마저 포기한 것이 더 나은가.

미쳤나. 힘없는 농담도 툭 튀어나온다. 당신. 시대의 아픔이란 말 너무 자주 한 거 아냐? 위장도 좋지만 복덕방은 너무했던 거 아냐? 우리나라 지하당 너무 난립했던 거 아냐? 그게 사문난적 아니냐고. 수험생들이 그거 외우기 싫다고 통일을 정하는 국민투표 때 반대 몰표 던지는 거 아냐?

다행히, 아니 아쉽게도, 그는 쫑알쫑알대는 내 농담까지 짐작은 못하겠구나. 고통이 소통되는 희망은 농담이 소통되는 희망보다 더 나은가. 너무 뒤늦은 고통은 견딜 수 없는 희극이고, 그것을 견디려면 농담이 필요하지 않은가. 아니, 자연사 앞에서 가장 위대한 것은 농담 아닌가.

당신. 나의 지금 상태가 소통을 간절히 희망하고 뼈저리게 절망하고 농담을 섞는 이런 상태가 내게는 딱히 지금 아니라도, 당신이 나와 마주 앉아 있더라도, 결국은 이상적인 대화법이었을 거라는 생각이 엄습한다. 결핍이 있는 그 대화법이야말로 시적인 거겠지. 그것 아니면 내가 어떻게 느끼겠는가, 단 하나인 당신을 단 하나의 당신으로, 감격스러운 기적으로?

당신 농담은 늘 어색했다. 그놈의 주의 때문에. 집 근처 대중음식점에서 갈비를 구우며 내가 어제 참 좋았다고 그랬지. 당신은 뭐랬나? 신화에서 그리고 군대에서 섹스는 스트레스고 콤플렉스라고? 신데렐라의 발이 너무 커서 불만인 자, 백설공주의 일곱 남자 그것이 너무 커서 불만인 자, 그랬더니 당신은 뭐? 식민지를 겪은 백성이라 큰 것 콤플렉스가 심한 거라고?

전사가 된 후 당신은 우리 사이 모종의 주도권을 내게 넘겨주었다. 그것을 겉으로 흔쾌하게 속으로 서글프게 받아들였으니 내 농담도 가여운 데가 없지 않았겠다. 하지만 뭐? 조세형을 보면 과연 대도무문이군 했더니, 조세형은 세금을 내는 형벌이라고? 개과천선하고 전도사 되고 결혼하여 여성지에 대서특필되더니 하필 일본 가서 도둑질, 그것도 좀도둑질하다 일본 순사한테 잡히다니 여성을 책임지지 않는 여성지, 철 지나 더욱 극성스런 민족주의, 부활하여 너무 오래 사신 예수님 모두 줄초상 신세, 뭐? 모두들 세계화가 헷갈려서 그렇다고?

손님이 불고 숯불에 소갈비 뼈 타는 냄새가 풍겼다. 가위로 최대한 잘라내도 벼랑 끝인 듯 뼈에 붙어 있는 얇은 살점 그 냄새가 최고였지, 훨씬 더 가난했던 시절 그 타는 냄새 탄 맛이 갈비 맛의 최고고 백미고 최후였다. 지금, 누구 뼈가 타고 있는 거지? TV 뉴스 화면이 바뀌어 의학전문기자가 광우병 문제를 조명하려는 참이었고, 화면 아래로 띠 글자가 흘러갔다. 음식물 사료 국내 소, 광우병 확률 거의 없다. 대학교수, 의사, 수의사 등 열다섯 명의 전문가로 구성된 가축방역중앙협의회 발표…… 내가 갈비를 뜯으며 말했지. 거의 없다니 난 그냥 먹는다 치고, 거의 없다 확률 곱하기 대한민국 국민 사천 오백만

이면, 몇 명이지? 무슨 소린지 헷갈리네, 당신은 갈비 씹기를 멈추고, 저자들이야말로 벌써 광우병 걸린 거 아냐? 그렇게 말했는데 그때 벌써 당신은, 광우병 때문이 아니라, '대한민국'이란 용어에 놀란 것 같았다.

오늘은 고문 안 하나? 이런 기다림도 있는가. 나는 살아서 죽음의 입으로 웃고 있는가. 그러나 당신. 내가 그날을 기억하는 것은 가장 행복했던 시간이었기 때문이다. 우리는 모처럼 외식을 했고 일부러 비싼 돈 주고 갈비를 시켰고, 실컷 뜯었다. 그후 당신은, 표내지 않으려고 무척 애썼지만, 며칠씩 집에 안 들어오는 일을 피할 수 없었다. 간간이 들어올 때마다 당신이 처한 상황을 숨기려는 노력이 더이상 소용없다는 것을 당신도 알았다. 나는 여전히 캐묻지 않았지만, 그런 태도가 이제 당신을 더 확신시켰을 것이다. 내가 눈치채고 있다는 것을 당신은 알았다. 당신이 별말 없었으므로 더욱 당신이 알고 있다는 것을 나는 알았다.

하지만 불과 몇 달 전 그때가 너무도 멀게 느껴진다. 그런 식으로 공범이 되는 게 결코 싫지 않았던 그때가. 지금, 필름이 끊긴다는 말, 얼마나 적절한지. 지금, 오늘도 무사하라는 말, 얼마나 그리운지. 열려라 참깨! 시간은 길이 아니고 문이다. 울컥 울음마다 한 번씩 열리는. 그때마다 당신이 없는.

부모를 일찍 여의고 내 두 여동생은 생활전선에 나선 나만큼 세상에 열리지 못했다. 언제 무너질지 모르는 내 등뒤에서 둘째는 오들오들 떨며 몸을 사렸고 셋째는 둘째를 그대로 따라 하느라 더 심했지. 당신은 셋째를 처음 보고 꾸냥姑娘같이 아름답다 했지만, 정말 꾸냥이었다면, 마음 상태는 19세기 꾸냥이었을 것이다.

그애가 당신을 따랐다. 과도하게. 그리고 그애답게 끙끙 앓다가 그애답게, 당신을 없어졌다 다시 나타난 아버지라고 생각하는 쪽으로 기울었다. 당신을 의심하진 않지만 나는 지금 그애의 상심이 나보다 크고, 나보다 더 근본적일까봐 두렵다. 둘째는 어쩔 수 없이 나처럼 세상을 향해 열렸을까?

내 액체 몸이 제 몸의 단맛을 느낀다. 체리 단맛. 수박 단맛. 그래. 내가 당신과 누리던 행복을 다시 꺼내 먹듯 귀하게, 아기자기하게, 풍성하게 한 알갱이씩 혀에 녹여 먹던, 밥풀보다 더 크고 콩알보다 더 작은 젤리벨리. 큰 병에 수북이 알알이 담겨 새콤달콤한 맛이 알콩달콩한 색을 능가하는지, 거꾸로인지 분간 못 하게 하던 그 젤리벨리 맛이고, 색이다.

몸은 일순 황홀하다. 공식 맛만 마흔 가지. 그러니까 색깔 무늬도 마흔 가지. 그 모든 맛과 맛의 이름을 나는 외웠었다. 지금은 내 몸이 내 몸에서 내 몸으로 기억한다. 블루베리 맛, 풍선껌 맛, 버터 바른 팝콘 맛…… 내 몸은 마흔 가지 맛과 색이 한데 섞여 육체는 맛과 색으로 이루어진 액체라며 출렁인다. 참외 맛, 카푸치노 맛, 샴페인 펀치 맛, 맛은 색이고 색은 맛이다. 초콜릿푸딩 맛, 계피 맛, 그리고…… 아직도 생각나는 게 신기하다가, 계속 생각해내지 않으면 내 몸이 사라지고 의식만 스스로 의식인지도 모른 채 남아버릴 것 같다. 코코넛 맛, 솜사탕 맛, A&W 크림소다, 으깬 파인애플, 포도젤리……

이런 행복도 있는가. 끊어버리려 해도 끊이지 않고 이어진다, 맛들이, 색들이, 이름들이 의식 너머로 흘러간다. 그래야 행복한 액체 육체라는 듯이.

당신. 나는 그런 행복의 요를 깔고 그런 행복의 이불을 잠든 당신 몸에 덮어주고 싶었다. 들어오지 않는 날수가 늘어날수록 더욱. 딸기 치즈케이크, 딸기 다이키리, 탄제린, 구운 마시멜로. 바나나, 과일아이스크림, 바로 그 체리, 수박 맛. 공식 맛은 그렇게 끝난다. 중간은? 나도 모르게 제대로 이어진 건가, 아니면? 허리도 아닌 허리께가 휑하니 빈다. 춥다. 빈자리 당신, 끊어진 내 몸, 춥다. 오늘은 정말 고문 안 할라나? 아무리 고문을 해도 나올 것이 없다는 걸 알면서 하는 고문은 또 얼마나 지겨울 것인가. 이런 연대도 있는가.

빼앗긴 들에도 봄은 오는가. 그게 질문이었나, 감탄이었나? 궁녀가 옥새를 치마 속에 숨기다 결국 들통나서 한일합방이 이루어지는 영화로 근대는 시작된다. 당신은 애국지사와 매국노밖에 없는, 해외파 사대주의자와 국내파 민족주의자밖에 없는. 지조파와 변절자밖에 없는, 원칙주의자와 기회주의자밖에 없는, 친미와 반미, 친일과 반일밖에 없는, 구한말 유림 이래 논객과 언론밖에 없는 우리나라에서 비판적 지성이란 애당초 불가능하다고 보았기에 전사가 된 것인지.

그랬다면 당신은 아직 민족주의를 벗지 못했다. 민족은 더욱 모르고, 민중은 더더욱 모르지. 그보다는 제국과 민족 사이 틈이 더 중요하고 적극과 소극의 구분이 더 중요하다. 수난과 고통의 부조리가 더 중요하다. 임경업과 김구, 그리고 당신이 말했던 그 전태일의, 적극적인 비극 혹은 자살이 부조리를 뛰어넘는다. 그리고, 번역이 중요하다.

4. 남자

약간의 세월이 묻어나는 약간의 표독이 아름다움을 오히려 배가하는 게 그녀의 매력 포인트였다. 국문과 출신이라 했고 그 나이에 의외로 전태일을 모른다 했다. 그리고 말했다. 무를 여러 토막으로 자르듯. 제가 아는 시인 소설가는, 윤동주 물론 아실 테고, 백석과 이상도 물론. 김수영도 물론이겠고, 으음, 박태원은 아실라나……

그리고 내 대답도 듣지 않고 발딱 일어나 가버릴 줄 알았는데, 대답을 들을 생각도 안 한 것은 맞지만, 발딱 일어나 가버리지는 않았던 것이다. 그때 나는 자유한 영혼이었고 민주화 운동권이었고, 입이 가벼운 편이었다. 물론 조직 가입 전이었다. 이렇게 말해버렸으니, 난 위장에 실패했다는 걸 매우 뼈아프게 시인해버린 셈이 된다. 어쨌거나. 그게 이제 와서 뭐가 중요한가. 조직 이후가 조직 이전의 의미를 좀더 새롭게, 좀더 의미심장하게 해주기를 바라는 것이, 죽음을 앞둔 자의 나약한 감상, 혹은 이기심으로 비치지 않기를, 아니 실제로 그게 아니기를 바랄 뿐이다, 나는.

동요 〈오빠생각〉 참 슬프잖아요? 그 배후가 KAPF인 거 아세요? 윤극영 동요 〈반달〉도 그렇고. 고운봉이 부른 〈선창〉 작사자가 KAPF 맹원으로 월북, 조선민주주의인민공화국 고위직을 거친 조명암이고, 작곡가 김해송도 월북설이 있다는 건 근래 화제니 잘 아실 테고…… 가사를 자세히 살펴보면 얼마나 많은 나라들이 혁명의 피로 물들어 있는지 알아? 우리나라 애국가가 오히려 안 멀쩡한 거라구. 당연하지. 혁명을 겪은 적이 없으니까. 반면 〈가거라 삼팔선〉은 탁월한 선전선동 예술창작 사례라 해야겠지. 단 며칠 만에 만들었지만, 지금도 명곡 아닌가. 그건 운동권이 배워야 해. 젠장, 민중의 참사가 노래의 참사를 부르는 판이니.

거기까지였다. 존댓말이 반말로 바뀐 것은 그녀도 마찬가지. '글쎄요'였던 답변이 '글쎄'로 바뀌었다. 뭐, 이론에 있어서는 내가 묻고 내가 설명해주는 분위기였을 때니까.

하지만 갈수록 이론, 그것도 갈수록 낡고 뒤늦기로 작정한 이론에서만. 그녀는 갈수록 생명 자체의 약동으로서 물고기였다. 어떻게 그, 세상물정에 빠삭한 여자가, 갈수록 육감적이면서도 갈수록 제 나이 삼십대에 걸맞은 지성 혹은 연륜 혹은 품위를 흩뜨리기는커녕, 완벽화할 수 있단 말인가. 어떻게 생물이란 단어가 하루아침에 세상의 모든 매력을 발산하고 있을 수 있단 말인가!

나는 기꺼이 탐닉했지만, 그리고 불안하여 그녀 밖으로 나왔지만, 내가 목숨 걸고 붙잡게 될 깃발은 결국 과거 처형당한 주검의 피 묻은 옷으로 지은 깃발이었다.

이런 복수, 이런 정의가 있는가. 아무리 어려운 과거의 아무리 영웅적인 죽음이라도, 아무리 잔혹한 과거의 아무리 숭고한 죽음이라도, 과거의 죽음은 깃발로 내세울 수 없다. 피 묻은 과거의 죽음은 명예의 전당에 기록될 일이지 깃발로 내세울 일이 아니다.

왜냐하면 깃발은 미래를 위한 것이고 향한 것이다. 과거의 피 묻은 죽음의 깃발은 미래에 과거와 죽음의 형상을 들씌우고 피칠갑하고, 더 어이없게도 그것은 과거와 죽음과 피의 예찬이 아니라, 희화화고 모독이다. 싸우고 건설하다 죽기를 각오했으므로, 그리고 그 싸움과 건설의 의미 심화를 위해, 미래의 죽음을 깃발 삼을 수 있으나, 그것은 미래 전망의 다른, 한 단계 더 수준 높은 이름이고, 구호도 아니고 미래 전망을 깃발로 형상화하는 일의 단순화 위험이 벌써 너무 큰 판에, 미래의 죽음을 형상화하기란 거의 불가능한 일이다.

그녀는 갈수록 깊어가는 나의 모든 기쁨이었고 그러면서도 나는 속수무책으로 갈수록 낡아갔다. 옛 운동권 노래패의 뒤늦은, 그만큼 점잖아진, 다행히 경박세태에 휩쓸리지는 않았으나 성숙하지는 못한, 미련도 약간은 남아 있는 공연이 벌어진, 전성기 때 노천에 비하면 훨씬 편하고 쾌적하고 아담하고 세련된, 그러나 관객 열기도 점잖고 아담하고 세련된 객석에서 나는 분통을 감추지 못했었다.

그녀가 내 등을 토닥거렸다. 괜찮아. 힘을 내. 차차 풀어갈 수 있어. 그때보다 사정이 훨씬 더 나아졌잖니. 과거를 깃발 삼지만 않는다면 옛날보다 더 쉽게 더 잘할 수 있어. 그 손은 그렇게 말하고 있었다. 내 등에게. 그리고 내 등을 통해, 그날의 공연을 마치고 무대인사를 하는 옛 노래패들에게. 그리고 옛날에게. 그녀는 전사, 지하당원이라는 나보다 더 노련하기도 했던 것이다.

그리고 그때 그 노래. 다시 들었고, 다시 들렸던 그 노래. 그녀가 있으므로 내가 내게 할 수 있는 유일한 위로 같았던. 어딘가로 나를 내려놓으라 하던.

> 저 아래 사람들이 사는 아파트상가
> 아스팔트 길 건너 산동네 불빛
> 멀수록 아늑하게 반짝이는데
> 그래 약속하는 거야 영원히 산다면
> 세상은 이리 아름답지 않아
> 그냥 빛일 뿐이지
> 스스로 간절한 줄을 모르고
> 그래 약속하는 거야
> 세상을 포옹하는 늦은 하산
> 발걸음 어두운 산에 묻히고
> 삶이 저 아래 사람들이
> 사는 곳으로 이어진다

나는 그녀를 입고 싶었다. 내 밖에 내 안에. 내 안에 넣고 싶었다. 그녀의 여성에 압도되는 게 좋았다. 하지만, 아지트가 하필 우리 동네였다.

입당식 때 보거나 비밀연락 때 말고 들를 일은 없고, 너무 비어 이상하지 않을 정도로만 인적을 묻혀놓은 '아지트'. 익숙한 동네가, 삽시간에 낯설어졌다면 그나마 나았으리라. 그건 이상하게 익숙하고 익숙하게 낯선, 운명의 얼굴을 이따금씩 보는 듯한 느낌이었다.

내가 뛰어든 곳이 혹시 강철 조직 따위와 비교도 되지 않는 어떤 질곡, 진지하기 위해 가장 낡고 뒤늦어야 하는, 게다가 그 역도 가능한, 왜냐하면 1924년 죽은 레닌이 여전히 전설인 채로 여전히 살아 있어야 하니까, 그런 질곡 속 아닐까 소스라칠 때마다 그녀를 입고 싶었지만 그럴 때마다 그건 불가능했다.

죽음에 다가가며 육체는 음악을 닮는가. 죽음은 후회할 자격 같은 것일까? 가파른 마음으로 걸음을 내디디면 화려한 미제의 거리는 비린내조차 없는 뱀처럼 미끄러지고 친일 거부가 일제시대 때 세운 중·고등학교 건물은 귀족 정원처럼 부드럽고 우아하고 아기자기하고 따스했다, 역사의 고전미를 풍겼다. 더 가팔라지는 것 말고 내 마음은 갈 길이 없었다. 그리고, 가팔라질수록 더 위대한 전사였다. 사실은 그래야만 전사로서 자신을 겨우 지탱할 수 있는 것이었건만, 그 가파른 강령과 규약보다 더 가팔라질수록.

소비에트에 대한 나의 열망은 러시아 혹한에 대한 뜨거운 열망 아니었을까. 내 마음은 사회주의 아니라 마트료시카인형처럼 겹겹이 옷을 껴입고 추위에 오들오들 떨었던 게 아닐까.

죽음은 그 옷을 벗는 것일 수 있을까. 죽음은 근대의 따스한 친일 유산을 극복하는 따스함이자 아름다움일 수 있을까.

민족통일이라는 과제가 남한 자생의 독자성을 옥죄는 것도, 사회주의 이상을 빛바래게 하는 것도, 명백했다. 남로당 박헌영의 전철이 우리 앞에 명백하게 놓여 있었다. 죽음은 스스로 가혹해진 누추를 벗는 것일 수 있을까.

바르샤비앙카. '바르샤바 사람들'. 레닌이 가장 즐겨 불렀다는 혁명가. 개성이 발현되는 집단의 황금 하모니가 혁명의 이상을 표현하는, 한번 표현되면 결코 누추해질 수 없는 그 경지는, 죽음에서만 가능할까?

적들의 딱콩 총알 우리 머리 위로 날고
검은 세력 우리를 짓누른다
우리에게 정해진 전장에서
알 수 없는 운명이 우리를 기다린다
그러나 우리 들어올리리 자랑스러운
용감한 노동자 투쟁의 깃발
모든 인민의 위대한 전투 깃발
더 나은 세상과 신성한 자유를 위하여

가자 피비린 전장
신성하고 정의로운 전장으로
진군, 진군 앞으로
노동자여 인민이여

그러나 음악의 하모니를 벗는 순간, 벌써 가사가 누추해진다. 정신의 혁명은 결전의 시간만큼 짧고, 결전의 시간까지, 그리고 그 이후까지 이어지지 못하지. 혁명은 정신이 아니라, 말이 아니라, 말을 알아듣는 육체가 아니라 육체가 육체인 채로 했어야 했던 것을. 왜냐하면 정신은 왜곡된다. 말은 더욱 왜곡된다. 바르샤비앙카는 한국 독립군 군가 〈최후의 결전〉으로 누추화했다. 무거운 쇠줄을 풀어헤치고 뼛속에 사무친 분을 풀자…… 그리고 6·25 당시 국방군 군가 〈전우야 잘 가거라〉로 계급이 바뀌었다. 따스한 친일로. 전우의 시체를 넘고 넘어…… 꽃잎처럼 떨어져간 전우야…… 화랑 담배연기 속에 사라진 전우야…… 흙이 묻은 철갑모를 손으로 어루만지니 떠오른다 네 얼굴이 꽃같이 별같이……

통일전선은 왜 그리 누추했던 것일까? 지금 내 육체는 그렇게 변질되고 있는데, 죽음은 정말 통일전선의 누추를 벗기는 것일 수 있을까?

5. 여자

지금 생각해보면 그는 전사이자 투사였던 것 같다. 전사는 죽음을 머금은 활동가고 투사는 가두 바닥을 훑는 활동가다. 방황했으나 그는 죽음을 삶의 거리로 채우지 못하고 거리를 죽음으로 보았다.

나는 그의 무늬가 되고 싶었다. 그가 세상이라면 그의 세상을 창조한 신의 무늬. 그가 개구리라면 그의 언어인 소리의 무늬. 그가 거미라면 그의 세계관인 거미줄의 무늬. 천문이자 문자인 무늬. 그가 푸른 잎새라면 광합성 광경이자 생명의 DNA인 무늬. 그가 동물이라면 육체성의 '성'인 무늬. 비트겐슈타인의 언어인 무늬. 역사라는 만년작의 무늬. 가벼워진다는 무늬. 영롱해진다는 무늬. 육화인 무늬. 죽음이 삶을 받아들이고, 삶이 죽음 안에서 죽음을 능가하는 그 무늬. 모든 물질은 생명체라는 그 무늬. 생로병사를 한 편의 걸작 희극 오페라로 응축, 액체 흐름을 광경화하는 무늬. 내용을 능가하는 형식이라는 무늬. 무늬가 탄생하는 과정인 무늬. 음독과 훈독 사이 무늬. 음독과 훈독의 겹침이라는 무늬. 산스크리트어 글자 '평화'가 파르테논신전을 닮은, 파르테논신전이 뜻하는 산스크리트어 글자 '평화'를 닮아가는 무늬.

그랬더라면 그와 나를 부부로 묶는 연과 끈은 아무리 늘어나도 방일 수 있었다. 늘어날수록 투명해지는 방일 수 있었다. 그의 도처가 도처에 있는 그와 나의 방일 수 있었다. 어디에 있었던 방일 수 있고 방은 그와 내가 합쳐 투명해진 무늬일 수 있었다. 그 무늬로 우리는 수많은 방 속에 수많이 있고 수많은 방이고 수많이 방일 수 있었다.

하지만 전사일 때 그의 육체는 정신의 식민지였고 그 정신은 내 것이 아니었다. 투사일 때 그의 정신은 육체의 식민지였고 그 정신 또한 나의 것이 아니었다. 남편의 육체를 탐하는 마녀이자 정신을 탐하는 벙어리 사복. 그 둘의 겹침은 사랑으로, 가능할까?

이제 가능할 것 같다. 왜나하면 나는 내 것이 아닌 정신을 탐하는 마녀와, 내 것이 아닌 육체를 탐하는 벙어리 사복의 연옥을 지나왔으니까. 사복이 뱀복이구나. 깨달은 건 그 사실뿐이지만, 그 연옥을 견디는 것보다 더 괴로울 것 같지는 않으니까.

나의 삶은 그의 죽음의 무늬, 나의 죽음은 그의 삶의 무늬일 수 있을까. 그의 죽음은 분명 나의 죽음의 무늬일 수 있다. 하지만 나의 죽음은 그의 죽음의 무늬일 수 있을까?

왜 사랑은 그가 내 몸 안으로 들어온 순간의 그 황홀의 합일로 끝날 수 없었던 것일까? 그후의 행위는 쾌감을 늘였으나 그건 벌써 합일 황홀이 깨지고 난 뒤의 누추한 쾌감의 누추한 누적 아니었던가, 일순 사라졌다 문득 새롭게 재발견되어야 할 육체가 그냥 갈수록 질겨질 뿐인?

그는 쓰레기 공터 옆으로 달리는 전철처럼 집에 들렀고 내 몸에 들렀다. 그리고 떠났다. 그가 애당초 쓰레기 공터 옆으로 달리는 전철이었고, 내가 애당초 쓰레기 공터였다는 듯 나를 내려놓고. 그래, 내려놓고…… 내가 버림받았다거나 그가 다른 여자와 사랑에 빠졌다는 생각은 들 겨를이 없었다. 그렇게 떠나가는 그가 너무도, 너무나, 버림받은 모습이었으니까. 여자가 아니라 세상한테서.

오랜만에 들를수록, 모임이나 갱지, 모조지, 등사기름 등 수상한 삐라의 냄새가 짙을수록, 버림받은 그의 모습은 진해졌다. 내게는 위안일 수 있었다. 내게 방은 우주와 육체가 겹치는, 겹침의 무늬일 수 있었다. 그가 절벽이고 죽음이더라도 방은 우주와 몸 사이 자궁을 닮은 죽음의 무늬일 수 있었다. 음악이 줄거리의 희망이었던 시대가 절망하고 있더라도 나는 그의 열린 여성이자 자연인과이자 방이자 심화인 무늬일 수 있었다.

내일 그가 떠나지만 않는다면. 그는 버림받은 모습으로 내게 왔다 갔다 속으로 이어지듯 집을 나섰다. 비가 억수로 퍼붓던 그날은 그가 나의 열린 여성도 데리고 떠나는 것 같았다. 내게 남은 것은 몸이 아니라 몇 가지 밑반찬뿐인 것 같았다.

언제 앞니가 빠졌지? 먹을 것이 있어 씹기도 전에 입속 더듬이 두 개를 내어 먹이를 집어삼키는 곤충이 따로 없다. 옛날에 음식을 어떻게 씹었더라? 씹은 것을 어떻게 삼켰더라? 씹어 삼키는 것은 자연이었으나 이제 법이고 요령이고 그것을 나는 잊어버렸다. 다시는 밥 먹을 일이 없겠지만. 고릴라도 언어능력이 있지만 고독을 인간보다 더 잘 견디므로 그 능력을 발전시키지 않은 것이라 들었다. 고독을 견디는 인간의 능력은 고릴라에 미치지 못하고, 어떤 능력이 더 위대한 것인지 판단할 수 없는 일이다. 아니, '위대'라는 것도 고독이 두려워 수다 떠는 인간의 허영인지 모르지. 나는 내 생각이 말로 되지 못하고 전해질 수 없는 것일까봐 두렵고, 그 두려움 앞에 고독하다.

지하도 입구에 혹은 하천 제방에 혹은 버스정류장에 삐라를 살포하고 성명서 넣은 음료수병을 국내 일간 신문사와 외국 통신사 서울지국 사무실 부근 휴지통이나 재떨이에 넣고 공중전화로 그 사실을 알리던 제각각의 전사들 중 누가, 그도 벌써, 고독하지 않았을까?

두려움을 제 몸에서 지워버린 고독은 더 고독하다. 만천하에 자신을 알리고 국가 전체 수사망을 자신에게 집중시키는 일로 조직을, 조직의 당위와 사명을 알릴밖에 없는 도시 게릴라 조직은 얼마나 고독하고 병적인가.

설령 삐라로 도시 전체를 도배하더라도 도시 게릴라는 어떤 단체 누구와도 연대할 수 없다. 비밀리에 포섭할 뿐. 포섭당한 자는 그 순간 연대자가 아니다. 포섭된 자일 뿐.

고문 효과는 확실하다. 신경은 더이상 번개내림이 지나다니는 통로가 아니다. 세상보다 더 큰 몸의 감각명령 정보망이 더이상 아니다. 수상한 유통 조직에 불과하다. 신경전달물질은 세상보다 더 먼 몸의 원거리통신이 아니다. 삐라 살포에 지나지 않는다. 내 몸은 강간도 지나 이년 저년 소리를 아무 생각 없이 받아들이는, 정신이 아니라 육체가, 강간도 아니고 포섭대상인 창녀의 그것에 지나지 않는다.

'파국'이 감지될 때 그는 오히려 내 곁을 지켰다. 나는 그것으로 여러 차례 파국을 감지하곤 했다. 나는 믿는다. 그건 결코 그의 본뜻이 아니었을 것이다. 그의 파국에 동참하기를 내가 바랐던 바로 그만큼 간절히 그는 내게서 떨어지고 싶었을 것이다. 나를 연루시키지 않기 위해.

감시망이 좁혀올수록 도시 게릴라는 아지트라면 모를까 자신의 직장과 가정을 허둥허둥 떠날 수 없다. 떳떳이 파국을 맞기 위해서가 아니라, 위장을 위해서. 그게 과학적인 위장행동의 태도고 용어고 보안이고 연락이고 공작이니까.

정작 파국의 냄새를 짙게 풍기는 것은 우리 사랑이었고 가정이었고 방이었고 몸이었다. 그는, 나를 흐르게 하지 않고, 저 혼자 흐르려 했다.

사랑의 파국보다 그 파국이 더 빨리 오기를 내가 바라지 않았다고 할 수 없다. 지금의 내 몸은 그가 저 혼자 흘러가던 그것보다 더 나은 파국일 수 있을까? 아, 의식의 가장 낮은 밑바닥에서도 혼자 죽음을 맞는다는 생각은 절대고독의 덩어리구나. 지구종말영화의 그 숱한 죽음은 혼자 죽는 절대고독의 두려움을 달래려는 헛된 노력이었구나. 애가 둘 딸린 남장 여류작가의 사랑과 모성의 몸으로 시인 뮈세와 작곡가 쇼팽의 걸작을 낳은 상드는 고독하지 않을 수 있었을까.

단어가 해체되고 단어 속 상형이 해체된다. 해체된 단어로는 그림이 그려지지 않는다. 시간과 장소의 모든 고유명사를 나는 잊었다. 고유명사에 가까운 친척도, 사물의 이름도 잊힐 것이다. 고통과 사랑과 당신, 그리고 죽음만 남을 것이다. 이 남음은, 절대고독의 극복일 수 있을까?

이제야 들린다. 강철 같은 혁명가 당신이. 당신이 받아야 했을 민중의 갈채가. 당신이 창조해야 했을 필승불패의 신화가, 보이지 않고 들린다. 나쁘지 않군. 죽음을 배경으로. 내가 사랑의 희생자라고 느끼지 않듯 당신이 세상의 희생자라고 느끼지는 않을 것이라는 예감. 나쁘지 않아.

그 이전의 당신도 들린다. 그것도 나쁘지 않다. 젊음을 배경으로. 젊은 날의, 가장 치열했던 정신의 특징인 전망의 파탄을 파탄 그 자체로 받아들이고 미래가 생의 발걸음에 끌려다닐 것 같았을 그때도 좋아 보인다. 다만, 그렇게 젊음이 끝났어야 옳다. 나를 사랑했다면 더욱.

조직은 그런 젊은 날을 뒤늦게 복제하는 생일 수 있었겠다. 그건 좋지 않다. 혁명을 염원한 자로서 생의 순서야 얼마든지 바뀔 수 있고 생과 죽음을 바꿀 수도 있겠으나, 전생의 기억으로 치고픈 젊은 날의 복제는.

그에게 죽음은 파탄을 더 치열한 파탄으로 관통함으로써 새로운 전망에 닿는 것일 수 있을까?

반갑네. 이게 몇 년 만인가. 우리 술 한잔해야지. ……누군가와 그랬다는 내색은 많았지만, 실제로 낮술에 얼굴이 불콰한 적도 있었지만, 포섭대상으로 그가 불러낸 고등학교 동창생을 그가 반가워했을 것 같지는 않다. 십 년 만이라면 더욱.

6. 남자

프로메테우스. '먼저 생각하는 자'. 그가 겪는 판도라 상자의 고뇌와 희망은, 판도라가 여자이므로 더욱, 맞는 얘기지만, 고문에 대해서는 고대 그리스 사람들이 아직 잘 몰랐다.

낮에는 독수리에게 간을 쪼여 먹히고 밤이 되면 간이 다시 회복되어 그는 나날의 고통을 영원히 겪게 되었다…… 그건 온갖 불행을 단 하나 남은 희망으로 견디는 생의 비유지 고문의 실상은 아니다. 삶은 새로운 것을 내는 과정이고 고문은 그 여지를 없애는 과정이다.

나를 구해줄 헤라클레스가 없다는 사실을 뼛속 깊이 새기는 것. 우리가 만든 강령을 새길 곳은 우리 뼛속밖에 없다는 것을 정말 뼈저리게 깨닫게 되는 것. 강령이 필경 우리 세계관을 원고지 삼십 매면 족할 내용으로 축소한다는 것.

우리는 적나라해졌고, 그게 고문이었고, 그 상태로 북과 연결될밖에 없었고 그게 또 고문이었다. 아무리 보아도 북은 붉지 않고 검고 불길했고, 검음이 우리의 적나라를 더 적나라하게 옥죄었다. 영예전사, 공훈전사…… 우리의 적나라가 그들의 적나라를 급속히 닮아갔다. 그게 고문이었다.

생각해보면 나는 남의 사정이 북만 못하다고 생각한 적이 한 번도 없었다. 남한 노동자 농민 계급은 파업을 하건 가투에 나서건 삭발 또는 단식을 하건 늘 북의 민족보다 따스한 개념이었고, 온갖 탄압과 죽음을 겪으며 오히려 더 밝은 모습을 띠는 공개적인 실체였다.

그 실체 속으로 은신하고 지도하기 위해 지하당은 지하당인 거였다.

'민족'은 계급을 넓히고 강령을 풍성하게 하기 위한 개념이고 형식이다. 내용이나 실체는 아니다. 북과 합작한 민족 대중단체는 맞지만 북과 합작한 민족 지하당? 그건 형식 과잉이지.

국가보안법이 민족 합작행위를 사형에 처한다면 그 괴상망측한 법 철폐운동부터 벌일 일이지, '남북 민족 지하당'이라니. 그건 한없이 열려야 할 대중운동 차원에 죽음을 끌어들이는, 국가보안법과 닮은꼴로 괴상망측한 발상에 다름아니다. 남한사회 원로 명망가들을 끌어들인 남한 민족 지하당이 바로 그럴 것이듯.

적나라의 동전 양면으로 그 발상이 있었다. 너무 추워서 그랬을까? 적나라가 적나라인 채 우스꽝스러워지는 동시에 북의 검음에 물들며 스스로 더 음산하고 무시무시해지는 것. 그게 고문이었다. 따스하지는 않아도 강철의 은신처라고 생각했던 조직이 나날이 허허벌판으로 노출되었다.

언뜻언뜻, 따스한 아내의 몸 또한 허허벌판으로 노출되는 듯한 착각이 왔다. 그게 고문이었다. 내가 받은 고문은 아내한테 사죄가 될까? 그럴 리 없지. 더한 고문이 되겠지. 지금 아내가 겪고 있을 고통보다 더 강한. 아내의 사랑을 의심하지 않으므로 생기는 이 고통이 바로 고문이다.

돌연 피체되어 조직을 긴장시켰으나, 다행히 조직원 신분은 들키지 않은 동지가 있었다. 서둘러 아지트를 폐쇄했던 우리는 새 아지트에 다시 모여 그 일을 의논했다. 국내 종교단체와 국제 앰네스티를 통해 세계 여론에 호소하는 등 석방운동을 벌이고 영치금도 모금하자 했다.

분위기가 자못 느긋했다. 따스함이 감돌고, 이십오 평 아파트 실내에 살림살이 가재도구가 대충이고 온기가 배어 있지 않은 게 눈에 보였다. 생각이 스쳤다. 잡혀간 사람이 나였다면 얼마나 좋았을까…… 그 정도로 끝나기를, 하여 일이 년 형기 채우고 석방되어 당신 품에 안기기를 나는 바랐을 것이다.

조직이 내게, 아니 조직의 일원으로서 내가 나에게 내리는 지령은 갈수록 해방된 조국, 북의 품에 안기라는 거였다.

하긴, 아예 월북을 했더라면 더 나았을지 모르겠다. 당신과 함께라면 말이지. 무슨무슨 영웅 칭호 아니라, 아주 옛날부터 거기서 부부로 함께 살았던 것처럼 살았더라면.

그냥 순박하게, 이유도 모르고, 추위와 허기를 안쓰러운 친척처럼 보듬다가, 자기도 모르게, 가난한 육체의 정신적 위엄에 달했더라면. 왜냐하면 당신, 남한에서 우리의 사랑은 어딘가 포르노를 닮아갔다.

하지만 월북이라니. 그것도 당신을 데리고 월북이라니. 당신이 무슨 죄를 지었다고. 가다가 남에서 죽을 수도 북에서 죽을 수도 있는 월북이라니.

그래. 그때는 당신이 죽을 수도 있다는 생각이, 생각만도 끔찍했지.

그랬는데…… 이 지경이 되도록 나는……

편치볼이라던가. 야밤을 틈타 남북한 주민이 왕래하고 물자를 교환하고 그 대신 주민들은 마을 밖으로 나오지 못하고, 그러니까 북으로 열리고 남으로는 닫힌 민통선 마을이 있다 했는데, 아마 전설일 것이다. 달빛에 물들어 너무 아름다운 얘기니까.

그 마을 아주 어여쁜 여자와 결혼한 대신 그 마을 바깥으로 영영 나오지 못하는, 명절에도 고향에 못 가는 남한 병사가 있었다 했는데 그것도 전설일 것이다. 사랑에 갇힌 사랑은 너무 애절하니까.

여보. 당신은 우리의 이 고통이 내 이상에 비해 아직 현실이 초라한 탓이니 너무 힘들어 말라고, 앞서간 자는 자기가 다 겪는 일 아니겠느냐고 위로하고 싶겠지. 그게 아니다.

거꾸로였다. 현실에 비해 그것을 뜯어고치겠다는 우리의, 나의 이상이 너무 초라했던 거지. 나의 고통은 가상현실이었던 거다. 소수정예 지하당이 혁명을 일으키겠다는 것은 대중의 역량을 믿어야 한다는 뜻이고, 믿는다는 뜻이고 그것에 기댄다는 뜻에 다름아닌데, 우리는 대중의 높은 역량을 우리의 누추한 이상 차원으로 끌어내리려 했던 것이다.

물론 우리의 누추한 이상으로 대중의 역량이 끌어내려질 리 없지. 대중은 우리를 낯설어하고 우리한테서 멀어지고 우리는 적진에 홀로 고립되고, 결국 북의 지원을 기대할밖에 없었는데, 그건 적진에 홀로 고립되어 북의 검음에 물들어가는 것에 다름아니었다.

그녀에 대한 나의 사랑이, 가상현실이었을까봐 두렵다. 지금이, 죽음의 가상현실일까봐 나는 두렵다. 그젤. 흰 바탕 자기에 코발트 안료로 무늬를 그려넣은 생활 도자기. 죽음이 아닌 삶의 험난으로 질푸른. 모스크바 근교 그젤 마을의. 호흘로마. 나무그릇이나 가구에 은빛 주석가루를 칠하고 특수 안료를 덧칠하고 여러 차례 구워낸 황금빛 바탕에 검정과 빨강으로 식물 모티프를 그려넣은 전통 민예품. 죽음이 아닌 삶의 경이로 알록달록한. 노브고로드 근교 호흘로마 마을의. 팔레흐. 검정 바탕에 여러 색깔이 황금빛을 돋보이게 하는 식으로 민담이나 영웅서사시 모티프를 그려넣은 소형 전통 민예품. 죽음이 아닌 삶의 담뱃갑. 작을수록 귀하디귀한. 이바노프 주 팔레흐 마을의. 딤코보. 죽음이 아닌 삶의 가축, 산양, 수탉, 거위, 오리, 돼지 등이 화려한 색깔로 민중의 해학을 형상화하는. 뱌트카 근교 딤코보 마을의.

이런 것들이 이제 기억나다니. 내가 열망했던 것은 마을 이름이 마을 민예품이 되는, 거꾸로도 되는, 그런 경지 정도였을까? 별이 붉은 레닌광장 러시아혁명 기념품 판매점에서 사왔다는 레닌 배지는 신기하고 너무 조마조마한 중에도 혁명의 붉은 권위와 붉은 품격이 완연했건만. 그 권위와 품격에 무엇이 모자랐지?

마을과 전통공예 이름이 하나 되는 지점보다 혁명 이후 삶의 질이 더 떨어져 보이던, 그게 뭐였지?

배가 고프다. 이 배고픈 육체란 위대한 건가, 멍청한 건가. 멍청한 거지. 아니 육체는 위대하고 액체는 멍청하다. 생명이 이 지경에 이르러 정신은 육체가 매미, 생명이 망사 기계고 껍질이고 사라지기 직전의 두께고 휘발하는 영혼인 매미를 닮았으면 하건만 아직 많이 남은 액체가 육체를 존재 자체가 밥통인 강장동물로 만들어버린다. 의식을 잠깐 잃었었다. 잠이 들었었나. 계단마다 한 사람씩 몇몇이 서 있고 나도 그중 하나였고, 예수처럼 기분 나쁘게 생긴 사내가 층계를 올라왔다. 조금 더 가까이서 보니 기분 나쁜 것은 분명 예수인 그가 분명 누군가를 고르는 중이기 때문이었다. 겁이 덜컥 났다. 고개를 돌리고 내가 안 보듯 그도 나를 보지 않고 내 등뒤로 지나가기를 바랐다. 안 보이는, 그러나 시커먼 예수의 손바닥이 내 엉덩이를 밀어올렸다. 감촉이 끔찍하고 거룩했고 나는 붕 떠올랐다. 이것이 순교이게 하소서. ……잠이 깼다. 선풍기가 돌고 있었다. 선풍기 바람을 맞는 발목이 퉁퉁 부어 있었다. 멍청한 순교의 멍청한 그후다. 정신은 위대한가, 멍청한가. 예수는 위대한가, 멍청한가.

어디까지 늙고 병들면 사람은 죽음에 경악하지 않을 수 있을까, 어디까지 가면 가는 게 닫히는 것일까. 누룩 냄새. 가장 짧고 앙칼졌던 순간의 가장 오래 남음 같은. 당신 최적의 땀냄새. 비누 냄새는 당신을 지우고 생생하게 하고 다시 지우고 다시 생생하게 하지만. 벗음보다 더 적나라하게 의상을 지우고 피아노, 그리고 바이올린, 비올라, 첼로, 그리고 오케스트라 음악의 의상을 벗기지만, 이제는 당신, 누룩 냄새.

죽음 속 죽음의 의식에 대해 상상할 수 있는 가장 상큼한 냄새. 우리가 환갑, 진갑 지나 죽음을 향할수록 더욱 사랑하고 사랑을 더욱 슬퍼했을 것을, 그게 사랑이었을 것을 예감시키는 그 분명의 냄새. 내가 모르는 당신 몸의 처음의 비유 같은 그 해명의 냄새.

7. 여자

옮겨다닐 수 없으므로 식물은, 특히 꽃이 피지 않거나 바람에 나뭇가지가 흔들리지 않거나, 어쨌거나 죽은 듯한 식물은, 존재방식이 감정이입일지 모른다. 공포를 모르는 감정이입.

눈이, 귀가, 살갗이, 오감이 아프다며 내게서 도망친다. 머리에, 뇌에 쭈뼛 주름이 잡히는, 공포를 향해 열린 육감 또한. 감각이 얼마나 더 달아나면 식물에 달할 수 있을까?

그가 10월 1일. 국군의 날 행사 로열박스 대통령 암살을 모의했다고? 오만분지 일 서울 시가지 군사지도 4매와 정부 및 공공기관 164곳, 상공업체 332곳, 병원 37곳, 공공문화시설 106곳, 학교 316곳, 교통시설 10곳, 전기시설 29곳, 시가지 좌표가 기재된 건물 지침표 1매를 제공받았다?

무슨, 삼십 년, 사십 년 전, 해방 직후 6·25 직전 같은 소리. 무슨, 알 수 없는 숫자만 남은 소리. 피신술은 그랬을 법하군.

버스를 탈 때 운전수 오른편, 앞에서 두번째 좌석에 앉으면 보는 사람도 적고 안전하다. 승하차 때 피신자를 엄호하여 다른 사람이 볼 수 없게 한다. 길을 걸어갈 때는 차가 가는 방향으로 가는 게 안전하다. 피신술의 원칙은 적의 행정력과 행정관계 사이 모순을 이용, 자신의 표면적을 최대한 줄이는 데 있다…… 내가 알았더라면 그와 함께 피신 속으로 아예 사라져버렸을 것을. 인구밀도가 아무리 높아도 쫓기는 자에게는 충분히 높지 않을 테니까. 절대 비밀로 해야 할 조직 명칭, 강령, 규약, 선서 내용은 정말 절대 비밀로 해야 하니까 아예 깡그리 잊어버리고. 서울이 아무리 넓단들 도처 예전의, 혹은 어제와 오늘의 비밀 회합장소일 테니까. 동네 중국음식점. 동네 다방. 서민 아파트 몇 동 몇 호. ……남녀가 아베크족을 가장, 산책하며 연락을 주고받기도 했겠지.

애드벌룬 줄에 뭉치로 매달아 띄우고 불붙인 쑥담배 개비가 타들다가 제 불덩어리로 묶음 노끈을 태워 푸는 식으로 공중에 전단을 이만장이나 뿌렸다? 노.

그 일은 결코 도와줄 수가 없다. 그건 아무리 생각해도 화려한 불꽃놀이가 아니다. 요란한 들킴이라는 게 있다면 몰라도. 이 땅의 언론은 정권에 저항하다 잡혀간 사실조차 보도하지 못하는 암흑이고 죽음이지 밤하늘이 아니다. 손에서 손으로 전해질 내용의 불꽃놀이는 을씨년스럽고, 을씨년스러움으로 불을 지를 수는 없지.

외신을 통해 일본이나 미국 신문에 크게 날 수 있고 그때 그것은 불꽃놀이일 수 있겠다. 하지만 그건 먼 나라에서 벌어지는 것이라 불꽃놀이고 이 땅에 진짜 희망일 수 없으므로 불꽃놀이다. 아무리 대서특필되더라도 요약은 요약으로 신기는 신기로 그친다. 그리고 요약된 신기의 반복은 너무 오래되어 기억 밖으로 사라진 선거 포스터만큼도 신기하지 않다.

무엇보다 미국이나 일본은 그가 동경하는 나라가 아니었다. 미국과 일본 같은 사회를 거쳐 이상적인 나라에 도달할 수 있다는 생각을 하는 사람이 왜 지하당을 했겠는가, 왜 예비군 부대에서 칼빈 소총을 훔치고 공포탄이나마 M16 수백 발을 마련하고 TNT를, 뇌관을, 그리고 도화선을 구하고 사제폭탄 제조술을 배우고 전위대의 노래를 만들었겠는가?

직장 때문에 독일로 가게 된 투사에게 신약성경 한 권을 주며 재외 반정부 단체와 연대를 모색하고 그 결과보고서 각 글자를 1항~99항 사이 몇 페이지, 몇 행, 몇 번째 식으로 숫자 암호화, 내역서나 신용장으로 위장하라 했다……?

그가 가자면, 갈 수 있다면 나도 갔을 것이다. 가서 그가, 그럴 리 없지만, 그가 같이 북으로 가자 했더라도 나는 따라갔을 것이다. 내 몸에 암호를 새겨도, 아니 내 몸을 암호로 쓰자 해도 나는 허락했을 것이다. 그가 어감만으로도 좋다고 씨익 웃었던 러시아 이름의 무슨 르킨, 무슨 토프, 무슨 츠키, 무슨 코프, 무슨 노프, 노바, 표프킨, 이스크라…… 그가 막연히, 자연스럽게, 레닌의 혁명을 떠올리고 나는 막연히, 자연스럽게 스탈린 숙청을 떠올리는, 그러나 막연해서 서로 통했던 그 느낌의 글자도 될 수 있었다, 내 몸은.

하지만 해외 단체는 해외 언론만큼도 믿을 게 못 된다고 그를 설득했을 것이다. 그는 결국 남한으로 돌아올 것이고 국내로 반입되는 순간 독일에서의 합법과 안전은 요란한 들킴으로 돌변하니까. 해외 동포는 그 사실을 자주 까먹는다. 전사도 종종 까먹는다. 지하당원에게 외국과 국내의 합법을 혼동하는 것만큼 위험한 일은 없다.

과도, 식도, 단도, 단검, 포박. 태권도, 달리기, 제압술, 포박술. 공작금 마련을 위해 금도끼, 금브로치, 금반지를 강도질하여 장물로 팔았고 악덕 재벌 백 명의 집을 털려고 사전답사까지 했으나 첫번째 목표에서 여의치 않자 관리인 옆구리를 칼로 찌르고 도주했다. 그 일은 내가 도울 힘도 생각도 없었겠으나 생각해보면 다행한 일이다. 미수에 그친 것도 다행이고 불상사가 그 정도인 것도 다행이지만, 무엇보다 그게 북한의 공작금을 받지 않았거나 아직 받지 못했다는 증거니까.

북의 공작금을 기대하지 않고 받지 않는 한에서만 남한 지하당이 테러리스트가 아닐 수 있다는 사실을 확인하는 것은 비극적이지만, 다행히 아직 받지 않았고 테러는 미수로 그쳤으니까. 테러리즘은 그의 영혼을 좀먹었을 테니까. 테러리즘은 자기들의 신이 용서하는 한에서만, 그러니까 종교에서만 영혼을 좀먹히지 않을 수 있는 거니까. 이렇게 와해된 것이 조직의 영혼에는 차라리 다행이겠지.

조직원을 지킬 수 없는 조직의 군대, 인민을 지킬 수 없는 인민의 군대가 섣불리 전쟁을 벌인다는 것은 말이 될까. 그의 조직은 그러기 직전이었을 것이다. 그의 조직이 일본에서 조총련을 통해 북한과 접선했고 경애하는 수령께 올리는 보고 말씀을 전달했고 공작금 삼억을 요청했고 북은 일단 삼만 달러를 주겠다며 그전에 주체사상을 따른다는 대외천명과 실체증명으로 대대적인 전단 살포를 요구했다.

그래. 그렇게 접선하는 게 가장 빠르고 쉬웠겠지. 하지만 그건 독일에서보다 더 위험한 빠름이고 쉬움이다. 일본은 겉보기에 자유로운 나라지만 정보망이 치밀하고 그 정보는 절대 북으로 가지 않는다. 그때그때 선별적으로 남한에 전달될 뿐. 일본은, 독일보다 더욱, 미국의 동맹국이니까.

일본 내 합법성이란 정체를 들킨 정도가 아니라 자진해서 드러낸 자해극이 되기 십상이지. 남한 내 일본간첩단 사건이 나면 일본 언론은 다시 대서특필하겠지. 하지만 그뿐이다.

그들은 그 모임이 남한 내에서도 합법적이라고 주장하지 않는다. 당연하지. 그러리라고 생각한다는 게 어처구니없고 한심한 일이지. 비합이니까 지하당 아닌가. 북은 왜 공작금을 달러로만 표현할까? 혹시 달러를 불길한 걸로 보이게 하려는 목적? 설마. 북의 고위층이 꼭 벤츠, 그것도 강경하고 초라한 모습으로 변한 벤츠만 타고 다니는 것과 비슷한 이유겠지. 북한 미화 십만 달러가 어디 남한 미화 십만 달러인가. 민중의 뼈를 깎는 돈일 터.

그의 조직이 위대한 수령께 보낸 신년인사가 대남 방송으로 낭독되고 그것을 그가 들었다. 그는 분명 불길의 전율을 느꼈을 터. 공작금은 결국 오지 않았고 공작금 제공을 다시 한번 요청할 목적으로 일본에서 월북했던 그 조직원은 북한에 눌러앉았다.

하지만 그 조직원이 한없이 부럽군. 그가 그였다면, 그리고 그럴 수 있다면 나는 그를 따라 일본이라는 함정으로 기꺼이 빠져들고, 그를 따라 북한이라는, 미지의 불안이 아니라 불안의 미지 속으로 뛰어들었을 것이다.

남한에서 주체사상을 섬기는 것보다는 북에서 주체사상을 사는 것이 훨씬 더 나을 것이므로. 더군다나 그와 함께라면.

번역을 열심히 해대던 그는 급기야 집문서를 담보로 쓰자 했다. 나는 용도를 묻지 않았다. 집문서 따위가 무슨 대순가. 그 정도 사태 짐작이, 왔고, 번역은 그가 조직에서 맡은 아마도 가장 행복한 임무 중 하나였을 거라는 생각이 뒤늦게 떠올랐다. 왜냐하면 그건 진짜 일본이나 영미판 사회주의 문서였을 테니까.

주체사상은, 번역할 필요가 없었을 테니까. 기이하게 낡은 한글 활자와 어설프게 규격화한 한국어 문법 그대로가 불길의 권위를 뿜었을 테니까. 대남 방송을 들어도 되었고. 지하신문?

그거야말로 손에서 손으로 전해질 내용이고 방식이어야 했건만…… 그럴 수 없었을 거였다. 내용과 방식 모두 살포여야 했을 것이다. 살포가 더 어려운 것의 살포.

그가 탈퇴할 생각을 한 적이 있을 것이란 생각은 한 적이 없다. 조직 탈퇴가 불가하고, 역사적으로 배반자의 말로는 비참해서가 아니라, 탈퇴 이후를 더 견딜 수 없었을 테니까. 그는 누구보다 투철한 전사였으니까. 그렇다고 내가 굳건히 믿었으니까. 조직관리와 자금담당, 학습담당, 노동자·농민·빈민 교양담당, 반체제인사 포섭, 대중조직 건설…… 모든 조직은 그렇게 시작된다.

근데 이게 무슨, 삼십 년, 사십 년 전 소리, 아니 해방 직후 6·25 직전 같은 소리, 무슨, 알 수 없는 숫자만 남은 소리.

8. 남자

깨진 머리에서 새어나오는 것이 피 아니고 뇌수 같다. 설마. 최소 마흔여덟 시간의 고문, 그것을 나는 버틴 건가. 안 잡힌 동지들은 모두 안전한가. 왜 더이상 고문이 없지, 고문할 필요가 없어졌는가? 설마. 사지가 찢기던 고통의 기억보다 더 싸늘한 냉기가 뒷골에 비늘처럼 깔린다. 설마, 모조리?

설마. 온몸이 얼음비늘로 굳는다. 이들이 언제부터 조직의 존재를 알았지?

조직이 조직 결성을 내외에 천명했으니 그때는 물론. 하지만, 설마. 그보다 훨씬 더 전에? 혹시,

처음부터. 그럴 리는 없다. 그럴 리가. 그럴 수는 없다. 그럴 수는 없다? 설마, 이 '그럴 수는 없다'는, 우리 조직이, 나의 전사의 삶이, 이렇게 허무할 수는 없다? 창설자들이 프락치였다는, 말도 안 되는 소리가 아니라, 그들이 요시찰대상자로서 섣불리 조직을 결성했다는 게 아니라, 위장을 게을리했다는 게 아니라, 그들은 우리가 여기까지

올 줄을 처음부터 꿰고 있었다?

설마. 아니 언제나 문제는 우리다. 우리는 그들이 우리가 이렇게 될 줄 알고 있었다는 것을 은연중에 알고 있었을까?

그럴 수는 없다. 우리의 위장은 정말 완벽했나? 우리의 일대일 점 조직 원칙은 정말 철저했나?

그랬다면 마치 이렇게 될 때까지 기다렸다는 듯이 그들이 우리를 낚아챌 수 있을까? 그럴 수는 없다. 그럴 수는 없어. 언제부터 그들은 우리의 동향을 파악했지?

전사는 아니지만 전사와 접선중이었는데 구속되었다가 너무 쉽게 풀려나와 우리를 바싹 긴장시켰던 그 사람. 하지만 우리는 정말 바싹 긴장했던가? 아니 그보다 훨씬 전 유언비어 유포죄로 구속되었으나 조직원 신분을 안 들켜 우리가 안도의 한숨을 쉬었던 그 일. 정말 안도할 일이었을까. 그 전사도 나머지 우리도 들켰다는 사실을 눈치채지 못했던 것 아닐까? 아니, 그보다 훨씬 더 전부터 그들은 파악했던 것이 아닐까, 조직의 존재는 물론 우리의 동태를? 위장 자체가 목적이 아니므로, 어쨌든 우리는 일을 계속할밖에 없었겠지만. 나는, 우리는 왜 여기 잡혀왔지?

언제부터 나는 잡혀온 것을 당연시하고 있는 거지? 아랫선들을 피신시켜야 할 위치에 있는 내가 오히려 아랫선한테 어서 피하라는 얘기를 듣고 허둥대다 잡혀온 내가?

그 생각 난다. 불과 며칠 전 일이 몇십 년 전 역사처럼. 현 정권은 무너져내릴 것이 분명해 보였다. 야당 당사를 점거하고 농성중이던 백팔십여 명의 여공들을 경찰 이천여 명이 난입, 난폭하게 끌어냈다.

야당 국회의원과 당원, 그리고 기자 들까지 무차별로 경찰봉에 맞고 군홧발에 짓밟혔다.

야당 당수가 제명되고 그의 정치적 거점인 두 지방 대도시에서 대규모 시위가 벌어졌고, 잔혹하게 진압당했다는 흉흉한 소문이 돌았다. 언론도 난리를 쳐대기 시작했다. 삽시간 일촉즉발의 분위기가 전국을 감돌았다.

그래. 그 일은 우리의 예상을 벗어나면서 일어났다. 그리고 그 결정적인 일이 시시각각 벌어지는 동안 우리는 할 일이 없었고, 그 당혹이 우리를 방심케 했다. 너무 늦은 일은 없건만, 그때라도 더욱 은밀하게 더욱 원칙을 지키며 그 흐름 속으로 흘러들어야 했건만, 최소한 그들에게 좀더 낯익어지고, 스스로 낯익어야 했건만, 우리는 세상이 어떻게 무너지는가 구경하기로 했고 방관했고 방심했다.

하필 그때. 오랫동안 목숨 걸고 숨죽이고 준비하고 투쟁하며 고대했던 바로 그때. 그게 아니라면 최소한, 조직이 무기력을 떨치고 일어설 기회를 오히려 민중과 지방이 마련해준 바로 그때. 투쟁하는 대중 바깥에서 조직은 허허벌판으로 노출되었고, 팔십 명 남짓한 조직원 전원이 거의 모두 체포되었다.

대대적인 체포 사실이 신문에 보도된 후에도, 아직 체포되지 않았으니 들키지 않은 것이라고 스스로 판단하고 가슴을 쓸어내리다가 피체된 조직원도 그중 상당수다. 조직원 백 명도 넘기기 전에 대중단체가 되어버린 지하당이라니.

그사이 벌써 정권이 무너졌대도, 설령 대통령이 벌써 죽었대도, 내가 받은 이 고문은 그치지 않을 것이다. 간악한 체제는 엄존할 것이므로. 세상은, 민중도, 여전히 우리를 낯설어할 것이므로. 내가 나를 용서할 수 없을 것이므로.

가장 엄혹한 독재체제, 그러므로 대다수 국민의 저항을 부르는 체제, 그러므로 반체제 지하당 활동에 무한한 은신처를 제공하는 체제, 그 속에서 가장 조직적인 활동을 벌여 혁명으로 사회주의체제를 구축하겠다고 천명한 우리가 이런 꼴로 끝난다면 앞으로 누가 지하당 활동을 하겠는가?

우리가 그토록 깔보았던 신부와 목사 들의 양심적 자유민주주의운동밖에 더하겠는가? 노조운동가 애인에게 입당을 권유했다가 핀잔에 구타를 당하자 과감히 결별을 선언했던 여공 출신, 우리의 여성전사. 그녀는 지금 무슨 생각을 하고 있을까?

구타하는 애인과 헤어진 것은 다행한 일이다. 하지만 지금 모진 고문을 겪으며 돌이켜볼 때 그녀가 지켜낼 수 있는 자존심을 우리 당이 주기는 했던 것일까? 대학생에서, 학교 교사에서, 단체 활동가에서, 연극배우에서, 입당과 사전 답사와 전단 살포와 강도 가담을 거치며 강철 조직을 서슬 푸른 아름다움으로 빛내던 그 모든 여성전사들.

그들이, 지금 모진 고문을 겪으며 돌이켜본다면?

한평생 소원은 남북의 통일…… 이건, 전위대의 노래? 그 노래가 한꺼번에 쏟아지며 나를 비웃는다.

> 한평생 소원은 남북의 통일
> 노래하고 싸우기 어언 수십 년
> 어디서 살았느냐, 무엇을 하였느냐

통일 위해 싸우다 죽으면 족하지,
아, 조국이여, 아름다운 내 강토여
통일의 훼방꾼 미제를 몰아내자

원래부터 그랬던 것 같다. 슬픔을 모르는, 죽음과 죽음 이후를 모르는, 비극적이지 않은 선율의, 걸음이 방정맞은 혁명가가 어디 가당키나 한 것이냐. 그렇게 나를 비웃는다.

한평생 소원은 압제의 타도
힘 길러 단련하기 어언 수십 년
어디서 살았느냐, 무엇을 하였느냐
자유 위해 싸우다 죽으면 족하지
아, 조국이여, 아름다운 내 강토여

제발 지워다오 내 의식 속으로 다시 들어온 며칠 전 역사를. 그러나 노래는 비웃는다. 고문당하는 몸이 고문당하는 몸을 비웃듯이. 바퀴벌레가 죽어 통째로 말라비틀어진 듯 새까맣고 거대한 귀지가 나오듯 노래는 내 귀로 흘러든다.

투쟁 속에 동지 모아 손을 맞잡고
운명을 같이하기 어언 수십 년
흩어져 죽을 거냐, 단결하여 싸울 거냐
혁명의 승리에 우리 모두 나서자

아, 전위대여, 혁명의 횃불이여
정의의 성전에 용감하게 나아가자

조스토보. 전통 민예 쟁반. 모스크바 외곽 조스토보 마을의. 주로 검정색 금속 바탕에 손으로 직접 정물화를 그려놓고 무광택 래커를 세 번 칠해 마감한. 조마조마한 마음으로 살림의 방 한 칸을 윗선 부부 피신처로 내주던, 그때의 마음이, 그때의 살림이, 그때의 조직이, 그리고 그때의 부부가 가장 소중하고 간절했구나. 세상의 거절도 잊어버리고.

가장 감동적인 야수의 포효를 듣고 싶다. 관용을 깨고 의미의 최초를 다시 여는 단어들이 필요하다. 피부로 만끽하고 싶다, 동물도감, 식물도감, 물고기도감을. 고통을 피부로 만끽하되 고통이라 명명하지 않는. 어림없지.

건대구, 마른, 큰, 입. 그 세 겹의 겹침.

죽음도 삶도 추한, 크게 벌린 입일 뿐이지, 내 살갗의 몸, 살갗의 의식은. 역사는 언제나 흉년이었다. 인간이 진화의 끊어진 고리를 찾는다고? 인간이야말로 진화의 끊어진 고리다.

발을 씻는다. 또 예수인가. 아니다 발은 씻음이다. 누추하고 성적이고 거룩한. 썩음의 정반대인.

시끄러움 자체는 울림이 아니고, 슬픔도 빛남도, 영롱함도 아니지. 영롱한 의미의 울림, 종소리와 눈물 빛. 시끄러움의 크기를 눈물 그릇의 깊이로 바꾸는 파란만장, 식물도감, 동물도감의.

인간 세속의 아사리판이란. 인간은 시끄러울밖에 없는 운명을 타고

났지. 그것을 벗으려 날고뛴다 한들 시끄러움의 형식만 더 시끄러워질 뿐이다. 아주 깊은 내면을 응시하는 내시경은 제 안의 시끄러움을 들여다본다. 치밀한 심리의 거울만 시끄러워질 뿐이다. 운문은 선율과 박자까지 시끄럽게 만들지. 풍자를 통해 눈물에 가 닿으려 하다니.

그래서, 혁명의 열망 속에서, 음악은 모든 음악의 기악화였던가. 선율은 몸에 묻어나는 춤의, 몸에 대한, 춤에 묻어나는 몸의, 춤에 대한, 그 우스꽝스러움에 대한, 자기 연민이자 자기 풍자였으면서도, 그토록 아름다울 수 있었던가? 시간과 공간 사이 아름다움이 바로 죽음이라는 것을 시간이자 공간으로 보여주었던가? 나의 혁명은, 지금이라도 그것을 머금을 수 있겠는가?

아 정말, 시간이 얼마 남지 않았구나.

9, 여자

몸은 스스로 몸인 것을 잊어야 비로소 몸인 것을. 그러나 비로소 이, 아픔이 흘러내리는 몸으로 흘러가, 그를 관객으로 나는 연기하고 싶다, 우리 사랑의 생애, 십 년의 생애와 십 년 만 생애, 그리고 십 년 후 생애를.

그를 육중하게 만들기 위하여 아니라 내 몸을 내 몸무게만큼만 무겁게 하기 위하여. 그를 위로하기 위하여 아니라 전과 달리 바다 건너 그를 두고, 보고, 모든 것 심상치 않게 보기 위하여.

교란은 가뿐하고 아무렇지도 않으리라. 연예오락프로 농담보다 웃음이 조금만 더 능글맞기에 조금만 더 멀쩡한 쪽이리라. 코미디를 노출시키는 동시에 다스리는, 아니 노출시키며 다스리는 희한한 재주, 괴기를 노출시키는 동시에 다스리는, 아니 노출시키며 다스리는 노련한 재주, 살림을 노출시키며 다스리는 시간의 재주, 색을 드러내면서 다스리는 공간의 재주를 그는 다 보게 될 것이다.

없음으로 오히려 형상을 강화하고 강화를 다스리는 서정의 재주,

모성으로 오히려 사회 비판을 강화하고 강화를 다스리는 연륜의 재주도 보여주리라. 가장 오래된 소재를 가장 새로운 문법으로 다루고 거꾸로도 다루는, 튼튼한 바탕의 재주도 보여주리라.

하여 그는 최소한 자신을 천박하게 시사적으로 여기지는 않게 될 것이다. 멀쩡해진 자신을 반갑게 맞을 것이다. 술도 여행도, 출판도, 멀쩡해질 것이다.

운동은 정말 운동일 것이다. 만남은 정말 만남일 것이다. 공부는 정말 공부일 것이다. 사랑은 정말 사랑일 것이다.

자신의 생애를 새로 쓸 일도 없이, 자신의 예전이, 그리고 예전의 미래가 그렇게 보일 것이다. 예전은 잊고 지냈던, 다소 느닷없는 예전이 아니라, 예전의 이외였던 의외. 절정이 몰락이라는 것을 받아들이면 절정이 없었다는, 지지부진했다는 것의 의미는 달라진다.

사 년 가까운 기간 동안 평균 매일 한 번의 활동을 벌인 지속성의 지지부진, 혹은 지지부진의 지속성, 그 의미는 생애를 닮아간다. 소비에트연방 및 동구 공산국가의 해체 및 몰락을 그는 최소한 받아들일 것이다. 나는 그 체제가 멸망하지 않으면 절망할 것이지만.

도덕적으로 너무나도 염결한 전사더러 고문받게 되면 최대한 음탕한 생각을 하여 고통을 비껴가라고 교육시키는 외부의 체제 말이다. 그건 영혼을 변태 성욕으로 도배질하여 육체의 약점을 잊으라는 소리 아닌가. 게다가, 성욕이야말로 육체의 약점 아닌가.

그래도 고문을 못 견디겠으면 혀를 끊으라며, 요령을 일러주는 외부 체제 말이다. 혀를 빼물고 주먹으로 아래턱을 올려치면 끊어진다…… 그러면 끝인가.

손은 글씨 쓸 줄 알고, 그게 아니라도 고개는 끄덕일 줄 알고, 그게 아니라도 눈빛은 모든 것을 알기에 혀를 끊는다고 고문까지 끊기는 것은 아니다. 고문을 끊으려면 끊어야 하는 것은 바로 목숨이지.

저절로 끊어지지 않는다면. 하지만 고문은 드문드문 띄엄띄엄 애매모호한 '이제껏'을 일거에 사활보다 더 생생한 목숨으로 응집시키는 성질이 있군. 응집된 목숨은 스스로 죽을 수가 없다. 육체가 죽을 수 있을 뿐. 고문을 견뎌낸다면, 정신과 육체가 모두 너덜너덜한 채로, 목숨은 더 질기게 이어질 것 같군. 최소한 기소유예자, 단순 관련자, 참고인들보다는 더. 월북자, 해외 파견자보다도 더. 물론 그건, 연재와는 다르다. 사는 게 사는 게 아니지. 마라톤은 끝내 웃음에 달할 수 없다.

그는 목숨이, 정신 속 몸의 비유가, 얼마나 남아 있을까. 무쇠 소리 속에 남아 있는 생명의 양을 느끼고 싶을 만큼? 1600년 전 비단벌레 날개 이천여 개에 남아 있는 생명의 까닭을 느끼고 싶을 만큼?

그가 입장한다. 나도 입장한다. 그는 내게 없고 나는 그에게 없지만, 없음이 서로를 향하듯, 물이 있고 빈 의자가 있고, 발아래 조약돌 밟힌다. 아니 약간씩 떠서 내 발을 받친다. 앞뒤가 없지만, 앞뒤 없음이 더 안온한 계단의 있음의 없음. 어떻게 보면 간판이 허름하여 안심이 되는 골목이고 담장이 키보다 낮아 집과 살림이 따스하게 한 몸인 대목이고 가파름이 속도로 무르익은 모과 냄새 이불 속이다.

우리는 따스하면서도 가난하지 않을 수 있다. 너는 어둠을 나는 세상을 견디는 제의이기에.

식구들은 헐벗지 않고도 정다울 수 있다. 어머니는 억척스럽지 않고도 평생의 자궁일 수 있다. 아버지는 사소한 죄를 짓지 않고도 튼튼한 생계일 수 있다. 누나는 슬프지 않고도 아름다울 수 있다. 큰오빠는 집을 거덜내지 않고도 착할 수 있고 작은오빠는 자살하지 않고도 젊음의 극치를 누릴 수 있다. 여동생은 안쓰럽지 않고도 귀여울 수 있고 남동생은 난폭하지 않고도 씩씩할 수 있다.

네가 견딤으로써 어둠의 차원을, 내가 견딤으로써 세상의 시간을 해체, 재구성할 수 있으므로. 그리고 그들 모두 누군가의 너와 나일 수 있으므로. 고통의 극치는 문명의 극치라는 거. 문명 대신 고통의 극치를 겪으며 우리는 원초로의 자연회귀에 육박하기를 꿈꾼다는 거.

어둠 속에 세상 있고 세상 속에 어둠 있는 것보다 더 본질적으로 네가 내 안에 내가 네 안에 있다는 거. 그것을, 네게 내가 없고 내게 네가 없으므로, 너는 나를 귀로 읽고 나는 너를 눈으로 들을 수 있다는 거.

눈자위 검은 안내자. 참석자 없는 사회자. 작품 없는 해설자. 곁이 없는 동반자. 정처가 없는 휴식. 아니, 눈자위의 검음이 너인 안내자, 참석자가 너인 사회자. 작품이 너인 해설자. 길은 이어질 듯 끊어지고 끊어질 듯 이어진다.

치매를 모르는 만년은 행복하고 치매인 줄 모르는 만년은 더 행복하다는 듯이. 배경이 가므로 내가 가다가, 내가 가므로 배경이 간다는 듯이.

네가 말하지. 내가 가장 행복했던 때는 주변 느낌이 어딘가 전생에서 너를 만나고 있는 듯할 때였어. 낙엽 지고 터무니없이 작아 보이는 초등학교 운동장이, 커피 내음 벗고 형편없이 낡아 보이는 다방 실내와 목조 계단, 인파가 씻겨나가 어처구니없이 삭막한 번화가, 그런 것들이 한 뼘쯤 내려앉으며 그 온갖 없음을 지우는, 그 이상하게 낯익은 전생의 느낌. 전생에도 너와 함께 있었다는 그, 아스라함과 안도의 겹침……

네가 말하지 않아도 내가 대답한다. 그건 너무 행복해서 믿을 수가 없었다는 뜻이 아니고, 현재형이야. 우린 그렇게 아스라하게 아슬아슬하게 끊어질 듯 이어지고 있는 거라구.

네가 또 말하지. 전생의 목소리는 고통과 환희를 구별하지 않으므로 비비 꼬인 고음이구나. 어둠은 나를 돋을새김하고 세상은 너를 대낮처럼 환하게 했다……

네가 그렇게 말하지 않아도 나는 다시 대답한다. 돋을새김은 얼마든지 좋아. 내 가슴에 네가 대못으로 박혀도 좋아. 다만, 암전을 주의할 것. 고통의 영웅주의에 빠지지 말 것. 벼랑으로 부활하여 벼랑으로 마주 서서 서로 알아본단들 서로 만질 수 없다면 무슨 소용이리.

육의 고통의 바다일망정, 그리고 흐르다 흐르다 서로를 알아볼 수 없는 거리에 이른단들 반드시 육을 입고 다시 만나기를. 육이 육으로 육을 알아보기를 바랄 것. 네게 전생이 현생으로 이어진 것이 그랬듯이.

네가 다시 말한다. 내가 너의 꿈시간이고 네가 나의 꿈시간이라고. 오스트레일리아 원주민의, 식물과 동물, 그리고 인간 조상 영들이 세계로 물화한 성스러운 시기. 꿈꾸는 시간이 아니라 꿈이고 꿈꾸기인 시간. 지금도 개인과 집단의 영일 수 있는, 하여 인간이 캥거루 꿈꾸기일 수 있고, 상어 꿈꾸기일 수 있고, 둘 다일 수 있고, 토템이, 부족의 법이 부족원의 꿈꾸기일 수도 있는 시간. 창조이자 물화이고, 평생의 무늬인, 꿈꾸기인 시간. 새들의 색색이 달라지는 시간 아니라 달라짐인 시간. 아이-영 형태로 누구나 영원히, 개인적 생 이전부터, 그리고 그것이 끝난 후에도 내내 존재하는, 꿈꾸기인 시간……

네가 그렇게 말하지 않아도 나는 그렇게 설명하고 이렇게 덧붙일 것이다. 네가 오스트레일리아 원주민이라면 옛날 방식을 고수하며 아직도 오지 숲속 채집과 부메랑 사냥으로 먹고사는 그들 아니라 화려한 도시생활의 화려할수록 예리한 면도날에 그 꿈꾸기인 시간을 피 한 방울 흘리지 못하고 너덜너덜해질 때까지 난자당한 그들 중 하나라고.

그렇게 베여버린 상어 꿈꾸기가 지금 너의 몫이고 그렇게 베여버린 캥거루 꿈꾸기가 지금 나의 몫이라고. 왜냐하면 난 네 애를 캥거루처럼 배고 캥거루처럼 낳아 캥거루처럼 기르고 싶었다. 그래 유독 그 말이 내 안에서 내 배를 발로 툭툭 찼지.

임신 오 개월이 되면 태아가 최초로 움직이는데, 그때 산모가 자리한 땅의 아이-영이 비로소 그 속으로 들어오기 때문이다…… 그 말에 내 배 전체, 아니 내 몸 전체가 자궁으로 느껴졌었다.

그런 해피엔딩은 불가능하지. 꿈꾸기도, 시간도 끝났다. 우리에게는 아주 비좁은 의식의 공간만 남아 있다. 너무 좁아 최후의 물화인 인간 꿈꾸기는 물론 동물 꿈꾸기도 불가능하여 기껏 식물 꿈꾸기로 끝날지 모르고, 그건 육이 아닐지도 모르는, 비좁은 공간.

10. 남자

사물을 묘사할 단어들이 사라진다. 비유가 사라지고, 그림이 해체된다. 무엇이 무엇처럼 보이는 그 무엇이 무엇인지, 그 명명을 알 수 없고, 명명이 없으므로 그림의 윤곽이 허물어진다. 개같이 죽게 생겼구나. 주인한테서 버려진, 버려짐이 애견 시절 인간을 닮았던 기억을 갈수록 허물어뜨리는. 그 지워짐의 겹침만이 의식의 전부인.

명사가 사라진다. 뭐였더라, 그게 뭐였더라…… 질문의 의문부호가 지워지고 질문도 의문의 고행만 남고 그 의문이 지워진다. 그래야지. 의문이 전부인 의식은 얼마나 지독한 고행인가.

명사는 눈이 보는 것들의 이름을 짓는다. 해, 달, 별, 하늘, 산, 강, 바다. 명사는 눈이 보고 손에 닿는 것들의 이름을 짓는다. 나무, 꽃, 풀, 눈, 코, 귀, 입, 곰, 새, 물고기, 개구리, 개, 고양이, 집, 밥, 숟가락. 명사는 귀가 듣는 소리의 이름을 짓는다. 새소리, 북소리, 바람소리, 코가 맡는 냄새의, 혀가 느끼는 맛의 이름을 짓는다. 젖냄새, 땀냄새, 똥냄새, 설탕 맛, 사과 맛. 날말 뿌리는 소리로 그린 그림이거나 그림에 가장 가까운 소리지.

그림이 무너지고 소리가 무너지고 둘 사이 관계가 무너지는 것이 죽음일까? 그것이 음악일 수 있을까?

나는 광고의 홍수를 감격으로, 유통의 뼈대를 음악으로 착각하는 것 아닐까? 내 몸속 코카콜라 디자인을 벗겨내고 깎아내야 하는 것 아닐까? 아니, 자본주의도 일종의 고행이다.

우골리노. 우매한 참혹의 명징한 이름. 단테 신곡 지옥편에 나오는, 아들 손자 넷과 함께 감옥에 갇혔다가 배식이 끊어지고 아들 손자 들이 자기 몸을 먹어달라 애원하고, 거절했으나 아들 손자 들이 굶어 죽은 뒤 굶주림으로 의식을 잃은 채 결국 아들 손자 살을 먹다가, 그도 굶어 죽은 후 지옥에서 원수 로저 대주교의 두개골을 계속 물어뜯고 있는, 두개골로 두개골을 물어뜯고 있는 전생 피사 영주. 그러나, 자본주의야말로 무의식적으로 애비의, 아들의 살을 먹고 살아나고 깨어나 그 참혹을 의식으로 견디는, 전생 아닌 이승의, 지옥 아닌 현실의 고행 아닌가.

자본주의를 극복하기 위해 자본주의를 벗어나지 않는 한에서만 마르크스주의는 혁명적이고 고행적이다.

몸의 비유 아니라, 몸인 비유 없는가. 처음의 비유 아니라, 처음인 비유 없는가. 예술의 비유 아니라 예술인 비유 없는가.

음악의 세계는 지리적으로 정말 가깝지. 그토록 먼 옛날 그토록 먼 거리에서 비슷한 음악이 서로를 표절하듯 태어났다는 것. 그것을 그토록 먼 옛날 그토록 먼 거리에서 알았다면 사람들은 훨씬 더 순순히, 훨씬 더 멀쩡하게 하나님 은총을 믿게 되었으리라. 음악의 표절이 아니라, 음악인 표절. 음악 속으로 통섭과 음악 밖으로 기적.

나를 몰고 가는 것은 느리고 변화무쌍하다. 당신, 인가? 여러 명으로 여러 겹으로, 스스로 끊기지 않으려 서로 다른 여러 이야기가 서로 다른 여러 이야기를 감싸며, 나를 뚝뚝 끊으며 오는 것은 당신, 인가?

그래 당신과 함께 장을 보고 엘리베이터를 타고 올라가다가 몇 층에선가 엘리베이터 문이 열리고 아는 선배가 나타나고 내가 잠깐 내리고 내용도 모르는 얘기를 나누다 잠이 깨었다. 나는 그 꿈속으로 그 엘리베이터 속으로 다시 돌아가지 못했다. 잠이 깬 내 곁에 누워 있던 당신은 더 생생했지만 낯설었다. 내가 돌아갈 때까지 그 엘리베이터 속에 남아 있을 그 당신이 아니었다. 그 당신과 나누던 이야기는 지워졌는데 그 당신, 인가?

그냥, 국회 몸싸움을 둘러싼 정치면 대부분의 흑백과 아카데미상 수상식을 둘러싼 연예면 일체의 총천연색, 그 뒤범벅의 희미한 잔재의 덮침일 뿐인가. 이제껏 발견된 가장 오래된 인물사진은 신사의 구두를 닦는 구두닦이 소년의 장면을 담고 있다. 물론 흑백으로. 이것은 사진이라는 기계의 희망인가? 사진은, 장면이므로, 갈수록 시간의 향기를 뿜는다. 이것은 사진이라는 예술의, 희망인가? 반복 아닌가, 구두닦이 소년이 구두를 닦는? 장면은 시간을, 시간은 공간을 지향한다.

슬프게도 불가능한 지향이다. 그러나, 그러므로, 시간을 지향하면서 사진은, 공간을 지향하면서 음악은, 예술이 된다. 그것은 가장 아름다운 가상현실이다. 슬프게도, 남자는 여자의 성을, 여자는 남자의 성을, 완전하게 이해할 수 없다. 그러나, 그러므로, 사랑할 수 있고, 사랑을 완성할 수 있다. 나의 죽음은 그 완성이 될 수 있을까? 죽음은 난해의 극복일 수 있을까? 따스한 배경이었던 당신이 갈수록 준엄한,

아이스킬로스, 소포클레스의, 잔혹이 명징한 운명 여신으로 변해가는 이것이, 죽음일까? 내 몸은, 내 의식은, 너무 오래되어 만지기만 해도 분쇄되는 헌책 쪽 같건만, 당신은, 여성은, 성은, 과거와, 역사에 대한 질문 없이도 명징하고 준엄하다.

빼앗긴 들에도 봄은 오는가. 지금은 어린애들이 민요풍 동요로 부르는 그 시. 빼앗긴 들에도 봄은 오는가? 빼앗긴 들에도 봄은 오는가! 빼앗긴 들에도 봄은 오는가…… 그것은 질문인가, 찬탄인가, 말문 막힘인가? 송알송알 구슬비는 이보다 십일 년 늦은 1937년.

송알송알 싸리잎에 은구슬
조롱조롱 거미줄에 옥구슬
대롱대롱 풀잎마다 총총
방긋 웃는 꽃잎마다 송송송

고이고이 오색실에 꿰어서
달빛 새는 창문가에 두라고
포슬포슬 구슬비는 종일
예쁜 구슬 맺히면서 솔솔솔

명랑한 자연의 친일? 아니다. 자연의 생로병사보다 더 기나긴 고행이다. 글쓴이 식민지 여성으로 세 살 때 소아마비에 걸렸고 열여덟 때 쓴 이 시가 동요로 만들어져 남한 교과서에 실리고 널리 불린다는 걸 알고 월남했으나 평생 가난한 독신 재속수녀로, 고아원 보모 노릇을

했고 수녀원이 운영하는 양로원에서 지내다 안성 미리내 성지에 묻히니 향년 76세였다. 나와 정반대로, 고행은, 평생 동안 이어지고, 명랑한 자연을 배경으로 더욱 도드라진다. 명랑은 고행을 공간으로, 광경으로 만들지 못하지. 고행을 완성할 뿐이다.

당신. 이 명랑은 정말 당신을 나의 반쪽이게 하는군. 자연스러운 반쪽 아니라 완벽하게 없는 반쪽. 정말 내 몸의 반이 뚝 떨어져나간 듯한. 그런데도 고통이 느껴지지 않고, 그래서 더 섬뜩한 반쪽. 고대의 평면 지구 아니더라도, 수평은 높이다. 너비고 깊이다. 지명에서 한자의 뜻이 사라지듯, 주소에서 거처가 사라지고, 그림에서 뜻이 사라진다. 전통, 낯익으므로 가장 중요했던 모든 전통이 사라지면, 조선시대 귀신 형용, 슈퍼내추럴만 모던하지.

무엇 때문에, 무엇을 지키기 위해, 무엇이 무서워, 무엇에 질겁하여 우리들의 제사는 그토록 요란했을까, 가난을 무기로? 난 그게, 혹시, 혁명은 망외의 소득쯤 된다는 소리로 들린다. 혹시 '~하지 않으셨습니까?' ……그런 질문으로 들린다. 두려움은 영혼을 좀먹는다. 그건 동양화의 영혼도 그렇다.

푸가. 확산을 응집하거나 응집을 확산하는, 안개화. 오로지 음악만을 믿는. 음악의 액체성만을 믿는. 음악. 정신과 육체의 모든 슬픔을 음악화하면서 극복하는. 거울. 인간 육체 과정의 온갖 참혹을 거울 표면으로 만들면서 극복하는.

아웃사이더? 그 무슨 게으름과 권력욕을 적당히 얼버무린 소리. 죽어라 땜통이 맞지. 죽어라 땜통이…… 노동자도 사람이다, 난 그 구호가 정말 싫었어. 노동자를 사람 이전으로 운명 지우는 말 같았으니까. ……안티라는 말도 싫었어. 안티의 대상에 타격을 가하기는커녕, 우리의 시야만 좁히는 것 같았으니까.

여자가 수를 놓는 모습이 아름답다고? 이팔청춘에 구중궁궐 들어와 늙어 죽을 때까지 방에서 수만 놓던 수상궁한테 그리 말해봐라. 왕실 베갯모, 이불, 보자기, 의상, 노리개, 주머니, 수젓집, 은장도집, 방석, 병풍은 물론 인두판까지, 그리고 그 많은, 숱하게 갈리는 군신 흉배까지 수를 놓자면 방과 왕실 살림은 물론 국가 자체가 한 땀 한 땀 지옥이었으리라. 그렇게 자수에 환장한 나라가 또 있을까. 고래 싸움에 새우등 터지는 나라 지배계급의 미학은 아무리 아름다워도 밖으로 사대적이고 안으로 마조히스트적인 법.

공자의 조선에서 그 사태는 심화한다. 신약성서와 구약성서의 오류 또한. 그것을 미학과 신앙의 심화라고 착각하지. 병신 같으니. 망했다는 게 별거 아니지. 개처럼 살다가 개처럼 죽을 몸이라는 것. 오래전 개처럼 태어났다는 것을 비로소 깨닫는다는 거.

……

모차르트 교향곡 41번 2악장은 음이 치솟으며 공간이 시간으로, 시간이 공간으로 바뀌는, 그래서 그 숱한 음악 중 유일하게 시간과 공간이 겹쳐 보이고 시간이 공간을 시간적으로, 공간이 시간을 공간적으로 심화하는 대목을 품고 있다. 귀 감으면 그 공간을 들려주고, 눈 감으면 그 시간을 서정의 덩어리로 보여주는. 생애 모든 광경이 들리고, 생애 모든 시간이 보인다는 죽음 직전 혹은 직후를 닮았지.

당신. 그 음악처럼 나를 해체하고 재구성해다오. 그리고 나라는 음악의 미분이자 적분이 되어다오.

11. 여자

고문은 자신의 야만성에 스스로 분노하면서 더 광포해지는 면이 있다. 그것은 뒤늦은 계몽군주가 자신보다 앞서 있는 부분을 갈수록 미워하고 결국 말살하려 하는 속성과 비슷하다. 스탈린이 아무리 의심 많고 잔인한 인물이었단들, 처음부터 수천만 명을 죽일 생각은 없었을 것이다. 그리고 만에 하나 그럴 생각이었다면 그 생각은 표출되는 순간 저지될 수 있었을 것이다. 러시아혁명 여파에, 그 생각을 저지할 힘 정도는 남아 있었을 테니까.

뒤늦은 종합은 대중의 의식수준을 대중성이란 미명 아래 자기 수준으로 낮추며 세를 불리면서 앞선 종합을 더 철저하게 말살하려 한다. 그런데, 종합은 언제나 뒤늦다. 즉, 앞선 종합도 시대 흐름보다 더 앞선 것은 아니다. 희생자가 수천만이란들, 세계대전 전사자보다 그 수가 더 많단들 놀랄 일이 아닌 일이, 벌어진다. 그리고 이것은 비단 제2차세계대전 이후 사회주의에 국한될 일도 아니다. 국한이라니, 그것은 종합의 종합이고 결정판이었던 것을.

정신이 들었나? 고문이 고마울 때도 있는가. 하지만 들었다고 생각하는 순간 정신이 느끼는 몸은 더 우스꽝스러운 쪽으로 엉망진창이 되었구나. 고통을 하나의 형용으로밖에 느끼지 못할 정도로.

역사의 해학 아니라, 해학의 역사를 알 것 같다. 정교함은 흔히 쩨쩨해지고 위엄의 빛을 잃는다. 세월을 머금은 예쁘장한 꽃이라니. 노리개는 여성의 비린내를 어떤 향수로도 가릴 수 없다는 절망의 표현으로 빛나지. 남성 해학은 벽사의 범과 범 발톱과 범 이빨 형용도 졸렬하다. 복을 비는 박쥐 형용은 아예 코믹이 검다. 학은 무난하지만, 무난하다는 것은 그냥 애매하다는 뜻이고 툭하면 난해의 추상으로 넘어간다.

새들, 날지 않고, 꽃들, 피지 않는 오색영롱이다. 옷들, 입지 않는 화려, 보자기들, 싸지 않는 아기자기 환상의. 남바위, 써도써도 추위를 오래전부터 닮아버린. 병풍, 유구하게 칠수록 가문의 영광이 오종종한. 풍잠과 서책, 남아 있을수록 꾀죄죄한. 한나라 세발솥과 은나라 종에 새겨진 길상문은 검지 않아도 불길하다.

세월을 머금으며 비린내를 생애 너머 빛으로 전화하는 것은 몸뚱이가 아주 단단한 것들만 가능하지. 가락지의 금과 은과 칠보와 옥. 그 빛의 아름다움으로 가락지는 손가락보다 더 굵어 보여도 좋다. 비녀의 그것들. 제 몸 왼쪽 끝에 달린 세상 모양과 색깔의 극치를 떨잠은 온몸으로 떨고 영락잠은 온몸으로 붙잡는다. 옥비녀는 그 빛인 과정, 칠보비녀는 그 빛인 결과. 머리는, 그 깜깜한 숱 빛의 과정 그 자체. 그러므로 비녀는 아무리 커도 너무 클 수 없다. 장도의 은. 자신의 목적, 소용의 미학 너머로 아름다운. 그 빛으로 은장도는 아무리 작아도 너무 작을 수 없다.

내 몸은 죽은 생선처럼 육체의 기억만 비린내 성성하다. 전쟁보다 더 피비린 전쟁소설처럼 피비리다. 당신과 사랑을 나누던 기억도 역한 비린내만 남았다. 열차를 타고 삶은 계란을 아껴 까면서 우리가 멀리 가본 적이 있었던 것이, 그 철길의 길이가, 우리가 사랑을 나누기까지 행로가 그리 길었던 것이, 그게 외줄로 보이는 것이 얼마나 다행인지 모른다. 그렇지 않았다면 이어진다는 개념조차 내가 잊을 것 같으니까. 영문도 모르고 징징 울기만 할 것 같으니까.

무슨무슨 망년회가 저무는 쪽으로, 무슨무슨 신년회가 밝아오는 쪽으로 그리도 조촐했던 것이, 무슨무슨 퇴임식이 그리 한산했던 것이, 무슨무슨 돌잔치가 그리 약소했던 것이, 무슨무슨 제사가 그리 쓸쓸했던 것이 얼마나 다행인지 모른다. 그 단출했던 중국집 뒤풀이 회식, 얼마나 다행인지 모른다. 우리는 소중하게 그 시간과 장소, 그들의 시간과 장소를 채웠으니까. 지금 우리에게 남은 것이 그 채움일 뿐일 수도 있으니까. 그 채움이 우리가 세상에 찍은 유일한 손도장일 수 있으니까. 아니, 꼭 찍어야 한다는 게 아니라, 그게 세상 속 당신과 나의 유일한 겹침일 수 있으니까. 그게 세상을 향해 우리가 우리의 사랑에 대해 발설한 유일한 흔적일 수 있으니까.

발설은, 강력하지. 발설이야말로 가장 간절한 기도다. 우리에게 무슨 일이 생긴다면, 모든 것이 허무로 돌아가더라도, 대신일망정, 우리 대신 우리를 살아달라는. 그건 광고와 다르다. 아니 정반대지. 광고는 영원히 죽지 않을 것이라는 착각의 소산이니까.

오줌 냄새 오래된 골목을, 골목 돌담을 여러 번 겹쳐야 당신의 장소는 건물로 있다. 그래, 물론. 그 겹침도 다행이었고, 다행이다. 그때는 안온이었으므로 다행이었고, 지금 내가 그것을 통과하여 당신의 완벽한 실종에 완벽하게 합류했다는 느낌을 주므로 다행이다.

내가 당신에게 묻는다, 될 수 있는 대로 발랄하게. 왜 우리에게는 이십대가 없지? 그게, 그 실종이 우리를 가르고 있는 것 아니냐는 질문처럼도 들린다. 당신은 말이 없다. 그게, 긍정의 뜻이면 좋겠다. 다시 찾아올 수 있는 거니까. 당신을 위해서라면, 원한다면, 아기 시절도 되살릴 수 있다.

물론 나는 돌상에서 실을 집는다. 더 살기를 바란다는 것이 지금 그리 참신할 수가 없다. 가난은, 선택한다면, 얼마든지 행복한 선택일 수 있다. 가난으로 시간을 아름답게 장식할 수 있다. 보이지 않아서 더 잘 이어지던 라디오, 뉴스와 드라마와 가요와 팝의 시간은 지금 정말 얼마나 다행인가. 나는 젊음의 절정인 추억, 추억의 절정인 젊음을 생애로, 혹은 역사로 가늘게 늘여, 내 몸과 시간이 모두 실처럼 이어질 뿐일 때까지 살 수 있다. 액체가 모두 빠져나가고 의식은 치매의 직선만 남을 때까지.

자연은 유년과 가깝고 낯익다. 자연이 종종 유년에게 가혹하지만, 유년 또한 종종 스스로 가혹에 가깝다. 유년이 겪는 일제는 선망과 공포겠지. 초등학생으로 운이 좋아 마음 따스한 일본인 여선생의 보살핌을 받으면 선망도 공포도 따스해진다. 유년의 해방이 아이가 겪는 어른의 환희라면 건국과 피살은 아이가 겪는 어른의 절망, 동란은 아이가 겪는 어른의 참혹. 분단은 어느 날의, 어느 친척과 친구 들의 실종.

먹고산다는 것, 가난과 죽음이 서로를 피폐화한다는 것, 분단으로 심화하는 이분법의 누추를 견딘다는 것, 그리고 가족을 꾸리고 자식들을 출세시켜야 한다는 것까지 유년은 어른과 공유한다. 그때는 너무 어려서 고맙다는 말씀도 못 드렸습니다…… 네가 나다. 누군가의 칠순잔치에서 도열하듯 서서 인사를 하는 그 자식들의 출세가 정말 고맙고 장하고 눈물 왈칵 쏟아지는 경험도 유년은 어른과 공유한다. 그때란, 남들이, 친구와 후배 들이 마련해준 환갑잔치였을까.

장소를 초라한 중년 탈모를 닮은 소규모 집회용 강당쯤으로 잡고 직사각형 사무용 철제 책상 몇 개를 한데 모으고 흰 종이 깔고 주종을 중국, 요리가 아니라 음식으로, 차렸다기보다는 때웠을 터. 요령 있는 자 다행히 있었다면 근처 요정에서 환갑잔치 장식용 전통음료 몇 가지 싼값에 마련하고 운 좋으면 번듯한 궁중 잔치용 식기 몇 개 빌려왔을 터. 천운이면, 민주화 여학생들 도우미로 나서 몸매와 의상을 뽐내주어, 잔치 겉모양이 제사 같지 않고 가까스로 환갑 같았을 터. 자식과 친척 자식 들 말고도, 무슨무슨 재야인사, 무슨무슨 민주화 단체 사람들, 혹은 문인 후배나 제자 들 절을 받았을 터, 왜냐하면 가난한 환갑에 어울리는 그룹이 바로 그들이니까. 더 가난한 사람은 환갑 생각도 못 하고, 가난을 대물림했을 테니까.

남한에서 감동적인 출세가 가능하다니…… 어른의 그 진심도 유년은 공유한다. 그 모든 공유가 바로 남한의 시고 소설이고, 예술이다. 각이 시고, 시가 각인. 목판 혹은 목각의 일가를 이룬.

역대 유년들은 나이를 먹는 일이 무엇보다 갈수록 가벼워지는 일이고, 깨끗해지는 일이고, 아름다워지는 일이라는 것을 정신과 육체의 일치로써 보여주면서 스스로에 대해 소스라치게 경악한다.

사회활동이 갈수록 빈번하고 활발해지는 동시에 순정이 깊어지면서. 그 순정의 극치가 바로 어른의 동심이라는 것을 보여주면서. 동심으로 자서전을 쓰면서.

하여 고향과 어머니를 추억할 때는 물론이고, 사회주의와 자본주의를 공히 비판할 때도, 준열할 때도, 따스하고 소중한 일화를 소개할 때는 물론, 지금보다 훨씬 더 분위기가 살벌했던 과거의 위험한 비공개 사실을 폭로할 때도, 용감할 때도, 사는 일의 고단함을 단아하게 설파할 때는 물론 준엄한 자기비판을 감행할 때도, 노년이 노년으로 장악한 동심으로.

'~지 뭐예요', 그런 표현, 의문과 찬탄이 하나로 합쳐진 그 표현의 감칠맛을 재발견해야 하지. 바야흐로, 노년 머금은 동심으로. 정신조차 다이어트한 노년의 동심으로.

윤동주는 식민지와 일제 사이 양심의 역대 유년 중 하나. 백석은 편재의 제국어를 거부한 식민지 토착어 역대 유년의 하나. 이상은 토착어와 제국어 사이 정신분열된 역대 유년 중 하나. 없는 것은 수백 년 전 자수의 수백 년 묵은, 죽음의 섹슈얼리티……

12, 남자

바다에 벼락치고, 나는 물고기다. 오직 한 마리만 있는. 생명이 벼락인. 그것만 아는. 아니, 알지 못하므로 견딜 수 있는. 누가 내게 다시 고문을 가했지?

분명한 것은 전기뿐이다. 살이 찢긴 것인지도 분명치 않다.

도피는 모든 낯익은 것을 배반하고 배반케 한다. 낯익은 모든 것들이 조여오는 벽이다. 모든 것에 지쳐 툴툴거리는 내 소리도 나를 조여온다.

당신과 같이, 였었나? 도피라는 것을 모르는 당신과, 어렴풋이 눈치챘을지도 모르지만, 나는 결코 도피라는 것을 알려줄 수 없었던 그 도피에 같이, 였었나? 그래서 그 모든 벽들이 끝내는 나를 필사적으로 감싸는 당신의 품이고 살이, 었었나?

지금은 더 그렇구나. 그렇게 나는, 당신과 나는, 끝내 도피할 수가 없는 거였구나. 내가 당신한테 벽이고 당신이 나한테 문일밖에 없는. 이제는 그 모든 벽들이 당신이라는 문이고 살일밖에, 나의 감옥이고 해방일밖에 없는. 담배연기에 소리가 어둡게 묻어나던 그 다방에서, 한 마리 놀란 사슴처럼 가슴을 콩닥대던 당신은. 내가 앉은 방석은 때 아니게 축축했고. 두려움이 공포의 비명을 지르기 직전.

결혼 후 아버지 성묘를 갔었지. 무덤들이 숱하게, 질서정연하게 열 지어 있는 곳이었다. 무덤, 이라기보다는 은가락지, 라기보다는 은반지들이 그 수와 열과 질서정연으로 죽음을 능가하기라도 하려는 듯, 풀과 나무 따위 자연이 죽음의 품 아니라 값싼 장식 같았던, 밤에도 정적이 내리지 않을 것 같았던. 집단이 화려에 아주 조금만 미달했던. 죽음이 시끄러웠던. 그런 무덤들 내 뇌리에 새겨진다.

여느 스산한 공동묘지라면 나는 무덤에 가까운 몰골이었겠고 당신은 죽음과 대비되어 더 생생한 용모였겠으나 그런 무덤들 앞에서는 당신도 나도 그냥 기분이 어설펐다.

시어머니, 시누이 셋 모두 참석한 성묘였으니 그때가 모처럼 당신 죽은 시아버지 산 시어머니 모시고 남편 뒷바라지하고 딸린 식구 보살피며 산다, 살림한다 싶을 때였겠다. 평소 무뚝뚝하던 시어머니 그날도 별말이 없었다. 당신 성묘 음식 차렸고 첫째 시누이 제초에 몰두했고 둘째는 고개를 이리저리 돌려 남 성묘 보며 이러쿵저러쿵했고, 특히 찬송가 소리 지겨워했고, 죽음과 가장 멀리 떨어진 자리에 있던 셋째는, 와 무덤이 또 늘었네, 연신 두리번거리며 놀라워했다. 개한테 죽음은, 무덤은, 숫자고 놀라운 증가 속도였다.

외롭지는 않으시겠네…… 우리 둘만 남았을 때 당신은 그랬다. 아버지가 그랬다는 건지, 어머니가 그랬다는 건지, 애매했다. 하지만 당신의 외로움이 짙게 나를 덮쳐왔다. 지금은 당신 그 소리가, 죽음은 집단적이란 소리처럼 들린다. 소스라치듯, 죽음 이편과 저편 모두에서 소스라치듯. 아, 이 고문은 당신을 닮았구나. 나를 언제나 놀래키던 당신의, 나보다 더 외로웠으면서도 나보다 더 멀쩡한 생각을.

화사한 여자. 찌르르 전기가 올 듯 화사하고도 코케티시한 여자. 그러나 당신은 골무 같은 여자. 내가 당신 몸속으로 들어간 것 아니라 당신이 내 속으로, 오색 무뎌진 세월의 단단함으로 들어온 것 같은. 지나칠 때는 대못처럼도 느껴지던. 어서 와, 어서 와…… 그랬던 당신 호흡이 내 호흡만 같았던. 야하면 안 돼? 우리끼린데, 우리 둘만 있는데……? 흡사 그렇게 묻는 것만 같던. 내가 일순 능글맞아지고 싶었던. 단둘이지만 너를 통해 내가 나를 통해 네가 여럿 같기도 했던. 그때 내 손에 와 닿던 네 모든 부위 내 모든 부위로, 지금도, 찌릿찌릿한.

개발이 한창이라 십층이 넘는 울긋불긋한 건물들이 들어서기 시작했으나 아직 형무소 냄새와 분위기가 가시지 않은 동네 골목길은 실크로드 같았다. 한없이 길고 힘들게 느껴지지만 훗날 그 기억의 응축이 정말 비단결인. 네 육체가 바로 기억의 응축이었지. 문상은 길이 멀수록 기분좋은 여생 같았다. 네 몸이 바로 길이었으므로. 슬픔이 초라할수록 안온했다. 네 몸이 슬픔이었으므로.

우중충한 날 돼지고기 김치찌개 보글보글 끓던 냄새난다. 네 콧노래 소리 절로 그것을 닮으며 절로 그것에 묻어난다. 너는 이 세상에서 내 귀에 가장 가까운 전화기였고, 끊임없이 나를 놀래켰고 너에 대한 내 놀람, 네 속삭임에 대한 내 귀의 놀람은 지친 적이 없다.

내 살 타는 냄새 역겹구나. 매 고문마다 너는 화들짝 놀랄 것 같고 놀래킬 것 같고, 지금 내게 네 그 놀람과 놀래킴보다 더 애처로운 것 없다. 대나무 비녀처럼 시커멓게 앙상하게 말라버렸을 네 몸보다 더 처참한 것 없다. 네가 고문을 겪으며 강인하되, 결코 강퍅하지는 않았을 거라는 나의 예상보다 더 뼈아픈 것 없다.

그런 너를 생각하며 다시 마르크스주의의 운명을 떠올리는 나 자신보다 더 잔인한 놈 없다. 니체 이래 유럽 철학은 이성과 계몽의 결말인 자본주의를 비판하며 그 대안으로 갈수록 비자본주의적인 것과 예술의 결합을 꾀했다. 철학은 문학예술을 입으며 문체가 화려의 극을, 제 살로 받아들이며 논리가 섬세의 극을 달리게 되었다. 반복이 줄고 파격적으로 발랄해지고 상상력이 풍부해졌다. 들쑥날쑥하면서도 아담하다. 예술론과 구별이 안 될 정도로. 아니 예술론이 감각을 이성 속으로 끌어들이려는 반면, 철학은 감각 속으로 자신을 내팽개친다고 해도 과언이 아닐 정도로.

마르크스주의는 그 화려 속에 더욱 초라하고 그 총천연색 속에 더욱 검고 그 복잡함 속에 더욱 단순하다. 그러나 화려는, 총천연색은, 복잡함은, 자본주의 바깥에서 자본주의와 공존하면서 절망으로 화려하고 절망으로 총천연색이고 절망으로 복잡하다.

나는 끝까지 자본주의 안에서 자본주의와 공존이 아니라 자본주의의 극복을 지향하는 마르크스주의의 희망을 붙들겠다. 그것이, 네 몸의 고행으로 더욱, 화려하고 총천연색이고 복잡한 희망의 언어로 발전할 때까지. 이른바 좌파한테 휘둘려 스스로 좌파인지도 모르고 좌파인 사람들은 초라하지 않고 단순하지 않고 검지 않으므로. 그들이야말로 우리가 원래 대중이라, 최소한 서민이라 명명했던 사람들 아닌가.

불필요한 부분을 과감히 지워버리면 비로소 빈자리가 보이고, 제대로 된 빈자리는 제대로 채울수록 제대로 늘어나는 빈자리다. 너의 빈자리고, 마르크스주의의 빈자리다.

그런데, 언젠가부터, 내 몸에 단추의 기억이 없다. 주머니의 기억도 없다. 내 몸이 적나라를, 입었는가, 적나라가 내 몸을 입었는가? 내 살갗에 입음의 기억이 아직 남았는가, 머리끝이나 발끝에 조금? 너는 남았는가, 접지, 뒤꽂이, 동곳만큼이라도? 개념이 사라지고, 깡그리 잊혀지고, 찰나의 길이가 보인다. 신음하던, 신음하는, 네 얼굴이 언뜻 보였다가 사라진다. 내 살 타는 냄새. 이제 역겹지도 않다. 막창 굽던 냄새난다. 너와 나, 밥 지어 먹고 살던 살림의 현실이, 있기는 있었는가?

고문은, 과거의 모든 기억을 지워버리고 저 혼자, 세계 최초로 등장하려 하므로 고문이고, 고통의 있음과 고문의 없음만 남기고 퇴장하려 하므로 고문이다. 각목은 정강이뼈에, 채찍은 살갗에, 바늘은 손톱끝에, 물은 콧구멍 속에. 그런 희망도 있는가. 소설은 사라지고 영화 줄거리만 남는다. 그것도 사라지고 색의, 음악의 나달나달한 줄거리 기억만 남는다. 그것도 사라진다. 남는 것은 고통을 덩어리지게 하는 만큼의 육체뿐이다.

그런 육체의, 다행도 있는가.

들끓으라. 씻기우라. 거리의 인파들. 비정하고 약삭빠르고 더러운 욕망들. 들끓으며 비에 씻기우라. 그렇게라도 나를 구성해다오. 새하얀 폭설로 나를 뒤덮지 말고. 남겨다오, 나의 색인을. 목차까지는 아니더라도. 감싸다오. 씻김의 겹과 겹만으로 물질의 건물이 구성될 수 있다는 듯이.

대리석을 닮은 결혼식이다. 대리석 건물의 결혼식 아니라, 대리석처럼 얼어붙은 결혼식 아니라, 신랑의 씩씩함이, 신부의 화사가, 신랑 신부의 부모 얼굴 가득한 웃음이, 주례의 근엄이, 하객들의 들쑥날쑥한 온화가 영영 부패하지 않을 것 같은, 신혼 그후의 역사가 대리석을 닮아 반질반질할 것 같은, 그렇게 되기를 바라 마지않는 우리의 눈에 대개는 그렇게 보이는, 결국은 그래서 결혼식 건물이 애당초 대리석이었을 것 같은, 그런 결혼식이다.

꿈속인가? 아버님, 계시다. 내가 죽었나? 죽음 속이 이리 푸근할 리 없지. 아니, 아버님이 이리 푸근할 리가 없나? 삭힌 홍어 안주가 뱃속에서 다시 썩는 냄새 입에서 가신 적 없는, 주정뱅이 아버지가. 어머니, 계시다. 이리 향기로울 수가, 없나? 강인하고 단아했으되, 아니 강인하고 단아했으므로, 부드럽거나 자상한 데가 없었던 어머니.

동생들 셋 다 있다. 눈에 넣어도 아프지 않고, 씹어 먹어도 비린내 안 날 만큼 앳되게. 동지들, 그리고 먼저 간 동지들, 모두 있다. 내게 없던 형들이, 원래부터 있었다는 듯이.

이것이 삶이 아니라면, 도대체 무엇이 삶이겠느냐는 듯 얕은 죽음인 꿈, 혹은 깊은 꿈인 죽음을 애타게 어지럽히며. 당신은? 아. 그들 모두 당신 속이다.

13. 여자

난 당신이 당신인 채로 조금만 더 늙수그레했으면 좋겠다. 당신한테 더 젊어 보였기를 바라서가 아니라, 지금 그 바람만이 나를 좀더 안정시킬 수 있겠기 때문이다. 거북 등딱지처럼 당신 얼굴이 늙어버리면 더 안정적이겠지만 그런 안정은, 아무리 지금이라도, 너무 멀어 혹시 체념 그후에 가깝겠지. 생이 아무리 얼마 남지 않았더라도 그건 손해일 것 같다.

뭐랄까, 새의 선물을 받지 못한 느낌이랄까. 인품 멀쩡한 늙은 정치인이 느닷없이 자신의 젊은 날 선동가요를 부르는 모양, 유명 시인이 일찍이 자신의 시집에서 제외시킨 작품을 웬 독자가 열렬한 독후감과 함께 들고 오는 경우, 스스로 깊어지려 노력하지 않는 부류와는 아무런 운동도 할 수 없다는 것을 너무 뒤늦게 깨닫는 문화운동가의 심정이랄까. 야당이든 여당이든 선거유세에 동원된 대중 인기가수 처지랄까.

이 모든 것을 나는 안다. 당신 덕분에. 당신에 대한 나의 사랑으로.

당신이 겪고 있는 참혹을 대가로. 유능한 장편 연재 소설가가 한창때 여러 방면으로 분위기를 바꾸어 여러 작품을 동시 연재하는 것과 정반대 상황에 당신은 처해 있다. 참혹을 견디기 위해서만 육신이 있다는 것. 그것이 나한테 다행인지 아닌지, 그것만 나는 모른다.

내가 겪는 참혹이 당신 참혹에 도무지 도움이 될 리 없지만, 당신은 나의 참혹으로 더, 그럴 수 없이 괴롭겠지만 내가 나의 참혹으로 당신의 배경이 될밖에 없다는 거, 그렇게 당신을 감쌀밖에 없다는 거. 그것이 내게는 물론 다행이지만, 당신 참혹의 가르침은 물론 고마운 것이지만, 나에게 다행이고 고마운 것에서 당신에게 고통인 것을 빼면 무슨 의미가 남을지, 그것만 나는 모른다.

내 의식을 이 정도로나마 유지시켜주는 그 모름은 당신을 고통만 튼튼한 두 사내로 내 양쪽에 세우고 그사이 내 모름은 정말 어찌할 바 모른다. 더 갈가리 찢어질 수 있다면 더 갈가리 찢어지고 싶다는 심정 말고는.

육체는 바야흐로 만년과 원초 사이 주어가 해체되는 곤충 변태의 시뮬레이션 같구나. 비 내리는 소리도 누가, 여럿이 동시에 나를 낭독하기 시작하는 것처럼. 그러다가 몇은 머뭇대고, 간혹 모두 끊겨도 상관없는 것이, 정해진 순서가 있다는 뜻인지 그 거꾸로인지 알 수 없는 식으로. 무엇이 된다는 것은 무엇인가?, 의 그 무엇도 없이.

당신은 새삼스러울 게 없겠다. 혁명이 허허벌판으로 화하는 사회적 변태를 생물적으로 응축하는 것일 테니. 그리고 죽지 않고 오래오래 살아남을 사람들도 희망은 상징에 있지 않고 응축에 있을 것이다.

그런 다행도 있다. 키리에. 육체의 오감이 육감으로 똘똘 뭉치며 덜

덜 떠는 경악의 공포 없이 어떻게 신성에 가 닿겠는가. 제도 아니라, 종교 아니라, 믿음 아니라, 신앙 아니라, 죽음 아니라, 죽음의 신성에 가 닿지 못한다면 삶은 무작정 화려할 뿐, 생명은 무작정 약동할 뿐, 그 의미를 따져 뭐하겠는가. 덜덜 떠는 그 경악의 공포를 생로병사의 응축인 우스꽝스러움으로나마 감당하기 위해 우리가 여태 사랑하고 있는 건지 모른다. 이미 그렇게 된 것인지 모른다.

내 두 손의 따스함은 남아 국광 껍질처럼 갈라진 당신 뺨 감싸안고 당신 위로하고 싶지만, 그 위로는 너무 낮은 곳에 있구나. 천국은 명랑할지는 몰라도 따스한 곳은 아니지. 지상이 따스하고 지옥은 뜨거우니 당신은 지금 그 속에 있고 당신이 갈 곳은 차디찬 천국일 것이다.

내 위로는 너무 뒤늦은 곳에도 있다. 그렇다. 위로는 따스하고 뒤늦은 수평의 망각 속에 있다. 그 밖에서 세상은 죽어가는 두 눈에 선명하기도 해라, 모든 것이 장미와 우유와 권투만으로 분류될 수 있을 것처럼, 혹은 그것이 광대의 질투를 포함한 세상 모든 낱말의 삼원색이라는 듯이. 가장 슬픈 책과 가장 화려한 방식을 포함한 모든 낱말들이 최소한 그것들 사이 좌표에 위치한다는 듯이.

장미와 우유, 그리고 권투. 그 세 단어는, 거꾸로, 나를 빼빼 마르고, 입술이 크고, 루주가 붉은, 요염하고 한없이 착한 여자로 만들 수 있다. 풍만하고, 약간 놀란 듯한 눈이고, 입술이 오종종한, 루주는 별로 바르지 않은, 요염하고 한없이 착한 여자로도 만들 수 있다.

선지자가 고향에서 존경받지 못하는 것은 고향 사람들의 관행도, 습관도, 실수도, 게으름도 아니고 죄악 때문이라는 것이 명백해진다. 왜냐하면 어느 선지자도 고향에서 존중받지 못한다. 이건 수평의 문제다.

못된 어른이 자신의 못된 팔다리를 잘라낸다고 예수의 유년이 복원되는 것도 아니다. 유년 자체가 자기 경악이 없는 신성이고, 예수다. 어른이 된 예수는 자기 경악을 알지만, 어른들은 그 사실을 모르지. 그건 수직의 문제다.

당신. 우리가 자주 들렀던 곳이 대형백화점이나 슈퍼마켓 아니라 동네 구멍가게, 사거리 책방, 약간 번화한 거리 음식점, 도시 한가운데 산 중턱 도서관, 대학가 카페, 그 정도에 그치고, 우리가 여행 다닌 곳이 해외나 유명 관광지 아니라 간이역 아무 데서나 내린 시골길이나 한적한 바닷가였던 것이 참으로 다행이다. 하마터면 길이 사방으로 흩어져버릴 뻔하지 않았는가. 우리가 자주 다니던 그 길이 지금 외줄로 나를 데려가고 있다, 당신한테로. 내 몸은 그 어느 때보다 더 선명하게 달아오르고, 젖꼭지가 딱딱해진다, 당신을 향해. 액체의 옷을 벗고 싶다, 가장 화려한 오페라처럼 수를 놓은 베갯잇이 되고 싶다, 당신을 위해.

당신은 마음놓고 속삭여도 좋으리라, 세상에 대한 실망과 원망과 푸념과 정치에 대한 시니컬을. 나는 그것을 얼마든지 사랑의 밀어로 전화할 수 있으니. 우린 이미 절정을 지나왔던 것이니. 내 살은 그 기억만으로도 다시 부들부들 떨리리니.

그 떨림은 두 다리를 활짝 열고 조심스런 사랑의, 가장 오래된 걸침의 귀걸이에서 가장 새로운 뚫림의 귀고리에 이르는 온갖 비유와 은유를 파괴하리니. 하여 눈이 더 커진 내 안에 든 입이 더 커진 당신의 기억만 온전히 남으리니. 신음소리, 신음소리. 그것이야말로 죽어가고 있는 나의 일대다.

만날 수 없는 두 여자, 세 여자, 여러 여자의 만남 같은, 그래서 죽어가고 있는 것 같은 나의 일대. 죽음에 가장 가까운 것은 떠남 아니라 서정 그 자체고, 떠나보냄 아니고 팬터마임 그 자체다. 서정이 죽음의 팬터마임이든, 죽음이 팬터마임의 서정이든, 팬터마임이 서정의 죽음이든.

그래서 장송곡 툭하면 죽은 자 진혼은커녕 산 자 위로에도 못 미치는 거지. 아, 장미와 우유와 권투. 죽음 직전 세상의 선명은 삼각형인 삼차원이구나. 생명이 생명의 변종이고 생명의 생존경쟁이고 생명의 유전인 것처럼.

허망하구나, 이 진화의 생명은. 생명 아니라 생명의 변종인 생명은. 생명 아니라 생명의 생존경쟁인 생명은. 생명 아니라 생명의 유전인 생명은. 과거의 처음부터 미래의 끝까지 아우르는 하나의 생명 아니라면 생명의 문장에 지나지 않을 이 생명은.

당신. 어려서 부모를 잃었지만, 오빠도 없었지만, 내가 당신을 그 대신으로 여겼던 적은 없다. 고마운 친척분들 도움은 중학교 졸업하면서 끊겼고, 여고생 신분으로 더 어린 여동생 둘 데리고 생계를 꾸려 나간다는 건 부모 없는 설움 따위 사치로 느껴지게끔 만드는 데 충분했으니까. 지금에 비하면 그건 또 아무것도 아니지.

그렇지만, 가난에 정신이 완전히 찌들기 전 당신을 만나 사랑하고 결혼한 것이 나의 행운이라면, 지금 우리 사이는, 어두울수록 강력한 운명 같다. 그리고, 미리 그중 하나를 선택하라고 했다면 난 물론 행운을 택했겠지만, 지금 다시 선택할 수 있다면 나는 이 운명을 택할 것이다. 죽음을 택할밖에 없듯이 운명을 택할밖에 없는, 그런 식이 아니라, 죽음을 택할 수 있듯이 운명을 택할 수 있는, 그런 식으로. 정말 오기는 온 것이라면, 우리는 바로 거기까지 왔다.

귓속 온갖 시끄러움들이 그 운명을 먹고 밤 수풀의 경건을 입는다. 밤 동안 수풀에는 진화 흔적 지워진 생명의 원초가 밤을 반짝이지. 간혹 짐승 소리도 그 밤을 먹고 응축, 밤이 눈을 뜨는 소리처럼 들린다. 새벽을 알리는 것은 우리들의, 인간세계를 이식하는 발소리뿐이다. 아무리 죽여도 소용없는.

흔히 여성의 슬픔이 표독으로, 남성의 슬픔이 울화로, 흐려지는 것은 불행한 일이지. 투명하지 못한 슬픔은 힘이 되지 못한다. 나의 슬픔을 온전한 여자의 슬픔으로 투명하게 남게 해준 당신의 슬픔에 감사. 지금 나의 슬픔이 당신의 슬픔을 도울 수 없지만, 계속 투명한 남자의 슬픔 유지하기를. 슬픔의 남녀가 아니라, 남녀의 투명으로 만나기를.

아아. 남자, 여자, 그리고 슬픔의 투명. 남자와 여자의 슬픔의 투명이거나, 여자와 슬픔의 투명의 남자거나, 슬픔의 투명과 남자의 여자거나.

영혼 아니라, 정신 아니라, 몸이 몸을 빠져나가는 광경의. 천장에 번진 얼룩처럼. 아주 무겁고 느린 현악 사중주의. 붉게 번지는 저녁놀의. 소리만 있는 공연의. 딱딱한 검정으로 충만한 무소뿔 비녀 장례의. 마을회관의. 성당 결혼식의. 타관객지의. 내용 없는 뉴스의.

14. 남자

나는 날고 있다, 는 것은 모퉁이 돌고 돌아도 모든 게 내 아래 있다는 느낌 때문. 나는 날 수 있다, 는 것은, 나는 게 피 철철 흘리는 느낌이기 때문. 몸이 무지근하다, 는 것은 오늘도 뭔가를 가까스로 만회한다는 기분 때문.

세상이 혼탁한 그 무엇으로, 얼마나 들끓었기에 나는 날고 있나? 뼈를 비우고 또 비워도 너무나 무거운 짐을 우리는 존재라고 불렀던 것 같다.

여기가 어디냐? 모퉁이 돌 때마다 느닷없이 던킨 도너츠 미국풍, 캐슬 카페 유럽풍, 흑백 고귀한 다다미 밀실 일본풍이 불야성으로 진을 친 이 화려한 거리에, 다행히 순댓국밥이나 장터국숫집 간판 하나 내가 너를 만나러 가는 중이라는 것을 깜빡깜빡 상기시켜주는, 그렇지 않으면 너에 대한 나의 기억도 자칫 깜빡깜빡할 것 같은 이곳은, 내가 얼마나 멀리 온 것이지?

내 피는 따스하다. 아주 치열하게. 피 말고는 남은 몸이 별로 없는 것처럼. 내장은 아예 없는 것처럼. 겨드랑이 간질거리지 않는다. 완강한 가슴뼈는 기억이 아니라 무늬라서, 느껴지지 않지만 더 분명하다. 날갯짓도. 너무 커서 몸이 바로 비상이었던 붕새는 몸이 몸 기억 아니고 무늬였을까?

자신의 어깨에 놓인 짐보다는 더 예쁘고 앳되어 보이는 여자애 하나, 그 앞에 정반대인 여자애 하나, 그 앞에 살아온 길보다 살아갈 길이 더 많아 행복한 표정의 사내 하나, 그 앞에 정반대라 행복한 표정의 사내 하나, 그 앞에 정반대라 불행한 사내 하나, 그 앞에 마흔을 갓 넘었으나 남은 생을 정말 여생으로 치는 여자 하나, 그리고 그 앞에 같은 처지지만 인생은 이제부터 시작이라고 생각하는 여자 하나를 나는 지나왔다.

그들은 둘이, 셋이, 혹은 모두 함께 걷는 것인지 모르고, 그 사이를 내가 지나온 것인지 모르지만, 내가 선이고 방향이므로 나는 그들을 차례차례 지나왔고 그들을 지나오는 나의 시간에 그들의 외모는 묻어났다. 내 시간이 그들의 외모로 시커메졌다. 억수로 내리는 빗속을 뚫고 가는 것 같기도 하였다. 냄새는 도무지 기억이 없다.

얼마만큼 빨리 날아야 박쥐는 선에 이를까, 선에 이르지 않고 박쥐가 복을 비는 형용으로 될 수 있을까?

고급 음식점은 건물 뒤로 몸을 숨기고 통유리 내장탕집은 가게 전체가 손님 복작대는 내장탕이고, 내 사라진 내장이 거기 있어도 상관없을 것 같다.

너를 만나러 가는 길이 분명한 바로 그만큼 분명한, 너를 만나지 못하리라는, 네 빈자리로 더욱 그악스럽게 홍청망청대는 먹자골목만 통과하리라는 예감은 네가 나의 과녁 아니라 방향이라는 것일까?

늙어서 오히려 골격이 건장해 보이는, 늙어서야 사내 소리를 들었을 것 같은 사내, 병색에 두개골이 비치는 노파의 모음과 자음을, 아메리칸 인디언 생애가 얼굴에 지도로 새겨진 사내, 흑돔 낚시에 빠져 몸 전체가 바다와 흑돔 사이를 닮게 된 사내, 한국사를 전공하다 한국사의 옹색을 더욱 닮게 된 교수, 평생 언론에 몸담았으나 꼬치꼬치 꾀죄죄하지 않고, 밝고 맑고 장쾌한 사내, 술집 운영 일 년 만에 문 닫고 십 년 만큼 무르익은 여자, 첩살이 삼십 년 음전이 곱상하게 무르익은 여인을 나는 지났다. 그들의 모음과 자음을 나는 지나왔다. 그림, 그리듯, 나는 그들을 거쳐왔다.

선은 소리로, 음악으로 깊어질밖에 없다. 그렇게 살을 섞을밖에 없다. 입출도 전후도 없이. 고통도 기쁨도 지워진 소리가 음악으로 들릴 때까지 갈밖에 없다. 네가 알을 품고 난 뒤에도 나는 선일밖에 없다. 사랑도 너를 거쳐간, 거쳐온 것에 지나지 않는다. 다만, 그럴 때마다, 마주 보고 뒤돌아볼 때마다 이제 네가 낭떠러지이기도 하다는 것만 다를 뿐. 얼굴 밖으로 튀어나올 듯 풍만해서 환했던 너의 육감은 흔적이 없다.

철학은 신약을 역사는 구약을 희박하게 만들지. 거꾸로가 아니다. 스스로 직진한다고 느낄밖에 없는 선의 논리다. 건축은 장애물에, 슬픔은 학습에, 색은 외부에, 쾌락은 우연에 지나지 않고 욕망은 켄타우로스를 닮았다. 떨지 마라. 나는 지난하고, 너의 떨림은 그렇게 난해할 수가 없다. 흔들지 마라. 나는 너고 너의 흔들림은 그렇게 낯설 수가 없다. 까마득해지지 마, 달라붙지 마라. 내가 무의미해진다. 차라리 나를 새겨다오, 네 몸에 문신으로. 차라리 나를 길길이 뛰게 해다오, 너를 쏘는 벌침으로.

윙윙대는 여인, 주먹질하는 여인, 여러 겹 가락지로 껴들고 조여드는 여인, 이모 놀이하는 여인, 온몸으로 잇몸을 읊조리는 여인, 잇몸으로 온몸을 읊조리는 여인, 웨딩드레스만 남은 여인, 하이힐만 남은 여인, 빨강만 남은 여인, 어버버의, 각도와 곡선만 남은 여인, 나는 또한 지났다. 요릿집은 모종의 전생이다.

나의 이생은 어딘가 여기가 아니라는 느낌. 새해만 완강할 뿐, 성묘와 추석은 어김없이 반복된다. 나의 전생도 여기는 아니었을 것 같은 느낌. 나의 후생도 아닐 것 같은. 여기가, 어디냐? 전생이 있었던, 이생이 있는, 후생이 있을 생을 나는 지났다. 속도만 위대하다. 전생이 있었던, 이생이 있는, 후생이 있을 소리의 생을 지난 속도만.

몸이 소리의 귀인 여자, 몸이 외모보다 더 쿨한 여자, 나를 맞으며 내 밖의 몸을 내 안의 몸보다 더 가늘게 흡뜨는 여자를 굵디굵게 나는 지났다.

너는 까마귀냐? 내가 묻고, 네가 대답한다. 까마귀지. 새까맣게 스며들어 너를 찬란하게 반짝이게 하는…… 너는 백조냐? 내가 묻고 네가 대답한다. 백조지. 새하얗게 스며들어 너를 암담하게 하는…… 너는 독수리냐? 내가 묻고 네가 대답한다. 독수리지. 내 온몸으로 네 온몸을 포식하는…… 너는 타조냐? 내가 묻고 네가 대답한다. 타조지. 세상은 네 가슴에 묻힌 내 머리니까…… 너는 부엉이냐? 내가 묻고 네가 대답한다. 부엉이지. 밤은 내 큰 뜬 눈과 네 몸이니까…… 너는 바닷새냐? 내가 묻고 네가 대답한다. 바닷새지. 너는 바다, 나는 새니까…… 너는 고운 소리로 우는 새냐? 내가 묻고 네가 대답한다. 고운 소리로 우는 새지. 내게는 울음이고 네게는 음악이니까……

울음과 음악 사이 향기가 질편하다. 조동사도 비교급도 없다. 흘러간 노래가, 벌거벗었으므로, 흘러가지 않는 소리. 흘러가지 않는 노래가, 벌거벗었으므로, 흘러가는 소리. 우리는, 벌거벗었으므로, 흉내에 도사지. 벌거벗음도 흘러감을 흉내낸다. 벌거벗었으므로, 우리는 훔치는 데 도사지. 반짝이는 것들만 훔치며 인생 허수아비를 우리는 지난다. 무슨 불길 같은 소리. 날개를, 펼친 것도 같고, 펼친 것과 같다. 목이 길어나는 것도 같고, 목이 길어나는 것과 같다. 먹은 것도 같고, 먹은 것과 같다. 그 모든 것이 까마득한 행위, 혹은 군집과 대형, 혹은 무늬에 지나지 않는다.

그리고, 가장 생생한 무늬는 죽음이다. 여기, 어딘가? 너, 있는가? 네 얼굴 너무 커서 보이지 않고 네 두 눈 너무 밝아 나는 내 눈 감고 내 등에 네 완강한 발톱 만끽한다. 감지 않으면 내 눈이 없고 네 발톱 없이 내 등이 없다. 한없이 작아지는 너의 한없이 커지는 소리가 있다. 그 이상은 알고 싶지 않은 것도 같고 알고 싶지 않은 것과 같다.

새끼들이 생겨나겠지? 네가 묻고 내가 반문한다. 새끼라니……? 네가 대답한다. 우리 아이들 말이야. 내가 다시 반문한다, 아이라니……? 네가 원망을 섞어 반문한다. 그럼 아무 일도 일어나지 않을 줄 알았어, 그런 거야? 내가 비로소 네 질문의 수위를 이해한다. 아, 그 얘기? 물론, 물론이지. 다만, 우리 사이 태어날 것은 우리밖에 없다는 거야. 우리가 우리 사랑으로 계속 태어나는 거지. 우리 사랑이 바로 시간이고 미래고 자식이고 노래라는 거지. 노래가 노래를 품으며 더 아름다워지려고 색을, 끝까지, 지우려 하고. 크고, 빠르고, 명랑한 노래, 가녀리고, 느리고, 슬픈 노래. 색을 벗으면, 부드러운 액체의 노래……

너도 날고 있다, 는 것은 네 몸속으로 내가 미끄러지지 않고, 급강하하지 않고, 멀리 떠나왔다는 느낌 때문. 너도 날 수 있다, 는 것은, 무지근한 내 느낌의 허우적대는 정처 없음 때문.

네 바깥에서는 오래된, 습관이 된 속도가 온갖 방향을 지운다. 제자리에서 자주, 빠르게 바뀔수록 일직선으로 지운다. 하여 네 바깥에서는 거리가 없다. 수평의 수직, 수직의 수평만 있다. '어느새'라는 말 네 바깥에 없다. 네 안이 어느새 따스한 세계, 어느새 따스한 계절, 어느새 따스한 장소, 어느새 따스한 보금자리, 어느새 따스한 식탁, 어느새 따스한 사랑, 어느새 따스한 탄생이지.

네 안에서 나는 백만 킬로미터를 날아서 돌아가는 북극제비갈매기고, 수천 킬로미터를 헤엄쳐 돌아가는 연어고, 수만 마리 떼 지어 이동하다가 떼 지어 한날한시에 새끼를 낳는 누다. 분류가 무슨 소용? 네 안에서 그 셋은 하나다. 그 새, 그 물고기도, 그 육지 짐승도, 생애보다 여정이 더 길기에 사랑이 영원에 달하는 그 무엇인 까닭. 네가 나의 나침반이고, 해와 달, 혹은 별의 좌표인 까닭.

……여기가, 어디지? ……! 아, 너는 없구나. 없음이, 공이 색으로 화려하지 않고, 색을 지우며 이리 충만하다니. 스스로 완고를 부르지만 않는다면, 슬픔은 아무리 초라해도 슬픔의 빛과 힘을 잃지 않는다는 듯이. 잃을 수 없다는, 그럴 리 없다는 듯이.

15, 여자

분명 이 길인데, 그 병원 보이지 않는다. 밤하늘에 높이, 하얗게, 신기루처럼 솟아 도시문명의 창백한 희망 혹은 화려한 절망을 형상화하던, 멀리서 보면 숲에서 거대한 암덩어리가 난데없이, 그러나 마땅하게 솟아난 듯했으나 꾸역꾸역 교통을 따라가다보면 대로변에 목제 가구에 플라스틱 의자 장례식장 내부를 통째로, 명징한 통유리로 드러내 보이던 그 병원 고층건물 보이지 않는다.

그러나 내가, 나만 너무 낮게 기어가는 것이다. 길은 영락없이 피난길. 남들 발 너무 크고, 포연 같다. 헤어진 당신을 찾아헤매는 마음과 우선 저 발들을 피해 어떻게든 살고 싶은 마음 둘 다 간절하고, 반반이라서, 아무리 소리쳐도 내 목소리 두꺼운 혓바닥 제 비늘 살갗을 깨부수고 나오지 못한다. 그 병원에 당신이 누워 있을 것이라는 보장도 없다. 그보다도 분명, 이 길은 면회 가는 길이 아니다.

이 비늘 살갗을 당신은 피라미드라고 했나. 한 명이 열 명씩, 그 열 명이 각각 열 명씩, 그 열 명이 또 각각 열 명씩만 모아도, 삼 단계까지만 가도, 인원은 천 명에 이른다 했나. 하지만 그 속도는 점점 느려지고, 무거워지고, 겹쳐지고, 우리 등에 도저히 어쩔 수 없는 거북이 등딱지로 굳어버리는 것처럼. 그냥 우리를 짓누르는 숫자일 뿐인 것처럼. 피라미드 사기 수법이라면 그것이 삼 단계나 사 단계에서 터져버리기나 하지. 빨리 터질수록 차라리 다행이기나 하지. 단호히 거절할 수 있기나 하지. 전 단계 피해자가 다음 단계 가해자이므로, 피해자보다 가해자가 더 많기나 하지.

그러고 보니 당신은 그 흔한 소강당, 대강당 체험도 전사들끼리는 해본 적이 없겠구나. 위장 때문이건 접선 때문이건, 요정 경험을 했을 가능성이 더 많겠구나. 혼자 남았을 때, 세상이 사방에서 당신을 조여올 때, 피해야 한다는 생각이 덮칠 때, 창녀촌을 전전하기도 했겠지. 거기야말로 세상 한가운데면서 세상 포위망을 벗어난 곳처럼 보였을 테니. 때론 따스함을, 때론 지독한, 자학을 느꼈겠고. 어떤 전면전 같은.

가고 싶지 않은 당신 환갑잔치에 내가 가고 있는 듯한 느낌도 든다. 먼 훗날 내 생애가 지워져버린. 최소한 텅 비어 있을 당신의 환갑잔치. 혁명은 사라지고 조폭과 만년 야당과 세상에 대한 불평의 충성만 남은. 오늘 당신은 그들의 대장이겠지. 한순간도 생을 후회해본 적 없다지만, 그러기에는 너무 오래 살아온.

하지만, 그럴 수 없고, 그럴 리 없다. 당신은 그렇게 오래 살 수 없고 나는 아마도 그 병원을 둘러싼 나무숲일 것이다. 당신이 보이지만 더 가까이 한 발짝도 다가갈 수 없기에 향기가 이리도, 나 스스로 징그러울 정도로 짙은. 당신의 피는 빨강 그 이상도 그 이하도 아닌데.

내 살갗 타개질 뿐인데. 숲은 내 향기로 가득하고 나는 없고, 다만 축축한 처량의 몰골이 햇볕 받으며 따스해지고 싶음.

베네딕투스. 이렇게 기나길게 따스해지고 싶은 지복도 있는가. 그것만 지복인 지복도 있는가. 내가 당신보다 더 오래 살았다 할 수 있는가. 지금은 누워 있는 당신의 밤인가 기어가는 나의 대낮인가. 사실은, 아무도 나를 밟지 않는다. 그림자가 그림자를 밟지 않듯이. 그림자란 '의'가 없다가 있고 있다가 없고 없는 것이 있는 것이고 있는 것이 없는 것이기도 한 진화의 경지 혹은 없음이지. 이런 무소유의, 바닥에 깔린 무게가 무거울수록 속도를 내는, 지복도 있는가. 삽시간에 당신이 없다는 것은 삽시간에 진화가 없다는 것인가.

환갑 당신은 함께 식사나 하자고 한다. 하지만 나는 이억 년 동안 모습이 변하지 않은 거북도 아니고 거북의 변하지 않음이고 이억 년 동안 화석이 아니라 이억 년의 화석이다. 식사는 얼마나 딱딱해야 하겠는가. 식후와 그후는, 그리고 내 안에서 늙은 당신과 당신 안에서 진화 없는 나는 얼마나 더 딱딱해야 할 것인가. 오, 아무리 뜨거운 눈물도 그 딱딱함을 녹일 수 없다. 그것은 알의 딱딱함이기 때문.

내가 당신을 향하지 않고, 당신이 나를 향하지 않고, 당신은 당신 속으로, 나는 내 속으로 더 깊이 침잠하는 식으로밖에 우리는 만날 수 없다. 이렇게만 남은, 이렇게만 남을밖에 없는, 의식도 있는가. 더 화려한 호텔에서 당신은 저녁식사를 하자 하고. 모시러 오겠다 하고. 최소한 차를 보내겠다고 하고. 내 목소리, 내 목소리, 저녁놀 붉게 깔리고. 슬프다 슬프다 말도 못 하고. 왜냐하면 슬픔은, 슬픔도, 슬퍼지기 전에, 비늘만 반짝이기 때문. 그것을 차마 눈물이라 할 수 없기 때문.

숲속에서 길을 잃었던 그 막막하던 기억, 숲의 미로가 세상보다 더 복잡해 보였던 그 복잡하던 기억. 지금은 얼마나 생명으로 충만한가, 길 잃음이야말로 노년이 느끼는 청년, 청년이 느끼는 유년, 유년이 느끼는 탄생, 탄생이 느끼는 탄생 이전 죽음에 다름아니었음을 느끼는 생명은 얼마나 황홀한가.

지금 나의 이 길, 이토록 앞이 안 보이면서도 이토록 분명하게 정해진, 분명이 고정된 길도 있는가. 내 사랑의 이름으로 당신이 타자이기를 바랄수록 당신은 당신 사랑의 이름으로 타자가 아니고, 거꾸로도 마찬가지다. 그리고 두 사랑 모두 이미 저질러졌다.

여기는 아직 지상인가? 지상이지. 너무나 지상이라서, 하늘에 비해 너무나 낮아 코뮌은 저질러짐의 코뮌밖에 있을 수 없어서 문제지. 하지만 원초의 시간에 갇힌 주민 말고 누가 자본주의 바깥에 있을 수 있나? 자본주의 바깥에 있는 누가 겪음의 자본주의를 극복할 수 있으며, 극복할 생각을 할 것인가, 그럴 필요도 없는데?

당신은 결코 내게 함께 집으로 돌아가자 하지 않을 것이다. 그럼에도 내가 이렇게 당신을 기다리는 것은, 남아 있는 것은, 남아 있음이 쓸데없는 기다림이고 기다림이 더 쓸데없는 남아 있음임을 알면서도 남아 있고 기다리는 것은, 살아남은 자 탓할 수 없고, 먼저 죽은 자 잘못이 없다 할 수 없겠으나, 살아남은 자 최소한 그 정도 자기반성에 달하고, 앞서 죽은 자 최소한 그 정도 진혼곡에 값해야 하는 까닭.

욕망은 자본주의의 원초이자 가장 화려한 저질러짐이고, 자본주의를 이미 겪은 자 문제는 자본주의 악몽을 씻어내거나 초월하는 것 아니라, 자본주의 이외를 상상하는 것 아니라, 악몽의 심화로써 악몽의 끝을 앞당겨야 하는 까닭. 그런 통과도 있다.

세상은 나의 색인가, 색은 나의 세상인가? 원색에 대한 색의 공포, 색에 대한 원색의 절망 사이 내 몸이, 당신이, 세상이 맺지 않는다. 색보다 더 진한 그 무엇도 해체된다. 비늘 아래 비늘이 보호해야 할 그 무엇이 없다.

어서, 나를 더 고문해다오. 이빨 악무는 턱이, 입이, 비명을 지르는 목구멍이, 전율하는 온몸의 구멍이 느껴지도록. 살점이 뚝뚝 떨어져 나가는 고통이, 온몸을 악어 아가리로 만들어도 좋다. 나는 그 핏줄로 당신을 햇빛인 양 빨아들여 내 몸을 덥힐밖에 없다. 그렇게 미소 지을 밖에 없다. 눈의 봄과 코의 숨쉼만 있는 채로.

내가 당신보다 삼십 년을 더 산단들 삶이 더 나아질 수 있으랴. 이런 채로 삼십 년 더 악화할 것이다. 그 세월 이런 상태의 겹침이고 응집일 것이다. 사실, 이미, 벌써 그런 것인지, 그랬던 것인지, 그 세월을 내가 그렇게 보고 있는 것인지 모른다. 그렇게 생각하니 눈망울이 조금 축축해진다. 내 팔다리는, 뱀이냐? 미끄러지고 있나? 뭔가가 줄었다 늘었다 한다. 무게냐, 길이냐? 길이가 늘면 무게가 주는 것이냐? 두 다리로 걷는 것은, 달리는 것은, 좀더 빨리 걷거나, 달리기 위한 것이었구나.

나는 장면이구나. 장면도 주체가 될 수 있구나. 공포의 장면은 공포를 느끼지 못하는구나. 오늘도 당신은 들어온다 하고 들어오지 않았다. 그것도 장면이다. 죽음도 이런 것일까? 당신은 등장하지 않는 주체, 나는 당신이 등장하지 않는 장면인 주체? 내가 이미 죽은 것일까?

죽음이 차갑다는 것은 진짜구나. 몸이 덜덜덜 떨리지, 않고도 차가운 게 죽음이다. 고문은 이제 그 사실을 알 정도로만 나를 깨운다. 나머지는 모두 장면이다. 알싸한 박하향과도 같은 장면이다. 진한 피냄새와도 같은 장면이다.

잎담뱃진 냄새 같은 장면이다. 최초로 갈아엎은 흙냄새 같은 장면이다. 갓 짠 우유 냄새 같은 장면이다. 살냄새 같은 장면이다. 고급 향수 냄새 같은 장면이다. 동성애 냄새 같은 장면이다. 부랑자 냄새 같은 장면이다. 중소기업 사장실 냄새 같은 장면이다. 잘 닦아낸 고대 그리스 붉은 도자기 냄새 같은 장면이다. 서정이라고밖에는 이름 붙일 수 없는 냄새의 장면이다. 고통이라고밖에는 이름 붙일 수 없는 냄새의 장면이다. 규정할 수 없는 냄새라고밖에는 규정할 수 없는 냄새 같은 장면이다.

이것들은 모두 있으나 절대 둘도 겹쳐지지 않는 장면이고 냄새고 색이다. 왜냐하면 모든 것이 겹쳐진 결과로서 장면이고 더 그러한 결과로서 냄새고 더 그러한 결과로서 색이므로. 각각의 끊어짐만 보이므로, 앞뒤도, 연속의 예감도 없으므로. 예감 없는, 예감을 모르는 장면이므로.

내가 당신보다 더 먼저 죽었을 수도 있단, 말인가? 그렇다면 이런 행복도 있는가. 이것은, 절정 직전 혹은 직후일 수도 있지 않은가, 당신과의?

절정이라면, 그 직후라면 아무렇게나 되어도 괜찮지 않은가, 당신과? 죽음은 잘라낸 꼬리 쪽이라는 듯이, 당신과?

16. 남자

뇌와 무관하게 살에 백인 살기도 단순의 후안, 무치에 지나지 않는다. 죽음은 무엇보다 좀더 예의바른 것이겠으나 너, 아무리 힘들더라도 나보다 더 먼저 죽지 말아다오. 제발. 그것이 지상에 남은 유일한 애원이다. 너도 이제는 죽음이, 저승이 무엇인지 느끼리라.

내가 먼저 나를 씻어내야 한다. 세상에 죄의식보다 훨씬 더 크고 무겁고 쓰디쓴 미안함이 있구나. 씻김 말고 아무것도 안 남은 것이 바로 죽음일 때까지 나는 나를 씻어낼 것이다.

그런 다음 너는 오거라. 씻김인 내가 다시 너를 씻어주리니. 씻김 말고 아무것도 아닌 것이 바로 죽음일 때까지. 꺼이꺼이 울 필요가 없다. 울음은, 울음도 과장이지. 어울리지 않는 화가들의 합동 전시회처럼. 울음의, 붉은 혓바닥 갈라지는, 붉은 목젖 부르트는, 흉측이 사라진다. 은밀하게, 어느새 치명적으로, 미끄러져들어오는 흉측의 껍질도.

생명이야말로 가장 흉측한 것 중 하나라는 걸 깨닫고 우리는 안심한다. 그런 안심도 있다, 기보다는, 위로나 그보다 더한 의미보다는,

그렇게도 우리는 안심한다.

음악은 그렇게 흐르는 것이었구나. 너도 나도 없이, 씻김의 씻김의 안심이 흐름이라는 듯이.

마치 죽는다는 것이 내 삶 세계에 속한 모든 것 함께 죽는다는 것이라기보다, 모든 것 모든 생명 하나로 이어져 있고, 알에서 깨어나 생명이 되자마자, 자신이 생명인지 미처 깨닫기도 전에 죽은 생명의 죽음조차 저마다 그 생명의 하나됨과 하나의 생명됨에 기여한다는 듯이. 먹음이 먹힘이고 먹힘이 먹음이라는 듯이.

실체 없이 실체의 기억도 없이 실체의 소문도 없이 실체의 단어로만 남은 몸, 단어로만 남은 몸짓, 단어로만 남은 기나긴, 단어로만 남은 머나먼, 단어로만 남은 거리, 단어로만 남은 감각, 광경, 단어로만 남은 눈 귀, 단어로만 남은 시간, 공간, 단어로만 남은 구조, 형식, 내용, 단어로만 남은 너머, 단어로만 남은 속으로, 단어로만 남은 이르다, 달하다, 드러나다, 닮다, 입다, 펼치다, 응축하다, 확산하다, 능가하다, 단어로만 남은 생애가, 단어로만 남은 사이가 단어로만 끔찍 거룩하다는 듯이. 거울의 겉면으로만 반짝이는 음악이 있다는 듯이.

그러나 너. 지금은 분명 꿈인데 눈 한쪽과 두 귀가 완전 먼 꿈이다. 네 생각 매 순간 네 월경통 같다. 그때 그 어묵 참 맛있더구나, 사다주렴, 아버지 그러신다. 그러렴, 모처럼 집에 계시게, 어머니 그러신다. 동네 빈대떡 부치는 술집 억척스레 착했던 여주인이 가르쳐주었던, 그 어묵가게는 동네 시장, 아니었나? 그 길로 들어서니 낯익은, 동네보다 더 큰, 구 이름을 닮은 재래시장 가는 길 나오고 물어보니 저마다 낯익은 남녀 행인들 저리 가면 나올 것이다, 그러는데, 더 큰, 시

이름을 닮은 재래시장 가는 길 나오고, 분명 꿈인데, 아무래도 이 길은 아닐 것 같다는 느낌, 가도가도 소용없고 아무리 해도 되는 일이 없다는 것을 깨닫는 것이 꿈의 끝일까? 아니, 저 아버지 내 아버지, 저 어머니 내 어머니 맞나? 저 여주인, 저 가게, 저 행인들, 저 재래시장들, 도, 현실에는 없고 꿈에서만 지속된, 그래서 현실보다 더 생생한 것들 아니었을까, 깨어나면 기억조차 없어질? 그걸 깨닫는 게 꿈의 끝일까?

이런 통과도 있을까? 소품명곡, 을, 듣는 게 아니라, 그 안에 있는 것처럼. 이를테면 브람스 〈대학축전 서곡〉 속 대학생 술집 노래, 산책이 명랑한 여우사냥 노래 선율, 튀링겐 민요풍에 혁명시를 입힌, 따스하게 치열한 '우리들은 장엄한 건물을 지었다', 중세적 생애를, 젊음을 즐기라는 뜻이지만 중세적 생애를 닮으며 중세적 죽음의, 절정으로 치닫는 가우데아무스의, 선율을 듣지 않고, 선율로 있지 않고, 그 안에 있는 것처럼.

몸이 없는 동사, 내가 없는 주어, 깜냥 없는 부사, 그림 없는 형용사, 네가 없는 목적어, '무엇을'이 없는 목적. 목적이 없는 무엇을. 주체가 없는 누가, 시간이 없는 언제, 공간이 없는 어디, 방법이 없는 어떻게, 까닭이 없는 왜……

그렇게 들리는, 소리 없는 음악이 바로 너의 있음이므로. 그, 살 섞음이 바로 육화이므로. 너는 이미 오디세우스 아내 페넬로페를 겪은 테세우스 연인이자 야만과 광란의 디오니소스 아내 아리아드네. 죽음이자 건축이자 미로인 살 섞음을 실의 자수로 극복하고 섹스 없음인 죽음의 일상을 매일매일 죽음의 자수로 극복했음이니…… 신화 너머 역사, 역사 너머 일상, 일상 너머 우리의 죽음이 있음이니. 끔찍 없는 육화가 문화고 문화가 예술 장르인 시기를 너와 나, 맞게 될지도. 우리는 새로운 음악, 이 아니라 음악, 장르의 탄생일지도 모른다. 따지고 보면 피와 살 비리디비린 내장을 살갗이 감싸고 그 몸을 아름다움이 감싸고 그 아름다움을 죽음이 감싸는, 과정의 육화일지도 모른다.

이를테면 우리는 역사보다 더 먼저 대륙의 몸을 섞은 음악의 기적일 수 있고, 중세 춤에 붙어 육체의 슬픔을 배운 춤 반주음악에서 생로병사가 일체 우스꽝스러운 이탈리아 오페라부파와 그 극한 응축인 위대한 스케르초의 독일 기악을 낳는 음악의 역사일 수 있다. 치열할수록 피비리기는커녕 오히려 더 아름다워지는 음악 전쟁의 역사일 수 있다.

모차르트 오페라 〈돈 조반니〉는, 그것을 부파라고 한다면, 그가 줄거리와 형식을 거의 표절한 십삼 년 연상 이탈리아인 가차니가의 동명 오페라부파보다, 못하지. 친구들 불러 거의 음치인 아내도 끼워넣고 집에서 노래 부르고 연주하고 그러던 즉흥 가정음악에서만 모차르트는 오페라부파가 가능했다. 우스꽝스러운 테너를 독일은 오페라로 이해하지, 못한다. 모차르트 〈돈 조반니〉 시종이 가차니가 〈돈 조반니〉 시종을 따라 부른 카탈로그 노래는 걸작이지만 독일인은 카탈로그로 노래를 만들 수 있다는, 능력 혹은 작태를 인정 못 하지.

이탈리아 오페라부파는 삶 속 죽음을, 독일 기악은 죽음 속 삶을 구현한다. 로시니 오페라부파 종교음악, 세 테너가 크리스테 엘레이손, '주여, 우리를 불쌍히 여기소서'만을 비틀린 화성으로 반복하며 키리에의 끔찍 거룩조차 찢어발긴다. 그 결과는, 일상의 우스꽝스러움의 거룩함. 베르디 〈폴스타프〉는 테너 사랑 노래가 서정 자체를 비틀고 찢어발겨 오히려 현대의 파경을 담아내는 서정의 경지를 열지.

스트라빈스키 신고전주의는 오페라부파 자체의 현대화. 베르디 그 후 칠십 년, 베르디 백 년 전 페르골레시 음악을 축약-심화한 그의 발레오페라 〈풀치넬라〉 중 특히 스케르치노는 만년 성욕의 우스꽝스러움과 슬픔이 모두 과하고 진하지만 오페라부파인 채로 기악인 모습이 보이고, 겹쳐진 음악의 역사가 보이고, 그게 일체 장난인 것이 보이고, 우리는 그렇게 보일 수 있고 들릴 수 있다. 시대는 언제나 오페라부파의 시대고 우리는 기악으로 가는 것일 수 있다. 연주와 작곡과 감상의 구분 없음일 수 있다, 우리는.

바흐 평균율. 1부 프렐류드와 푸가 8번. 베토벤 교향곡 9번 〈합창〉 4악장 프레스토-레치타티보. 슈베르트 유작 피아노 삼중주 〈야상〉…… 연습과 연주와 작곡과 푸가와 조성과 이야기와 소나타와 주제와 변주와 진혼의 구분 없음일 수 있다. 베르디 〈진혼곡〉 가운데 호스티아스, 오퍼토리오. 슈베르트 유작 피아노 소나타 20번 2악장. 죽음의 삶을 주제로 죽음의 삶을 변주하는 그 만파식적일 수 있다. 말러, 리하르트 슈트라우스, 라흐마니노프, 작곡가가 연주하는 작곡가일 수 있고 베토벤 피아노 소나타 전집, 음악의 평생일 수 있고, 푸르트벵글러 지휘 슈만 교향곡 4악장, 즉흥의 우연이 낳은 공연의 기념비일 수 있고, 발터 지휘 모차르트 교향곡 41번 〈쥬피터〉 2악장 안단테 칸타빌레, 음악의, 시간과 색과 종합과 공간의 구분 없음이자 펼쳐짐일 수 있고, 베토벤 만년 현악사중주 15번 3악장 몰토 아다지오, 죽음의 회복일 수 있다.

물론, 러시아혁명 패주한 백군 돈 코사크 합창단 노래가 승리한 레닌 소비에트 아미 합창단보다, 이제는 훨씬 더 감동적으로 들리는 그, 상처의 승화일 수 있고, 물론 물론, 메윌, 파이시엘로, 고세크, 베토벤보다 더 훌륭한 작곡가로 남을 수 있었으나 베토벤보다 더 직접적으로 프랑스혁명에 기여했기에 그럴 수 없었던 그 없음일 수도 있다.

요컨대 우리는 가장 아름다운 죽음의 장르일 수 있고, 음악을 듣는 몇 가지 방식일 수 있고, 음악에, 안 디 무지크 그 자체일 수 있다.

우리는 고전의 언어일 수 있다. 열일곱 살 때 〈한여름 밤의 꿈〉 서곡을 작곡하고 십칠 년 뒤, 별다른 변화도 발전도 없이 나머지 부수음악을 작곡하는, 작곡을 하면서 사 년 뒤 자신의 죽음을 어쩌면 알았을 것도 같은, 유년을 닮은 죽음을 꼭 생각했을 것만 같은 멘델스존의 그 고전의 언어. 고전의 언어를 아는 자 불행하지. 모차르트는 고전의 언어를 몰랐다. 돌이킬 수 없을 정도로 만든 당사자니까. 멘델스존이 일찍부터 알았다. 예브게니 키신. 진정한 신동 연주가 다 그렇지. 어제 후배와 같이한 껍데기집 술자리 따스했다. 오래 지속된 꿈인가? 싯누렇지만 평생의 이빨보다 더 오래된 보물에 가까운 아버지 유품 통상아 이뿌리. 떠들썩했던 행사와 송년회, 대학 강연, 간 게 꿈인가 안 간 게 꿈? 마음에 그리운 장소로 남아 있는, 결강은 꿈인가? 내 삼십대를 마음에 들지 않아 하는 오십대는, 그럴 리가, 꿈이겠지. 말술의 오십대 외삼촌은 유독 천한 민요창법 가수한테 침을 흘렸다.

17, 여자

보이지 않지만 내 안의 내장은 모두 입만 크게 벌리고 있을 터. 어떤 비유도 불가능한 폐허의 비유로서, 그리고 비유로써. 그러고 보니 건대구는 마른, 큰 입, 그것뿐이고. 명태는 북어고 굴비는 건석어, 말린 돌 물고기 그것뿐이군. 맞을 때만 딱딱한 등뼈가 더 딱딱해지며 맞을 뿐 무게가 질척질척한 내 몸 어디에도 속도와 균형과 방향의 기능이 묻어나지 않고. 고문자들 기척도 느껴지지 않는다.

맞아 죽더라도, 칼에 배를 갈려 내장을 쏟으며 죽더라도 연골의 식인상어가 차라리 행복할 것이다. 내장을 다 털려 허전한 중에도 근육만으로 끝까지 날렵하고 신속하고 끝까지 식인상어일 것이다. 이런 동물, 이런 짐승도 있는가. 먹장어 턱이 없고, 말뚝망둥어 진흙밭 팔짝팔짝 뛰고 비늘 없는 메기 엉금엉금 기고, 총천연색의 쉿쉿 소리도 못 내는 그 셋을 합쳐 뭉개버린 것이, 바로 내 꼴일 터.

속도는 속도를, 균형은 균형을, 방향은 방향을 부르는 법. 당신. 그것들이 다 빠져나간 내 몸을 외로움이 엄습할까봐 나는 두렵다. 나의 속도가 없는데 더이상 어떻게 당신의 속도를, 나의 균형이 없는데 더이상 어떻게 당신의 균형을, 나의 방향이 없는데 더이상 어떻게 당신의 방향을 부르겠는가. 부를 수 없는데 더이상 어떻게 느낄 수 있겠는가.

당신. 우리가 애를 갖지 않은 것은 이런 지경이 되고 보니 참으로 잘한 일이지만, 처음부터 잘한 일이었을까? 아니 돌이켜보자는 얘기가 아니라 두려운 외로움 때문 묻는 것이니, 이런 지경이 되었을망정, 그건 참으로 잘한 결정이었을까? 왜냐하면, 당신과 나의 속도의, 균형의, 방향의 합이 지상에 남는 것이야말로 우리가 이어질 수 있는 유일한 가능성이고, 이어져야 할 유일한 명분 아닐까?

이것이 내가 지금 외로움을 두려워하는 진정한 이유 아닐까? 자식이든 남들이 품은 추억이든 무엇이든 물질적으로 이 지상에 남아야 우리가 죽음 이후에도 이어질 수 있는 것 아닐까? 죽음이 과연 영역일까, 곤충이 스스로 느끼는 공포나마 들어설 수 있는? 그렇단들, 곤충, 아니 미생물, 아니 죽음의 생명체인 바이러스 스스로 느끼는 공포가, 그 죽음이, 영역일 수 있을까?

아코디언 소리, 옛날의 금잔디 동산에 매기, 다알링 아이 엠 그로잉 올드, 암전, 동산 수풀은 우거지고, 암전, 뜸북뜸북 뜸북새 논에서 울고, 암전, 어두운 비 내려오면 처마 밑에 한 아이, 암전…… 사랑하다 죽은 후 다시 만날 것을 안다면 그 노래 그리 슬프고 그리 슬퍼서 아름다웠을 리 없지 않은가?

다름아닌 우리 자신의 죽음 이후 만남을 위하여 우리는 지상에 무엇을 남기고, 남겨야 하는 것이다. 우리가 아무리 슬퍼해도 소용이 없다. 우리의 슬픔은 우리를 위해 지상에 남지 않는다. 우리가 아무리 사랑했어도 소용이 없다. 우리의 사랑은 우리를 위해 지상에 남지 않는다. 슬픔이 스스로 더 깊은 슬픔을 파고, 사랑이 스스로 더 깊은 사랑을 파는 까닭이다.

흙으로 돌아가든, 빛으로 돌아가든, 중력으로 돌아가든, 죽음은 돌아감이지, 나아감이 아니다. 죽음을 밴 무덤은 영영 죽음을 밴 무덤이지 죽음을 낳는 무덤이 아니다. 하지만 영영이라…… 그 영영은 인간 기준 영영이고, 나는 시간의 인간 너머 무한 지속을 믿기로 한다.

당신이 정말로 어렵사리 수백억 번 환생하고, 변형하고, 내가 수백억 번 환생하고, 변형하고, 그러다가, 정말 우연히, 만나게 될 시간의 무한 지속, 우연을 끝내 필연으로 만들어줄 그 시간의 무한 지속밖에 나는 지금 믿을 것이 없다. 죽음 속은, 공간이 아닌 것 못지않게 시간도 아니므로, 수백억 번 환생과 변형은 우리 느낌에 일순일지 모르고, 우리 생애의 연속이 이미, 그렇게만 이어지고 있는 중인 것인지 모른다. 하지만, 그렇다면, 이 고통은 도대체 몇천억, 몇조 년이 흘러야 끝난단 말인가.

당신. 이런 억지 생각, 억지 숫자 놀음으로도 물밀 듯 밀려오는 외로움은 어쩔 수가 없구나. 때론 내가 때론 당신이 끓이던 집 안 커피 냄새가 유독 코끝에 진하다.

총천연색 영화는 줄거리나 소재에 관계없이, 심지어 회색 대홍수 재앙 소재에도 불구하고, 총천연색보다 더 화려하다. 흑백영화는 또한 흑백보다 더 검고, 더 희다. 그것이 영화에 실제 죽음이 없기 때문이라는 것을 당신은 나보다 더 잘 알았겠지. 실제 죽음에 나보다 더 가까이 있었으니까. 죽음이야말로 화려하거나 너무 검거나 너무 희지 않은 백주 대낮의 배경이라는 것을 늘 느꼈을 테니까.

절망도 화려하다. 절망은 전망 없음. 영화는 죽음 없음. 아, 삶 속에서는 죽음이 이리도 전망에 가깝건만, 죽음은 개체발생의 배꼽이고, 전망은 계통발생의 배꼽이건만, 영화 속에는 죽음이 없고, 죽음 속 죽음은 내용도 형식도 없이 그냥 까마득하니 나를 압박하는 것은 기압인가 수압인가 내 의식은 먹을 것 없어 입만 더욱 커지는 그 까마득 속으로 더, 한없이 까마득해지고만 싶구나. 당신. 아무리 기를 써도 당신 만날 길 없구나. 달아다오, 내 이마에 등이라도.

그러나 그것이 비추는 깊은 바닷속 불 켜진 두 눈들 너무 크고 뒤로 굽은 무수한 이빨들 너무 날카로운 지옥의 형상일까 두렵다. 나는 당신과 함께 가야 한다. 내 곁에 당신이 있어야 한다 반드시……

……

당신이 나를 깨웠나. 의문부호 없이 나를, 깨웠나? 잠들 듯 잠들 듯하던 나를 재울 듯 재울 듯, 그러나 계속 깨워 계속 잠들 듯 잠들 듯하게 만들던, 그 브람스 자장가로? 천박한 스탈린 민요풍 박자 아니라 아주 느린, 그러면서도 임박한 소비에트체제 몰락을 씁쓸하게 예감하는 어느 동구권 출신 명테너 명연주, 잠과 깸은 물론 깊고깊은 죽음 속조차 감미로운 생명 도약의 의미심장으로 가득 채울 것 같은 그 경건한 발성의 해석으로?

잠시, 보인다. 대홍수가 죽음이고 씻음이고 배꼽이고 문명 탄생이었던 신화가. 이집트가 과학과 신비, 죽음과 태양을 겹치고 파라오가 죽음 이후 태양신화를 입고 아스텍인이 죽음의 가상현실을 실천하던 고대 문명이. 몽골과 흑사병이 육체 반란으로 죽음인 신, 난해인 육체의 모습을 드러내던 중세가. 죽음이 드러나는 기나긴 성속의 시간과 자본주의 두 가지 길을 종교개혁과 종교전쟁이 드러내던 근대가. 죽음의 무용인 제1차세계대전과 죽음이 무용인 제2차세계대전의 현대가. 그리고 길가메시가 야만의 영생을 극복하는 죽음이자 문명이자 이야기인 것이. 보카치오의 『데카메론』이 죽음인 페스트를 이야기인 페스트로 능가하는 이야기인 것이. 이탈리아 코메디아 델라르테가 대본을 뛰어넘는 즉흥이자 전문 연기의, 생로병사를 닮은 죽음이자 가면이자 웃음 이야기인 것이. 이야기야말로 죽음인 것이.

그렇다, 삶 속이므로 전망에 가까운 죽음이 보인다. 잠시, 나는 어렴풋 깊은 바닷속 아니라 총천연색 물고기떼 바닷속이다. 나 자신, 생명 자체의 약동인 물고기로 돌아갈 수 없지만. 이런 돌아갈 수 없음도 있는가, 한탄도 너무 뒤늦었지만.

잠시, 보인다. 지포라이터. 당신이 끔찍이나 아꼈던. 값이나 때깔이야 황금에 비할 바 아니겠지만 귀함과 아낌과 실용의 조화가 황금보다 훨씬 더 절묘했던, 밖에서는 성냥을 갖고 다니고 집에서도 아주 특별할 때만, 제사 모시듯 모시고 제사 지내듯 쓰던, 그 미제 라이터. 미군용이었나? 어쨌거나, 미군부대에서 흘러나왔겠지. 동료들한테 비판받을까봐 안 들고 다녔던 것은 아니겠지만, 가끔 집 안에서 스스로 민망해하기는 했던. 구호물자였던 덩어리 버터, 반경성 치즈, 레이션박스와 또다른. 거의 호사 취미의.

잠시, 당신의 아주 멀리까지 보인다는 뜻이다. 당신과 읽었던 시 한 줄, 소설 한 구절보다 더 견고해서 고마운 기억이다. 당신을 아주 멀리까지 이어주며 지포라이터 반짝인다. 유구하고 앙증맞게. 손바닥에 쥐여지던 그 부드러운 인위의 둥근 사각형 감촉까지 이제 생생하고. 지금. 당신도 나를 기억하는 기억의 매개가 있는지. 그게 혹시 브람스 자장가인지. 그래서 내가 고통으로부터 깨어났거나 잠든 것인지.

어릴 적 내가 동물도감을 들여다보았을 때 당신은 물론 옆에 없었고, 나는 자세히, 꽤나 재미있어하며 큰 글씨 설명글을 읽었지만 동물, 특히 곤충과 벌레 들 페이지를 자세히 보지 못했고 징그러운 곤충 벌레 들에 대한 공포를 이기지 못했다. 지금은 다르지.

당신. 나는 어릴 적 같고 동물도감을 들여다보는 것 같고 당신이 내 곁에 있었으면 하고, 벌레에 대한 공포는 어언 사라진 것 같다. 아니 오히려, 내가 벌레인 것 같고 벌레 속인 것 같다. 이미 망가졌으므로, 벌레처럼 짓밟혔다는 상투적인 표현 아니라, 곁에 있어야 할 당신이 없어 뭔가 질적으로 한 단계 더 내려앉아버렸다는 감 같은 거.

낭만주의 발레를 죽음에 이르는 육체언어의 온기라고 한 것이 발레 구경 한 번 안 해본 당신이던가. 당신. 그렇게 내게 이르러주기를. 나 그런 죽음이고 싶다. 서양 작곡가들이 수백 년 동안 변주해온 곡이 딱 하나 있으니 스페인의 어리석음이라는 선율이라고 한 것도 당신이었지. 당신. 그렇게 날 변주해주기를. 나 그렇게 수백 년 당신의 죽음이고 싶다.

18. 남자

시대별로 시대풍으로 청순한 모델이, 그 시대 젊은이 집회장소 고고장이, 인라인스케이트장이, 호프집이 배경으로 등장하는, 그러나 노래는 그 모든 것을 꿰뚫으며 처음부터 끝까지 내내 참신했던, 오란씨 광고가 있었다. 꿈인가? 씹기도 전에 고기는 제 혼자 씹히는 어금니 쪽으로 가고 그 어금니 자리 텅 비었고, 이빨 빠져도 갈 수 있는 곳은 초상집뿐이던 시절이 있었다. 꿈인가? 베토벤 교향곡 10번 1악장이 있었다. 꿈인가? 빠진 이빨은 묘한 냄새의 철학을 풍긴다. 꿈인가? 기법은 더 현대적이었으되 당대 음악을 혁명하지 못했던 스카를라티와 기법이 고루했으되 음악으로 시대를 혁명한 바흐. 둘은 같은 해 태어났다. 꿈인가? 스토리를 아는 연속극, 내가 가장 싫어하는, 그런데도, 여주인공이 남주인공을 부르는 그 발성 하나가 하도 섹슈얼해서 수십 회 중국 드라마를 1박 2일 동안 본 적 있다. 꿈인가? 전회에 발생한 문제가 다음회에 해결되는 것은 시원하지만 그런 식 해결이 수십 번 반복되면 지겨움의 급수가 올라가는. 꿈인가? 배가 풍선처럼 부풀고 안았더니 풍선처럼 푹 들어갔던, 하지만 피아노에 앉자마자 어린애가 더 어린애 속으로 더더 어린애 속으로 그렇게 계속 겹쳐드는 연주를 하던, 그러던 와중 초등학교 공중에 애들의 비명소리 깨끗이 씻겨나간 그, 피아니스트. 그가 죽었구나, 벌써 몇 년 전에. 꿈인가? 음에 색이 있다는 것은 인간 귀의 공연한 장난이지만 나는 언제나 오케스트라 음악 공연보다, 각각의 악기 음색이 따로, 홀로, 보다 뚜렷하게 서는 그 리허설을 더 좋아해왔다. 꿈인가? 우리가 다 아는 바와 같이, 언제 어디선가 들어본 것 같은, 꿈인가? 미국 1960년대 초 흑인 로큰롤이 뜨던 시절 무대에서 검은 육체의 광란이 폭발적으로 아름다운 춤을 처음 선보였던 그 흑인 소녀 무용수는 어디로 사라졌을까. 슬프다. 이 슬픔, 꿈인가? 시인의 집을 짓고 싶었어. 크레파스 집처럼 아담하고 아늑한. 쓰러지면 안 되므로 원목의 고동색이 강한.

고문은, 꿈인가? 몸이 늘 축축한 것은 기분 나쁜 일이지만 더 축축하여 꿈마저 젖는다면 얘기는 달라지지. 축축해지는 것은 생이고, 생은 얼마든지 축축을 촉촉으로, 다시 매끈 날렵한 유선형으로 인식한다. 백과를 촉촉하게 인식한다. 쫓든 쫓기든.

바다야말로 광활하고 깊고, 대륙이 바다를 둘러싼 게 아니라 그 반대니까. 수백만 년 전부터 살았다는 것이 말 그대로 수백 년 동안 살았다는 뜻인, 그 착각이 깊은 바닷속 현실이고 실제인 생명 방식은 미개하기는커녕 사실 인간의 기준 밖에서 너무나 위대하니까.

나는 샌드 타이거, 모래 호랑이 상어. 어미 자궁 속 배아일 때 이미 다른 배아를 사냥 포식하고 두 마리만 정식으로 태어나 사냥을 계속하지 정식으로. 정자였을 때 정자끼리 서로 사냥 포식하며 몇백만 년을 달려오고 살아온 끝에. 나는 만타레이. 쥐가오리. 머리에 뿔 두 개 달린 악마물고기. 정말 지옥에서부터 달려오고 살아왔다. 아, 고문이구나, 꿈이구나. 고문이 꿈이고 꿈이 고문이구나.

남은 해골이 해골끼리 뒤엉키는. 나는 물이고 몸 없이 몸 안과 몸 밖이 한 몸이고 대양이고, 고문은 그때그때 나를 아주 어렴풋이, 바닷속 흐름이게 하고 온갖 생물의 기억이게 한다. 물의 공간이고 시간이게 한다. 나는 백과를 품은 자동사이자 타동사이자 보통명사. 내 안에 숱한 남들이 있어, 누구누구는 사냥하고, 누구누구는 먹고, 누구누구는 소화하고 누구누구는 배설하는, 짓다이자, 떠다니다이자, 무늬이자 몸.

붉으락푸르락하는 몸 아니라 붉으락푸르락인 몸. 움직이다와 느끼다의 명사형인 몸. 이빨이자 후각이자 고속이자 포식인 몸. 삼억오천만 년 동안 변함없음의 이빨이자 포식이자 속도이자 떠 있음이자 하루 오백 킬로미터 장거리 여행이자 숫자이자 형태인 몸. 연체 속 성가신 모래알 하나인 몸. 꼬리의 좌우 혹은 상하, 동작인 몸. 호흡이고 호흡, 멈춤인 몸. 눈, 멂이고 귀, 멂인 몸. 소리인 몸. 메아리인 몸. 점액, 질이자 발, 자극이자 미끄러짐이자 위장인 몸. 음악이, 그쳤으나, 여전히 음악인 몸.

이제 끊임없이 죽어나가는 것은 나고, 그럴수록 너의 나의 무한이다. 내 두뇌는 너와의 첫 하루 이야기고, 무한이고 공간이므로 영원이다.

내가 내게서 내뿜은 실로 쳐놓는 그물은 나의 집도 나의 몸도 나의 신경망도 나의 세계관도 아니다. 네가 그것을 스치는 바람, 그것에 맺히는 이슬방울의 연주고 그것이 내 집이고 몸이고 신경망이고 세계관이지. 형상은 상관없다 사람 다리건, 비행기건, 반지건, 열쇠고리건, 사자건 뱀이건, 우유컵이건 커피포트건, 칼이건 개똥벌레건, 유령이건 상관이 없다. 나를 스쳐 지나가는 것은 모두 너라는 연주고 나의 전부고 그, 소리는 남자, 여자는 시집, 남자, 여자는 시집, 남자, 여자는 시집, 그런 소리다. 자연의 첫, 보드라움 같은. 빛보다 더 쨍쨍한 빛의 파경 같은. 그, 이야기는 꼬드기고 새끼를 새끼 친다. 말랑말랑 탄력을 받고, 중력 밖으로 꼬여낸다. 미궁의 상상력을 닮는다. 색의 살을 섞는 배꼽만 남는다.

그 음악은, 오로지 응집의 응집과 응축의 응축으로, 과거를 미래로 잇는다. 그 즐거운 높이뛰기가 중력을 사다리로, 마음을 빛깔로 만들지. 그 음악의 동굴인 악기는 너의 귀다. 관악기는 바람인 너의 귀. 현악기는 떨림인 너의 귀. 타악기는 울림인 너의 귀. 성악기는 음성인 너의 귀.

그 악보는 구체와 추상 사이 최초, 안 보이는 시간의 공간화. 숫자가 된 시간. 그, 아름다움은 육체 너머 영원의 마음이 입은 옷이다. 금을 아름답고 귀하다는 말이라 말하고 은을 대낮보다 더 깊은 세월의 빛이라 말할 때 그 말에서 묻어나는.

사랑의 살 섞음에서 그, 아름다움의, 집이 묻어날 듯이 묻어나는.

네 배꼽, 내 배꼽 합쳐진 배꼽 보인다. 이 세상과 저 세상 사이 출입구였으나 안 보이던 배꼽. 집과 건축 사이 가구였으나 안 보이던 배꼽. 거울이었으나 안 보이던 겉면의 배꼽. 소리였으나 안 들리던 떨림의 배꼽. 양과 질이었으나 안 보이던 수의 몸과 배꼽. 질량이었으나 안 보이던 무게의 배꼽. 옛날과 오늘이 만나 요란하게 흔들렸으나 안 보이던 축제와 제의의, 배꼽과 배꼽의 거룩한 형식. 시간과 공간 그리고 영원과 순간이었으나 안 보이던 목적지와 기억의 배꼽.

그렇게 내가 네게 네가 내게 별 모양인 것은 내 몸과 네 몸이 별이거나 별 모양이라서가 아니라 오십억 년 동안 빛의 속도로 우리에게 달려오는, 결국은 우주 탄생 광경일 그 우주가 별 모양일 것이라는 느낌 때문. 그러할진대 시간과 공간이 무슨 소용이고 무슨 상관일 것인가 하는, 희망도 별 모양이기 때문.

우주는 다만 밤하늘의 끝없는 시간과 공간이고 모든 것이 시작이고 모든 시작이 영원이기를 바라기 때문.

다만, 꿈틀거려다오, 제발. 그것이 너와 나의 남은 우주 전체이니. 이대로 이만큼의 생명으로만 행복하고 싶다. 한 발 더 디뎌 죽음의 낭떠러지로 나를 내맡기고 싶지 않다. 너를 잃을 위험, 너를 못 알아볼 위험, 다시 만난다는 게, 알아본다는 게 어떤 의미도 갖지 못할 위험에 나를 내던지고 싶지 않다. 이 상태로 영원히 굳어지기를, 이 상태가 영원히 지속되기를 나는 바랄 테다.

생명을 닮을 테다. 바위가 얼굴 표정을, 호수가 눈물 표정을, 파도가 애원의 표정을, 개펄이 자궁의 표정을, 강이 시간의 표정을, 산이 수명의 표정을, 삼각주가 생애의 표정을, 지리가 역사의 표정을, 기상이 인간 감정을, 혜성이 예언을 닮듯이. 물질 속 작고작은 세계가 우주를 닮듯이.

공기가 문명을 닮으며 유리라도 된다면 네 눈동자에 어린 내 얼굴 보고 내 눈동자에 어렸을 네 얼굴 생각할 테다. 내게 모두 다오 서로 사랑하고 스스로 사랑하고 사랑을 사랑하는 사랑의 더위와 추위와 축축함과 메마름을 모두.

들려다오 너라는 음성을. 입혀다오 정신과 육체, 갈수록 하나 되는 응집과 해방을. 심어다오 영혼과 심리, 빛을 향해 열리는 손과 발을. 펼쳐다오 꿈, 내 안에 웅크린 동물과 잠자는 식물의 상상 혹은 희망을.

낳아다오 생명, 배꼽이 된 두뇌의 몸, 영원한 기쁨, 음악이 된 우주의 무용을. 허락해다오. 세상보다 더 먼 몸의 원거리통신을. 의식, 감각의 어둠을 걷어내는 경도와 위도를, 인식, 의식의 몸을. 그리고 이해, 너와 내가 합쳐 더 나은 하나로 되는 순간을. '너는 나다'라는 말은 네가 대답을 닮은 숫자라는 뜻이다.

보여다오 대낮, 마음과 두뇌와 중력의, 그리고 한밤, 생명과 신비의, 시간과 공간을. 렌즈가 필요하다, 빛이 만드는 시간과 공간의 눈이. 시간과 공간을 끝없이 줄이는 대우주의 눈, 망원경과, 끝없이 늘이는 소우주의 눈, 현미경이 내게 필요하다.

보리라. 너와 나의 내면을 들여다보고 드러내고 겹치는 초상화와 자화상을. 되리라. 너를 향해 다리를 움직이지 못한다면 너를 향해 기나긴 다리 되리라.

어디지? 엄마. 내가 엄마 뱃속에 있는 것 같은데 언제부터죠?

"예끼 이놈!"

이 강단진 소리는, 외할아버지? 꾸짖으시는 거예요? 설마, 엄마 배 바깥으로 빨리 나오라는 재촉이세요? 거기, 살아 계세요? 지금이 몇 년인데요? 돌아가신 곳에 계시는 것 아네요? 설마 제가 벌써 죽은 건가요? 죽어서 다시 그 넓고 구들장 뜨겁던 할아버지 사랑방 그 장판 위인가요?

19. 여자

움직일 수 없다. 꼼짝할 수 없으니 아래만 어딘가, 뭔가 확고할 뿐 수평과 수직이 애매하다. 키는 말할 것도 없다. 내 몸속은 중심을 향할수록 늙고 단단하고 죽고, 바깥을 향할수록 젊고 푹신하고 산다. 내가 서 있다는 느낌은 오로지 그 점이다.

모든 육체적 의식이 살갗으로 외화하고, 살갗은 꺼칠하게 갈라졌다. 두뇌라는 건 없고, 없었고 의식을 의식하는 의식만 몸 어딘가에 붙어 있다. 목, 마르지 않고, 배, 고프지 않다. 목은, 원래 없고, 없었고, 몸은 적당히 축축한 느낌. 배는, 배도 없고, 없었다. 햇살이 와 닿아 있고 몸 전체 영양이 골고루, 세심하게, 실핏줄 끝에까지, 퍼져 있는 느낌이다.

밤이 되어 햇살이 못 와 닿아도 크게 아쉽지 않지만, 내 몸은 뭔가가 비축되어 있는 느낌이지만, 그런 채로 크게 불길하여, 내 몸은 밤의 검음보다 더 검고 밤의 서늘함보다 더 서늘해진다.

입이 없는 내 입김이 밤에는 독성을 띠고 새들조차 내게 깃들지 않는 밤에는 당신을 생각조차 할 수 없다.

낮이면, 낮마다, 당신과 나를 가르는 것은 건물벽이 아니고 아주 가까운 거리, 곁에 가까운 거리에 지나지 않는다는 것을 나는 얼굴 없어 직면치 못하고 눈 없어 눈 돌려 보지 못하고 코 없어 냄새 맡지 못하고 그냥 느낌으로 아는 것인데 당신을 향해 뻗을 팔이 없고 다만 나의 수평 뭔가가 당신을 향해 자라는 느낌이고 그것은 말 그대로 성장, 그것도 수평의 성장이라서 언제 당신한테 가 닿을지 기약 없다는 느낌이다.

내가 아무리 크게 자라나도 바로 내 곁에서 당신은 기척이 없을 것 같다. 아무리 작게 몸을 움츠려도 바로 내 곁에 당신의 품 없을 것 같다.

내 모든 끝이 뾰족하게 늘 푸른 느낌. 내 모든 면적이 활짝 펼쳐졌다가 떨어지는 느낌. 그건 꽃 피고 지고 열매 맺고 몸통과 뿌리 굵어지고 가지와 뿌리 끝이 늘어나는 성장의 시간이지 사랑의 시간은 아니다.

나무는 시간의 무덤이다. 나는 용도도 없이 나무의 시간 속에 갇혔다. 나무의 시간은 원형이다. 씨앗의 나무에서 그 나무의 씨앗으로, 그 씨앗의 나무로, 다시 그 나무의 씨앗으로 끊임없이 전달되는 나무 전생의 기억은 단순명료하고 원형이다.

채집이 흙의 고마움을 알고, 석기가 돌의 이로움을 알고, 도구가 무서운, 소꿉장난, 그릇이 아름다운, 소꿉장난이던, 낚시가 중력을 구부리고, 사냥이 나는 도구를 만들던, 천문이 시간이자 공간의 기억이던 첫 인간 시절까지 나무는 아주 작고 단순명료한 원형으로 기억한다.

아니 나무의 가장 작은 원형 혹은 한가운데 혹은 점에서 빚은 종말이다. 역사는, 샤를마뉴도 잔 다르크도, 근대도 현대도 둥근 숫자다. 아주 늦은 탄생이었으나 가장 빠른 생명의 동그라미였던 지구 자체의 기억은 나무 바깥에서 나무 피부에 닿아 있고.

그리고, 참으로 단순명료하게, 점은 있음의 시작이고, 선은 점들의 이어짐이고 길이고 거리고, 각은 직선과 직선의 만남이자 벌어짐이고, 평면은 선들의 깔림이고 너비고 넓이고, 부피는 평면들의 쌓임이고 입체는 부피가 차지하는 공간의 몸이고 차원은 맘대로 움직일 수 있는 공간이자 방향을 닮은 숫자지. 이것은 씨앗의 상상력이지 사랑의 상상력이 아니다.

다만 나는, 당신도 그러리라 믿고, 그 시간을 믿고 없는 발로 없는 키만큼 힘껏 움켜쥔 땅을 믿고 흡입을 믿고 없는 땀구멍으로 힘껏 뿜어내는 산소를 믿는다. 어차피 희망은 더 나은 미래를 바랄 수 없을 때 존재의 마지막 발디딤이니까. 그렇지 않다면 이건 죽음의 거울에 불과할 테니까. 내게 공간은 시간이 아니고 시간은 공간이 아니다.

바퀴를 만드는 다리의, 모양을 빚는 손의, 무지개 비단을 짜는 살갗의, 승강기를 짓는 무릎 직립의, 비행기를 띄우는 팔의, 인간 상상력보다 차라리 더 나은 꽃의, 생식이자 죽음이자 웃음인 꽃의 상상력이라면, 언제나 다가오는 지금인 미래의 길 대신, 미래 상상의 몸인 전망 대신, 당신을 품을 수 있을까? 하나님의 왕국, 헤브라이 문명을 낳은 사막과 광야보다 차라리 더 나은 들풀의 상상력, 생명이자 세상 펼쳐짐의 상상력이라면 근육이 상상한 두뇌의 신경망인 교통과, 실천한 두뇌의 신경망인 운송 대신, 당신을 펼칠 수 있을까? 결합하여 소리

글자를 만든 음악과 미술의 상상력보다 차라리 더 나은 나무의 상상력, 빛과 색의 합성이자 음식이자 건축의 상상력이라면, 역사 대신 당신을 새길 수 있을까?

나의 육체는 내게 벌써 투명하고 명징하다. 액체와 광물과 기체의 출납과 생식이 한 몸인 게 훤히 보이고 그 지도도 장래도 빤하다. 물질이 있음의 처음이고 고체와 액체로 또 기체로 제 몸을 바꾸어가는 것이 명백하다.

어떤 때는 줄기들이 느닷없이 땅 위를 내달린 끝에 뿌리를 내리고 자식을 키우지. 북아메리칸 인디언, 성스러운 말씀의 육체들이 흩어진다. 사랑의 성은 기나긴 재즈의 즉흥을 벗고 전기자기를 뿜어낸다. 여기서도 나름 길은 다리의 전망이고 여기서도 나름 철길은 다시 전망을 드러내지.

생명이, 보인다. 생물이 생명의 몸이고, 본능이 생명의 지도고, 세포가 가장 작고 깊은 생명의 방이고, 수소가 물과 우주의 배꼽, 탄소가 생명의, 질소가 공기의, 유황이 성장의, 원소인 것이 보인다. 두근대는 마음의 펌프방이 그리는 생명의 지도와 길의 발자국이 보인다. 아주 느린, 그러나 가장 놀라운, 그러므로 가장 빠른 생명의 기적과 그후가 보인다.

성욕은 자연의 곤충과 벌레지. 동물언어는 모든 것이 춤이고 음악인 소리다. 사랑은 모든 것이 값지고 아름답고 모든 것이 어지럽다. 신화는 명명의 기적과 생각의 배꼽. 여기서 프로메테우스와 르네상스는 하나의 육체고, 사랑의 성이고, 오르가슴이고, 끔찍함과 끔찍한, 끔찍함의 극복으로서 아름다움이다. 당신이 계속 없을 뿐이다. 아니 당신이 계속 소모될 뿐이다.

내 몸이 이리 벌어져도 되는 건지. 암술도 수술도 없이 더 숭하게 이리도 활짝? 해바라기도 구조도 유혹도 없이, 악취인 색깔의 확대만으로? 내 코끝에 와 닿는 이 향긋한 기운은 분명 내 것이 아니다. 이 달콤한 속삭임은 분명 당신의 것이 아니다. 당신은 나와 같은 처지여야 하니까.

예수 생애는 육체 신화, 연극이었구나. 만물 아니라 등장인물, 인간만 살아 있는 꿈과 현실과 가상현실이었어. 화장은 본능을 가면은 인격을 드러내지. 극장이 가면의 몸을, 연극의 세계를 마련하는 동안, 연극 구조가 인간을 규정짓는 동안, 디오니소스가 예수로 되는 동안, 사랑이 되는 성이 웃음과 울음을 낳는 동안, 국가가, 성의 정치적 배꼽인 풍자가 탄생한다.

원시예술은, 마법은, 식물 꿈과 동물 알레고리는 수명 너머 아름다움 아니라 수명인 아름다움의 배꼽이었다.

나는, 나도, 집인 것을 안다. 나도 수백만 년의 모종을 응집한 하루라는 것을 안다. 내용과 형식이 서로 닮아가는 안팎이고 아름다움은 내용을 극복하는 형식의 조화라는 것을 아는 채 먹혀도 좋다는 것을 안다. 다만 이렇게 불러도 저렇게 불러도 내 곁에 당신이 거의 불가능할 정도로 멀다는 것이다. 어떤 때는 곁이 불가능 그 자체 같다.

바람이 분다. 아무 일도 일어나지 않는다. 바람만 분다. 스산이 더 스산하다. 꽃이 캥거루 발톱발처럼, 뱀 대가리처럼, 개 이빨처럼, 극락조처럼, 두꺼비 껍질처럼, 애기금붕어처럼 생겨서, 뭐하나? 열정 같은 소리. 나비, 날갯짓 귀찮다. 벌, 소리의 폭군이다.

이때쯤 나는 열매 속 씨앗으로 된다. 실현. 그래도 집이지만 나는 아주 작은 에너지 꾸러미의 세포분열이자 생식, 내 안팎이 모두 영원의 닮은꼴이고 과일은 지각이고 세상이 거북 등딱지처럼 보였던 까닭이었던 것 보인다. 본능이 생명의 지도이기 전에, 지도는 두뇌의 전망이었나? 머나먼 본능의 지도 철새 이동 천지를 수놓을 뿐 그것을 찢어발기는 맹금의 지도는 아직 느낌이 너무 두터운 나와 상관이 없다. 나는 지하세계에 발을 내딛기도 하였다.

지능은 본능의 위도와 경도였구나. 상관없이, 그 직전에서도 회화는 평면의 끝없는 깊이와 표정을 들여다본다. 조각은 끊임없이 세계의 주인공이다. 음반은 숫자와 같다. 둘 다 세계고, 응집이 확산하는 해체이자 중심이고 광경이고, 세계고 여럿을 알고 응집이 확산하는 해체이자 중심의, 광경이 문명을 응축한 무덤이지.

그 같음이 씨앗이다. 문법과 세계관의 같음, 눈, 코, 귀, 혀, 살갗 감각과 세계와 만남의 같음의.

여전히 빈집이지만. 영이라는 숫자, 줄여도 줄여도 한가운데 텅 빔이 줄지 않지만.

그 텅 빔을 찢어발기는 이 맹금의 발톱은? 아, 고문자여. 내가 아직 너 때문에 인간이었던가? 그리고 마지막 남은 나의 인간을, 여성을 찢어발기는가? 그가 죽었는가? 나를 이렇게, 찢어발겨진 여성으로, 찢어발겨짐 그 자체인 여성, 여성 그 자체가 찢어발겨짐인 인간으로, 마지막으로 남겨놓고?

기필코 나로 하여금 그를 원망케 만드는 것이, 너를 증오하게 만드는 것이 지상에 살아서 남을 너의 계획인가? 실없는 수작. 나는 언젠가부터 고문자, 너의 얼굴 한번 본 적이 없다. 내 기억의 면적은 사랑하는 얼굴 하나로 다 차 있느니. 그것조차 찢어발겨질지라도. 그것이 씨앗이다. 씨앗은 마지막 한 몸이라는 뜻이다.

20, 여자

집은 수풀 우거진 다리를 벌리고 정면으로 누워 있다. 난가? 내가 된 집 혹은 집이 된 나? 집은 언덕 위에 동글고 발갛게 솟아 있다, 언덕 아래 슬하에 더 작고 더 동글고 더 발간 집들을 거느린 자세로. 식구들인가?

집은 제 오각형 얼굴을 덩굴식물로 다 가리고 입구만 벌린 채 조신하게 서 있다. 집은 수많은 젖꼭지들로, 치솟고 있다, 아무리 완강하고 각지려 해도 도저히 완강하고 각질 수 없게. 내 안에 당신인가? 집은 깨끗한 개천과 그 위 아담한 두 굴다리를 거느리고 수풀 나무 잎새에 반쯤 가려져 있다. 당신 안에 나?

집은 정갈한 강변에 끼깔한 지붕 경사면과 교회 첨탑으로 있다. 필멸의 육체로 거룩해지는 영혼의 안식처. 말씀의 집인 고요. 집은 단정한 창고로 따로 떨어져 있다.

집은 아담한 사각형 여덟 개 일층 이층 본관으로 떡하니 들어서 있다. 좀더 커도 좋고, 좀더 작아도 괜찮다는 자세로. 집은 자연의 엄혹을 더 엄혹하게 형상화하며 서 있다. 다시 고문인가?

하거나 말거나. 사랑의 살을 섞으며 당신과 나 생각의 무늬를 만들고 조각을 모아 집을 지었다. 나는 당신의 당신은 나의 거푸집이었으나 우리가 지은 집은 집 짐승의 집 아니라 살 섞음의 아름다움 그 자체인 둥지 아니라, 집어삼키는 집 아니라, 사회를 복잡하고 넓은 집의 이름이라 할 때 그 집이었다.

고통으로 그 점은 뚜렷하게 묻어난다. 그 뚜렷함으로 나는 나아갈 것이다. 과육이 모두 벗겨질 때까지. 바람에 날아가든, 물에 떠가든 짐승 뱃속을 거치거나 털에 붙었다 떨어지든, 그리고 땅속에 파묻힌 채 잊히든. 죽음이 인칭을 얻을 때까지.

햇살이 가장 가벼운 옷이고 공기가 더 가벼운 하나님의 상상력일 때까지.

—생일 파티 하루 당겨 해도 될까? 되면 일곱시 반에 내가 가고. 안 되면 내가 좀 일찍 갔다 나오고. 뭐 먹고 싶어? 보고 싶은 사람은? 네가 날짜 시간 정하고 맛있는 식당 정해서 연락주면 내가 예약하고 연락할게. 걔는 온다고 했고.

—그날 일이 있는데 일곱시 삼십분이면 괜찮을 듯해. 동숭동 샤브샤브 어때? 요게 내가 부르고 싶은 사람들 명단인데 이중 네가 불편한 사람들 있으면 알려줘. 네가 함께 밥 먹고 싶은 사람은 누구지? 나는 무조건 오케이야.

—네가 말한 데 모두 방이 없거나 예약이 안 되거나 해서 그냥 여기로 했어. 월요일 저녁 일곱시 반. 예약명 너. 열 명 예약. 친구들한테 네가 연락해. 걔한테 걔 친구 연락하라 그러구. 그럼 그날. (거기는 샤

브샤브 외에도 오리구이, 징기스칸, 등심구이, 국수전골 메뉴가 많아서 좋아.)

흙 속은 따스하다. 특히 이탄지 흙 속은. 뿌리와 지렁이, 지네, 두더지, 딱정벌레, 곰팡이류, 박테리아들. 흙보다 더 많은 생명이 넘치지. 마치, 생명이 흙에서 나와 흙으로 돌아가지 않고 흙이 생명에서 나와 생명으로 돌아간다는 것처럼. 흙이 생명의 무덤 아니라 생명이 흙의 무덤이라는 듯, 그게 비옥한 땅의 원뜻이라는 듯이.

껍질 속은 더 따스하다. 아무렴 나는 살아서 혹은 죽어서 관 속에 누워 있는 게 아냐. 나는 온몸 흙의 여자다. 당신은, 내 안에 들어와 있는 당신이 나를 뒤덮고 있기도 한 건가? 그걸 사라짐이라 하기도 하는 건가? 그걸 절망이라 하기도 하는 건가?

침대인 내 골반이 흙으로 부서져내리는 이것도, 당신? 뭉치는 것은 더하는 것보다 더 강하다는 인간의 법칙이 더이상 통하지 않는다. 더하기보다 더 나은 나누기, 분업의 법칙도 여기서는 더이상 통하지 않는다. 부서져내리는 이것도 당신이기 때문.

사랑의 몸은 뭐랄까 헐벗고 가난한 억척을 늘 다시 한번 통과한다. 화려한 것은 언제나 사랑의 이면이자 가상현실이지. 헐벗지 않으면 사랑의 몸은 천박하다. 그리고 사랑의 몸은 파닥일수록 헐벗고 헐벗을수록 파닥인다.

아주 먼 훗날 우리는 아가미에 물이 많은 습지 말뚝망둥어 두 마리가 서로의 몸을 곧추세우는 식으로 서로의 몸을 부둥켜안을 수 있을 것이다. 샘이 마르면 샘 바닥 물고기가 침 뱉고 거품 내어 서로를 적셔주지만 강 호수 유유히 헤엄치며 서로 잊은 것만 못하다 했던, 장자는 틀렸다.

마네킹도 뒤돌아보면 간절한 영혼의 가엾은 가상현실이지. 마네킹이 스스로 없는 것은 없다. 우리는 용서하거나 용서받는 게 아니다. 서로 사랑을 나누며 지새우는 밤의 모양이 용서를 닮았을 뿐이다. 그렇지 않다면 아침이 오고 우리 직립의 표정은 짐승에 가깝게 어설프고 난데없었을 것이다. 오감의 위력은 여전히 짐승만 못한 채.

당신의 그 섬세한 혓바닥도 수달 수염에 뒤졌을 터. 주어가, 최소한 주어의 인칭이 바뀌었을 터. 사물들이 자리를, 그리고 연도를 바꾸었을 터.

물론 이렇게 되었으므로, 시간의 양이, 내 몸의 양이 얼마 남지 않았으므로 우리 사랑이 이렇게 운명적인 것으로 될 수 있었음을 나는 안다. 그렇지 않았더라면 당신과 나, 남자와 여자, 헤어졌을지 모른다.

그리고, 물론, 이별은 죽음보다 더 사소한 슬픔일 수 있다. 그러나, 둘 중 하나를 미리 선택할 수 있었다 해도, 나는 이 운명, 곧 죽을 것이므로 영영 헤어질 수 없는 지상의 운명을 택했을 것이다. 죽음의 이별이 정말 슬플 뿐, 죽음 자체는 슬픔이 가당치도 않을밖에 없는 이 운명을.

그렇게 나는 씨앗이다. 모든 슬픔은 사소하고 일상적이다. 할 수 있다면 망설이지 않던 사랑의 기억을 육화할밖에 없다. 그것은 결국 당신 몸, 당신 혓바닥의 기억으로 없는 내 몸을 채울밖에 없다는 뜻이고, 그 뜻은 몇 세기 전처럼 느껴질 수 있지만 그러므로 더욱 그것이, 연을 날리는 몸 느낌의, 연이 날리는 느낌의, 몇 세기 후 명징성일 수도 있다.

그리고 직선으로든 곡선으로든 어쨌든 가지 않고 그 자리에서 겹쳐지기만 한다면 아무리 화려한 건축도 깊어질 수 없고 수용할 수 없고 얕은 건축은 평면이고 스스로 불행한 건축이다.

사실은 그게 흐느낌을 부르고 자연으로 물러나는 비유를 부르고 그, 낭만의, 출렁임을 생명으로 착각한다. 가는 것은 공간이고 머무는 것은 시간이다. 그리고 머문다는 것은 썩는다는 것이다.

그렇다. 흐느낌은 흐느낌의 혈연을 부른다. 앞으로 나의 사랑은 소리에서 색을 느끼는 인간의 귀와 눈까지 공연하다고 생각하는 고전주의일 것이다. 비의는 햇살에 흔적도 없이 녹아버린다. 어떤 징조도 없다. 땅은 제 빛으로 거울 표면처럼 쨍쨍하다. 그 안에 없는 것은 정말 하나도 없다는 듯이.

당신 얼굴 정말 이목구비 하나도 없다. 아니 없는 것 하나도 없다는 듯 제 빛으로 쨍쨍한 그 거울, 그 쨍쨍함이 당신 얼굴이다. 없는 내 얼굴을 없는 내 손으로 비비듯 그 얼굴 닦아내고 닦아내면 비로소 없는 내 손에 당신의 없는 이목구비 묻어난다. 촉감 없는 형상인지 형상 없는 촉감인지 알 수가 없다.

씨앗의 두뇌는 오래된 흑백사진 한 장. 사진은 그래서 기묘한 가상현실이지. 비웃음이 있을 수 없는 가상현실이다. 어느 만큼 왔을까 씨앗은, 어느 만큼 왔다는 뜻일까. 나라는 질량은 한없이 줄었지만 수가 여럿을 알던 그 배경이 나 너머 장면을 만드는 듯도.

그 무엇이라도 될 수 있다기보다는, 그 무엇이 되어도 상관없을 것 같은 형상의 장면. 그래. 사랑은, 사랑도, 당신 얼굴 형상의 장면이다.

전율하는 형상 아니라 전율이라는 형상은 전율의, 이름일까. 위축하는 형상 아니라 위축이라는 형상은 위축의, 펼쳐지는 형상 아니라 전개라는 형상은 전개의 이름일까, 상승하고 하강하는, 출렁이라는 형상 아니라 상승과 하강이라는, 출렁이는 형상은 상승과 하강의, 이름일까? 너무하는구나, 울음도 새나오지 못하는, 그러고도 사랑일까.

아아 생이여. 달빛은 비춤이었나. 비추는 형상 아니라 비춤이라는 형상은 덮치지 않고 그냥 비추며 그토록 아름다운 임신이었나. 젖어드는 형상 아니라 젖어듦이라는 형상은 임신의 몸이라는 곡선이었나. 생이여, 네 안에서도 구부러지는 형상 아니라 구부러짐이라는 형상이 구부러짐의 이름이라면, 죽음은 경계의 이름에 지나지 않을 뿐, 예의의 부사에 지나지 않을 뿐, 항아리 속일 뿐 무슨 소용, 무슨 대수, 내가 씨앗인데?

당신. 이제 당신과 내 이야기를 무엇보다 당신과 나한테서 씻어낼 때가 되었다. 그 정도 얘기 쌔고 쌔서가 아니다. 처참은 개별적이고 남의 처참이 나의 처참을 덜어주는 것은 아니므로. 정반대지. 그냥 두면 처참은 처참의 자식을 낳고, 자기 자식들을 키우느라 처참은 거울의 명징을 더 심화할 수 있는 기회를 놓친다. 거의 돌이킬 수 없이. 왜냐하면 그 기회를 다시 가지려면 처참은 자기 자식들을 더 처참하게 죽여야 한다. 우리가 낳지 않아 다행인 것은 혈육 아니라 바로 처참의 자손이었다.

내 바깥은 열대다우림 야생동물 세계 어디쯤. 기후가 후텁지근하고 생명이 축축하고 시끄럽고 음흉하고 영악스럽다. 그러고 보니 나는 어느새 씨앗 아니라 씨앗 속이고 내가 더 들어갈 곳은 괄호 속, 그곳을 나서면 열대다우림 야생동물 세계 아니고 씨앗 속도 아니고 어느새 죽음 속이겠구나.

그렇겠지. 그래야겠지. 너무 당연해서 시시할 정도 아닌가. 없는 귀를 닫고 없는 눈을 감고 없는 잠을 자야겠지. 없는 잠에서 깨어 없는 눈을 뜨는 것이 최소한 죽음에 대한 예의일 테니까……

인테르메조

에우리디체

이상한 일이다. 나는 당신의 고통인 거울 속에서 형편없이 늙은 여자고, 당신을 향해 갈수록 젊어지는 여자다.

그, 이야기는 겹쳐 있고 거울인 당신은 그 겹침의 알려진 거처거나 세계거나, 최소한 겹침의 평면과 같은 차원이다. 거울인 당신을 들여다보는 내게 당신이 보여주는 나, 그 이야기를 나는 겹침의 양파 껍질 하나씩 벗기는 식으로 하게 될 것 같다. 당신도, 어떤 식으로든, 배경 닮은 말을 보태줄 것 같다. 마땅히. 정말 이상한 일이다.

오르페우스

놀랍구나. 당신의 고통인 거울 속에서 어린아이인 내가, 나인지도, 당신도 모르는 채, 어른인 당신을 향해 갈수록 나이 들고 있다. 그, 이야기는 겹쳐 있고 거울인 당신은 그 겹침의, 알려지지 않은 거처거나 세계거나 최소한 겹침의 평면과 같은 차원이다. 거울인 당신을 들여다보는 내게 당신이 보여주는 나, 그, 이야기를 나는 최초 양파 알갱이에 겹침의 양파 껍질 하나씩 늘려가는 식으로 해야 될 것 같다. 당신도, 어떤 식으로든, 배경 닮은 말을 내게 건네보려는 건가? 그리고, 이제 다시 내가 당신을 당신이라 부르는구나. 당신의 고통인 거울을 향해, 거울 속으로 이제 다시, 거울 바깥에서.

21. 여자

나, 저 노파는 거울인 당신 속에서 난초를 돌보고 있다. 적지 않고 초라하지 않은 아파트 실내 통유리는 사방천지 회색 눈보라, 파란만장 너머 시야를 지웠다. 당신은 거울 표정으로 거울 표정만큼 놀랐고, 놀라지 않았다.

난초잎 어루만지는 저 손길 보면 노파의 삶 삭막하지 않았다. 피 같은 아들딸 낳아 키우고 귀여운 손자 손녀, 외손자 외손녀 들 안아주고 쓰다듬어주던 손길이다. 늙어 푸석푸석하지만 없어서 무척 바랐던 손길 아니다. 줘보지 못한 정을 줄 수는 없는 일.

평화로워. 노파는 회색 통유리 창밖 세상의 파란만장 속에 있을, 아들딸이야 그렇다 치고, 손자 손녀 들의 안위를 걱정하지도 않는 표정이다.

당신 말은, 어쨌든 그럭저럭 무탈한 것만으로도 인생이 행복할 수 있다는 얘긴가? 우리가 살아서 누려봤자 고작 저 정도였다는 얘기를 당신이 하고 있을 리는 없지. 그러기에는 거울 속이 너무 명징하니까.

그리고 거울 속은 이미 시니컬이 지워졌으므로 거울 속이다. 저 노파, 나의 노년은 내게 무언가, 씻김으로 영롱한 보석 같다. 굳이, 아니 딱히, 아니, 구태여, 아니 가능하면 고통이라고 표현하고 싶지 않은 그 무엇의 씻김.

언젠가 당신은 말했다. 독일인들이 음악의 3B, 즉, 바흐, 베토벤, 브람스의 장중한 아름다움 대신 모차르트의 장난기 어린, 명랑한 음악을 더 연주하고 더 즐겼다면 파시즘에 빠지지 않았을 거라고. 하지만 파시즘은 이탈리아에서 발생했고 이탈리아 음악은 일상 자체가 명랑하다. 그에 비하면 모차르트 매우 우울하지. 그, 음악의 파시즘도 없는 씻김. 거울이 된 음악. 죽음과 시간의, 시간과 여행의, 여행과 장소의, 장소와 자아의, 자아와 발견의, 혼동의, 파시즘이 씻긴 그 노년이다 거울 속 저 노파, 나는. 남편을 묻은 지 얼마 되지 않았다. 함께 오래 살았고 병상에 오래 누웠지만 크게 고통스럽지는 않았다. 아니, 앞의 '오래'를 뒤의 '오래'가 죽은 뒤에도 어느 정도 연장해주는 느낌이었고 그 연장이 끝난 지금 저 노파, 나의 슬픈 표정, 지긋하고 느긋하다.

내 남편은, 당신이었나? 모르겠다. 다만 거울 속 남편의 장례식, 당신 아버지 장례식 같고, 어머니 장례식 같고 어머니의 어머니, 아버지의 아버지 장례식 같고 내 장례식 같다. 당신의 장례식이어야겠으나 아직은 확실치 않다는 뜻이겠지.

그런데, 그전에, 왜지? 영정, 같은 듯 서로 다른 시간이고 조화, 같은 듯 서로 다른 색깔이고, 문상객, 같은 듯 서로 다른 시대고, 상주와 고인 가족들, 같은 듯 서로 다른 사정인데, 뭐가, 같지? 그래. 검음에 생애의 살기가 없고, 죽음에, 죽음이 살기가 묻어나지 않는다. 통곡이 울음의, 울음은 슬픔의, 슬픔은 눈물의, 온화를 닮아간다. 분명 제 얼굴인 얼굴 표정들은 위로 서로를 닮아가고 그 닮아감이 바로 죽음의 의상인 듯도 싶다.

죽은 자가 말한다. 삶이 고단하지 않았다는 게 아니라, 우여곡절 없었다는 게 아니라, 죽고 보니 가장 고단했던 일, 바로 오래 살았다는 그 점이라, 그 점이 바로 우여곡절인 셈이라 나는 할 말이 없네…… 산 자들은 말한다. 당신이, 당신도 돌아가시니 새삼 죽음은 무엇보다 닮아감이고 결국 같아짐이라는 생각, 이별의 슬픔보다 더 큰 위안되기도 하는지라, 우리는 이승의 빈자리 잠시 서운할 뿐 할 말이 없습니다. ……그것이 문답 아니라 연호 같고, 문상 아니라 오래된 제사 같다.

매장이다. 날이 너무 화창해서 피곤한데, 하관 때 잠깐 남편이 내 팔짱을 끼는 듯한 느낌. 겨드랑이도 없이, 살비듬이 몹시 인다. 그러고 보니 우리 팔짱 한번 제대로 껴본 적 없지 않나? 그렇게 묻는 듯한 남편은 분명 당신이다. 너무 늙었지만. 이 허전함은 분명.

다시 난초와, 낡았지만, 빛바랜 고동색이 세월의 위엄을 넉넉히 대신하는 책상이 있는 통유리창 아파트 실내다. 나는 사과를 깎고 당신은 글을 쓰고 당신 글에서 흙냄새가 진하지만 당신 농부 같지 않고 글 쓴다는 게 다름아닌 밭 가는 일이라는 주장, 묻어나지 않는다. 무엇보다, 땀냄새가 없다. 당신은 생명의 다른 이름으로 흙이란 단어를 쓰고 한참 동안 나이 들며 나이도 흙도 흙냄새도 명징해졌다는 얘긴가? 농부가 아니라 농부의 죽음이라는 건가? 자연 아니라 자연의 명징한 죽음이라는 건가? 당신 흙냄새에 가난이 없다. 당신 아름다움에 패주와 배척이 없다.

비 내리는 거리다. 당신. 축축하고 을씨년스럽던 당신과 나 사이가 따스한 곁으로 된 적이 있었다는 얘긴가?

가는 비는 세상을
씻어내리지 않고 세상을
적시지 않고, 가는 비는 세상의
귀지,
제 몸에 귀를 기울이는
귀지,
가는 실잠자리 가는
장구채 위에 내리는
가는 비는
귀지.

이건, 당신 노래? 내 노래, 나한테서 나오는 노래? 당신은 언제부터 자연을 죽음의 위안으로 보았나? 그리고 자연에 대한 공포를 벗기 위한 자연의 섣부른 의인화가 오히려 죽음의 위안에 대한 공포의 독재로 귀결되는 슬픔을 언제부터 알았나? 언제부터 눈물은 당신 거울의 황금테였나?

숲이다. 폭설 내린 숲. 상반신 붉은 무궁화호 열차 지나간다. 일직선으로 길게, 느리게. 아니다, 저 열차 지나가는 게 정지고 정지가 지나가는 것이다. 일직선이라서 아니고, 길어서 아니고, 느려서 아니다.

온통 백발 천지뿐 일순 아무것도 보이지 않으면서도 쌓인 눈에 짓눌린 시든 풀과 가시덤불 그래서 더 시든 풀과 가시덤불 같고 함박눈을 여러 짐 가지런히 떠안은 나무는 그래서 더 나무 같고 무수한 가지창을 무한한 눈 결정 창으로 뻗치는 숲은 그래서 더 숲 같은 이 믿을 수 없는 광경 속으로 삼등열차 길게, 느리게, 일직선으로 가고, 믿을 수 없는 광경 속으로 가는 것은 정지다. 당신 저 열차 차창 속에 우리 함께 앉아 이 차창 밖을 바라본 적 있다는 얘긴가?

이 손톱과 머리카락은 설마 내 것. 아니면 당신 것? 사람들이 죽은 이의 손톱과 머리카락을 기념하는 이유는, 죽음만큼이나 오래된 습관 때문 아니라면, 미련 정도가 아니라 어마어마하겠군. 가장 단단하게 뭉쳐 가장 새까맣고 가장 생생하고 가장 오래가는 감각과 기억의 덩어리니까. 그것으로 이름은 있음의, 영롱의 총체로 된다. 그게 없다면, 검음이 그리는 감각의, 기억의, 모종의 윤곽이 없다면 이름은 정말 명부만 있는 세례명에, 영혼은 허깨비에, 육체는 물컹물컹한 비누에 지나지 않는다. 혹한 폭설에 걸어도 쌓인 눈 푹푹 꺼지는지 발바닥 푹푹 빠지는지 구분되지 않는다. 생은 그 모든 이뤄질 수 없던 일, 지킬 수 없었던 약속에 지나지 않는다.

그런데 나는 이 사태에 대해 감각도 기억도 멍하군. 그래서 당신은 저것을? 우리도 살금살금 살기만 한 것은 아니었다는 건가? 아니면, 우리의 죽음은 우리가 살아생전 보았던 그 죽음이었다는 얘긴가? 우리 자신의 죽음보다 더 슬펐다기보다는, 더 의미심장해 보였던 어린 날의 더 어린 사람의 죽음을 본 적이 있다는, 그 충격의 고요에 더 충격받은 적이 있다는 얘긴가? 비참은 없고 죽음만 있었다는 듯이, 머리카락 덩어리 반짝인다.

갈겨니, 맑은 물에서만 사는
각시 맞을 생각만 해도
수컷은 너무 부끄러워 저리
고운 색깔이지
암컷은 너무너무 부끄러워
암시랑토 않지
피라미 비슷해서 피라미 옆
우스꽝스러운
피라미도 덩달아
우스꽝스러운
슬픈
갈겨니, 갈겨니

이건 또 무슨 소리? 당신 소리? 아니면, 당신이 소리라는 소리?

휘파람새보다
조금만 더 큰
그 이쁜 것이
운다고 개개비
노래한다고 개개비
그 조막만한 것이

먹고산다고 개개비
개개비 운다 개개비보다 썩 작은 개개비
사촌도 운다
강가 풀숲에
내 집은 더 아슬아슬하다고
나는 더 힘들다고

그 소리로, 나를 부르는 소리? 내가 아무리 당신을 향해 젊어진데도, 육체를 회복한데도 당신 향해 내 몸 여는 법을 아무래도 나는 잊어버린 것 같다. 몸의 기억을 잃어버린 것 같다. 이 소리, 아무래도 그 소리인 것 같다. 사촌이란 말에 혈육이 느껴지지 않는다. 비라는 말에 물이, 느껴지기는 했었나? 거울, 에서는? 거울 속에는 눈물이, 있었나?

거울 속에 나는 여전히 노파다. 안심과 체념 반반의.

22. 남자

나, 저 아이는 여성과 죽음을 한꺼번에 경험했군. 다행히 혼동하지 는 않았다. 죽음은 바깥에서 안으로 덜컥 진입했고, 여전히 타자고, 여성은 안에서 밖으로 심장 벌떡였고, 여전히 한 몸이다. 혼동은 아늑하지. 그게 좀 아쉽지만, 그 병폐는 아늑함보다 더 오래가고, 툭하면 자살에 이른다. 여성의 죽음이든 죽음의 여성이든.

저 아이, 좁고 공기 탁하고, 불량한 만화방 자위만큼의 죽음 혼동도 없고 곰팡내 건강한 헛간만큼의 죽음 혼동도 없다. 굳이 있다면 탄생에 가까운 죽음, 정확히, 탄생 직전인, 그래서 혹시 더 생생한 그것이 있달까.

날마다 부사처럼 세상에 나오는 저 아이, 날마다 천상천하 유아독존인 저 아이, 움직이는 대로 동사고 그리는 대로 형용사고 이름 짓는 대로 명사다. 부사는 탄생에 가깝다.

저 아이, 모든 낱말과 말에 세상 맨 처음 소리와 그림이 묻어 있다. 사랑을 느낄 때 비로소 서로의 품에 자리잡는 너와 나에게조차. 그림이 세상을 그리듯, 저 아이, 문법이 논리를 그린다. 그리고, 그리는 것은 그리워하는 것에 다름아니다.

진리란 진리의 증명에 이르는 온갖 과정의 합이다…… 이 명제 또한 저 아이, 언어의 어린이이자 처음이다. 자연은, 가혹하기에는 너무 처음이고 아직은 그가 자연을 농락하고 있는 중이다. 그는 마구 휘갈겨 쓰고 있다.

산 중턱에 뱀 나온다 뱀 잡아라
돌 들추면
가재 나온다 뒤로 기는 가재 잡아라
가재붙이도 나올까? 안 나온다 가재 잡아라
뱀 나온다 뱀 잡아라

그런 생각 노래 부르듯. 딱히 잔인해서가 아니라, 공포 이전 천방지축으로. 의인화는 공포를 벗기 위한 것이니 아이의 것이 아니지. 공포를 벗기 위해 자연을 의인화하려다 툭하면 자연의 공포를 의인화하는 어른들의 낭패를 자라나지 않는다면 아이들은 알 필요가 없다. 피터팬의 공포는 피터팬을 창조해놓고 바라보는 어른들의 공포지 피터팬 자신의 공포가 아니다.

저것은, 내가 이제야 확인하고 있는 것인가 나의 유년을? 일 년 내내 달력 걸어두고 가끔씩 날짜는 보았으되 어느 달, 어느 날부턴가 보지 않게 된 달력 사진을 한참 지나 우연히 확인하듯?

이 아이가, 당신이 날 위해 생각해낸 붉은 아이라는 건가? 아니면

이 아이는 당신이라는 고통을 겪은 나의 붉은 아이? 아직 산과 숲은 색깔이 없다. 하긴 스트라빈스키 신고전주의 음악. 노년보다 더 늙었지만 소년보다 더 천진한 웃음의 광경에도 색깔이 없었다. 거긴 영영 색깔이 없다.

내 고향 여름 산 갈맷빛 물들면 갈매나무 보이지 않았다. 아니, 갈맷빛 들면 여름 산 온통 갈매나무. 내 마음 온통 물들였다.

그래. 내가 태어난 곳에서는 개구리를 가개비라 했지. 지금 생각해보면 이상하다. 개골개골 울지 않고 가개, 가개 울었다는 얘긴데. 왜 개구리가 이상했던 적이 없지? 그리고 개구리 이후 가개비도 이상했던 적이 없지? 가물치는 가물, 치, 흉한, 바보치였고, 징그러운 가물, 치였지만 가물치는 엄마 보약, 치. 가물치는 숭한 가물, 치였고 징그러운 가물치는 숭한 보약, 치였다. 가다랑어, 가다랭이, 가다랑어 소리는 참으로 팔딱팔딱 입에서 도는 군침 소리였다. 바닷속 헤엄은 늘씬하고 재빠르지만, 배에 오르면 불쌍하게 덩치 큰 가다랑어, 가다랭이, 가다랑어 소리는.

내게 말만한 우리 누나 있었으면 했었다. 머리털도 갈깃머리털. 치렁치렁 긴 머리에, 긴 얼굴에, 새하얀 살갗에, 옆얼굴 언뜻언뜻 간자말인 듯, 그런 누나 있어, 누가누가 데려갈까, 내 가슴이 두근두근댔으면 했다. 갈깃머리, 갈깃머리털의. 하여 먼 훗날 우리 누나 바다 건너 시집갔으니, 갈매기 우지 마라, 우리 누나 슬프지 않게……, 그렇게 노래 부르며 내가 슬퍼지고 싶기도 하였다. 갈매기 우지 마라. 우리 누나 울지 않게. 갈매기 우지 마라. 우리 누나 슬픈 일 닥치지 않게…… 그러면서 누나가 돌아오기를 기다리는 소년이고 싶었다.

감동젓은 푹 삭힌 곤쟁이젓. 곤쟁이는 보리새우보다 더 가난한 보리새우 동생. 곤쟁이젓 푹 삭으면 감동젓. 그 소리만 들어도 일순 입안에 침이 고였던. 하지만 단 한 번 초콜릿 맛. 삽시간에, 그리고 그후 한참 동안 감동젓 맛을 한편으로 완전히 지우고 한편으로 그 누추한 냄새를 철저하게 까발렸다. 그 새까만, 깜깜한 단맛이. 보기만 해도, 듣기만 해도 생각만 해도, 초콜릿, 발음만 해도.

고뿔은 코 막힌 코맹맹이 소리, 고뿔. 그다음은 기침 목 가래 끓는 고뿔. 그다음은 골치가 지끈지끈 쑤시는 고뿔. 이 모든 것 겪고 나면 이 모든 것 한꺼번에 고뿔. 그뒤로 고뿔 앓지 않아도 내내 이 모든 것 한꺼번에 고뿔. 감색은 감 색이 아니지. 감꽃 색도 아니다. 어두운 남색 어두운 쪽빛이다. 갯바다는 뭍과 가까운 사이 바다. 뭍과 친한 바다. 갯바다, 갯바다는 뭍과 친하고 싶은 바다. 갯바다, 갯바다, 갯바다는 뭍이 되고 싶은 바다. 갯바다, 갯바다, 갯바다, 갯바다는 사람들 사이 자기가 뭍인 줄 아는 바다.

가창오리 군무도 보았다. 수만 마리 흩어지는 면적은 하늘에 용의 전쟁보다 더 불길하고, 모이는 곡선은 무지개에 무지개보다 더 찬란한 생명을 부여하는. 가창오리는 오리가 아니고, 가창도 지명이 아니지. 가창오리는 하늘에, 하늘로 군무하는 가창오리였다.

가문, 가문, 가문비나무
이렇게 말하면 가문 비, 검은 비 온다.
가문 비, 가문 비, 가문 비 나무
이렇게 말하면 검은 비 더 온다.

가뭄에 가문, 가문 비 나무
가뭄에 더 가문, 가문비나무
가문비, 가문비나무 좀
가문비나무 껍질 갉아먹고
가문비, 가문비, 가문비나무 하늘소
애벌레가 속껍질 갉아먹고
커가면서 나무 속 먹고
그 속에 들어가 겨울을 나는
가문비, 가문비, 가문비나무
이렇게 말하면 가뭄에 더 가문 비 내리는
가뭄에, 가뭄에, 가문비나무 가문 비 내리는.

그쯤은 저 아이 내 과거 유년에 있을 것이다. 훗날, 자라나, 갈대밭에 가면 누군가 우는 것 같고, 우는 것은 여자 같고, 울음은 하얀 것 같고, 갈밭은 가을밭 같고, 갈대꽃 늙지 않고 하얀 울음 꽃 같고 갈대밭은 가을밭 같았던 것도 나였을 것이다. 나머지는 미래에 있다. 당신과 함께 보았던 노란국화 감국도 있었군. 길가 어드메 남쪽 주민식당에서 국밥 말아 먹고 나온 듯한 차림의. 북한 말로는 단국화, 산기슭 어드메 북쪽 공사장 함바집에서 단고기 먹고 나온 듯한 행색의. 감풀도 있다.

썰물 때 보이고 밀물 때 안 보이는 꽤 넓고 평평한 모래톱이다. 감풀 보이듯 당신 모습 보이면 내 마음은 썰물. 보이는 당신한테서 어느새 달아나 있고, 감풀 안 보이듯 당신 모습 안 보이면 내 마음은 밀물. 안 보이는 당신을 어느새 덮고 있다. 이것은 미래의 첫사랑, 아니면 농담? 그러나 사랑은 만지기도 전에 건드리는 것. 당신 몸을 만지기도 전에 당신 얼굴이 내 마음 건드리는 것. 아무것도 건드릴 수 없는 것. 몸을 만지기도 전에 내 마음이 당신 마음 건드리기 전에는. 당신이 두드러져 보이지 않은 것은 전반적이기 때문. 내가 표 나지 않은 것은 심층을 파고들었기 때문. 당신이 화려해 보이지 않은 것은 휘둘리기는커녕 완전 장악했기 때문.

거울 속 저 아이. 아, 우린 세상의 검은 군데를 너무 정리 안 하고 살았구나. 검은뺨저어새 뺨 그렇게 검지 않다. 검은등할미새 등 그렇게 검지 않고, 검은꼬리도요 꼬리 그렇게 검지 않고, 검은가슴물떼새 가슴 그렇게 검지 않고, 검은다리실베짱이 다리도 그렇게 검지 않다. 검은댕기흰죽지 댕기 있지도 않고 죽지 그렇게 희지도 않다. 이 모든 것은 사람이 편하게 지내자고, 친하게 지내자고 붙인 이름이지만 이름은 거기서 끝나지 않는다. 검은담비, 검은고니는 세상이 온통 검다는 이야기. 검은목두루미는 세상의 목이, 검은머리딱새는 세상의 머리가 온통 검다는 이야기.

그리고, 군데군데 조금씩 검은 세상이 생명 펄펄 살아 뛰는 세상이라는 이야기. 겨울철 길 잃고 벌판에 사는 검은머리딱새도. 물살 느리고 물풀 많은 물가에 사는 검은물잠자리도. 넓은잎나무 죽은 가지나 죽은 그루터기에서 자라는 검은큰비늘버섯도. 바닷가 바위에 다닥다닥 붙어사는 검은큰따개비도.

당신. 당신과 함께 개마고원에 가고 싶군. 가보지 않아도 거기에 가면 마땅히 말 달릴 것 같고 그 위에 내가 탔을 것 같고 뭔가 새까맣고 한없이 넓고, 뭔가 아주 오래전, 처음 같고, 내가, 나와 당신이 아주 오래전, 처음 같을 것 같군. 그곳은 역경 같고, 역경이 우리의 부모 같고 역경이 우리를 튼튼한 자식으로 키울 것 같다. 등 굽은 나무 한 그루 없을 것 같다. 당신의 치렁치렁한 머리카락이 유독 검게 빛나며 나를 휘감을 것 같다. 육체보다 더 육감적일 것 같다. 육체가 없으니, 그만하면 되었다.

23, 여자

전라남도 여수시 삼산면
섬
거문도는 巨文島
커도 검다
무늬도 검다
거문도는 巨文島
섬도 검다
거문도 검다

글자는 정말 무늬구나. 이제는 뜻이 뭉개진. 아니 그 뭉개짐이 바로 무늬. 그렇더라도 거문도, 면적 십이 제곱킬로미터. 서도와 동도, 고도로 나뉘고 고도만 따로 떼어 거문도라 부르기도 한다. 이런 식으로 생각나는 것은, 거기가 내 고향이라는 뜻. 거울 속, 저 여자, 나는 어딘가, 내 뺨이 가칫가칫한 게 일찍 돌아가신 어머니의, 살았으면 육십대도 섞여 있는 것 같다. 어머니의 기억은 내 뺨에 와 닿던 그녀의 가칫가칫한 뺨의 그것이 전부니까. 어머니 생각은 늘 설령 다시 만나더라도 그 기억밖에 없을 거라는 그것이었으니까.

저 여자 안에 든 나는, 태아 아니고, 젖니 빠진 자리 간니 난 아기일까? 예쁘기도 하지. 불쌍도 하지. 간니 빠지면 빠진 자리 흉하기도 하지 저걸 어째, 하는데, 찢어지게 가난했으되 어촌 아낙이라 지독하게 흉년 든 농촌 아낙보다 먹을거리가 그래도 조금은 낫고 무엇보다 갯비린내 물씬할 텐데도, 어딘가 강피밥 분위기다. 농촌 흉년 끼니 강피밥. 저 여자 안에 든 나 안에, 뭍에서 흘러들어왔던 어머니의 어머니가 들었단 말인가.

아니, 내가 강피밥을 어떻게 아는가. 내가 어머니의 어머니의 어머니란 말인가. 피로만 지은 밥. 붉은 피냄새도 밥냄새도 전혀 안 나는, 밥이라니, 그냥 배고픔의 노출 같은. 먹어도 먹어도 허기지는 냄새만 나는. 강이 피고 밥이고 배고픔인.

4대를 위로 거스르니 나는 선 채로 껍질 벗겨져 말라 죽은 나무, 강대나무로 선 것 같다. 이런 십자가도 있는가. 이런 강도 있는가. 강추위가 있고 강더위가 있군. 오랫동안 가물고 볕만 내리쬐며 찌는 더위. 없는 사람들한테는 추위보다 더위가 그래도 낫다지만 강더위는 그렇지도 않다. 땀범벅인데 없는 놈 살갗이 타고 머리가 끓는 게 차라리 언 발 호호 녹이고 싶고, 아예 꽁꽁 얼어붙고 싶지…… 아무리 살고 싶단들 냄새나는 과거의 살을 입기는 싫어. 당신. 과거에는 당신이 분명히 없다.

가을바람은 갈바람…… 그래 강이 아니고 갈이다. 목마른 갈 아니고, 가을바람은 갈바람. 가고 오지 않을 바람. 아니, 가고 내년 가을 다시 올 바람…… 갈봄 여름 없이, 하면, 봄 가고 여름 오는 것 같았지. 가을봄 여름 없이, 하면 겨울만 있는 것, 혹은 겨울만 없는 것 같았지. 갈봄, 가을봄, 하면 가을이 봄 같고 봄이 가을 같고 하나였다가 둘이었다가 다시 하나였다가 쏜살같지. 갈밭, 은 갈대밭. 갈밭에 달 뜨면 갈대밭. 갈대꽃 달빛인 듯 갈대밭. 달빛은 갈대꽃인 듯. 눈부셔 갈밭은 온 천지 새하얀 갈대밭.

저 여자, 이제 나의 육십대의, 평정을 찾고 있는 중이다. 아무렴. 복고는 잘잘못을 따지기 전에, 불가능한 낭만이므로 비참할 수는 있을 망정, 죽음의, 진보와 전혀 무관한 가난의, 외형만 강조한다. 거기엔 가난의 최대 장점인 따스함조차 없다. 아마도 불가능할 나의 육십대겠지만, 복고는 그 불가능을 운명으로 확정지을 터. 그러니 백 년 전 강 아니라, 내 십대, 의, 이십대의, 그리고, 창피하지만 삼십대의 갈. 죽음을 향한 것일망정. 왜냐하면, 죽음도 당신을 만나기 위한 전략의 하나다. 갈피리, 갈대피리 불면 그 소리, 따라가는 듯 떠나가는 듯 그대 돌아오는 듯 갈꽃, 갈대꽃 가을꽃 같아서 갈대 가을 같고 꽃도 가을 같고 갈잎, 가랑잎, 갈잎, 가을잎 그 사이 떡갈잎은 갈잎 가을잎 떡갈나무는 그리고, 그러나 갈보리, 가을보리, 더 가난한 보리, 갈보리, 가을보다 더 배고픈 보리, 물 말아 먹는 보리…… 이런.

이 강한 'ㄱ'의 중력. 부메랑 모양이자 소리인. 목표와 겨냥이 없는. 던지면 날아가다 되돌아오는 부메랑, 소리와 모양의.

당신. 이 누추한, 내가 되어가고 있는 'ㄱ'은, 당신도 나와 마찬가지 생각이라는 건가, 내가 당신의 붉은 꽃으로 확 번지며 사라져버리거나, 붉은 꽃으로 확 저질러지며 사라져버려야 했었다는 건가? 아니면 이 'ㄱ'이 정말 우리들의 새로운 처음? 우리나라 국어사전이 복 받은 순서를 갖춘 것은 사실이지. 가장 많이 쓰이는 자음이 'ㄱ'이고 모음이 'ㅏ'고 사전을 펼치자마자 '가다'가 나오고, 태초의 석탄 반짝이는 모양, '감'이 나온다고 해도 과언이 아니니까. 소리의 처음과 글자의 처음이 모국어가 살아 있는 한 앞으로 내내 밀월을 누릴 수 있다. 다른 나라 언어에서는 불가능한 행복이지. 사전을 가나다순으로 읽는 것은 낯선 일이지만, 사전 순서는, 물론 훗날의 명명은 빼고, 최소한 순우리말 뿌리에서는 어느 정도 언어의 순서를, 그러므로 생의 순서를, 반영해야 하는 것 아닌가. 그리고, 그런데, 생의 순서는 죽음의 순서와 정반대가 아니지. 생의 순서를 따라 그 바닥에 죽음의 순서가 펼쳐진다. 그게 훨씬 더 그럴듯한 역사의 진정한 법칙이지, 미래 기획까지 가능한. 그리고 죽음의 미래 계획까지 가능한. 그건 이를테면 어린 바솔로뮤가 받았다는 계시의, 도무지 어쩔 도리가 없는 그로테스크의 자연 광경보다는 훨씬 덜 부자연스러운 세례다. 한글 순서는 더 작위적일 수 있다. 세종대왕 사람들의 순서니까. 그러나 뒤늦게 민심을 어여삐 여겼던 작위니, 서양 알파벳이나 중국 상형문자를 만든 당시 지배계급 작위보다 더 자연순응적인 것일 수도 있다. 그들 문자가 천한 백성들의 무지의 고통을 불쌍히 여겨 만들어졌다는 증거는 신화에서도 드물고, 백성들을 계속 무지 상태로 두기 위해 글자를 일부러 어렵게 만들어 지들끼리 썼다는 증거는 역사에 부지기수거든. 물론, 소리글자는 지배계급도 어쩔 수 없는 면이 있기는 하지. 그림을 추상화하는 건 통제가 가능하지만, 추상의 추상인 소리가 스스로, 자연발생적으로 가시적인 부호가 되는 과정을 지배계급이란들 무슨 수로? 이미 저질러진 것은 인위 혹은 작위라도 자연이 되고 만다. 10월은 혁명이다, 이런 연상이 당신한테 자연이듯이.

그런데 내가, 10월 혁명은 저질러진 것이다, 라고 한 건가? 당신. 당신이 그런 건가? 이제 너무 낯설어져 오히려 머나먼 인위처럼 희미해 보이는 그것을? 혁명은 몰라도, 혁명 이후 80년이 소위 '잃어버린 80년'이고, 그렇게 저질러진 것은 맞다. 그렇게 희미한 자연인 거 맞다.

그리고 저 여자, 결혼과 혁명의, 혁명이라는 결혼과 결혼이라는 혁명의 저질러짐을, 자연의 행복으로 수습했다는 것인가, 어쨌든 모종의 수습이 파란 없이 오래 묵은 표정이다. 분명 주변에 많은 식구 친척 들 묻어나지만 그녀는 온화하다기보다 자연스러운 위의다. 아니다, 그녀를 동떨어져 보이게 하는 것은 그녀가 모종의 계약과 전혀 무관하다는 느낌 때문이다. 아름다워서 슬픈 갑사댕기와도 그녀는 무관하다.

이런 또 'ㄱ'.

매년 굶주린 백성 수백만 명을 살리던, 혹은 죽이던 감자의 구휼의 기억은 지워졌다. 그녀 피부는 목숨의 감자 뉘앙스가 아니다. 세상에, 감자개발나물이라니. 흐린 날 흐리게 출출하고 맑은 날 맑게 출출할 때 모처럼 삶는, 상류계급 간식으로도 남우세스러울 게 없는, 가장 친근한, 거무튀튀가 아직 남은 껍질 벗기면 풍만이 산뜻한 삶은 감자 속살이다, 그녀 피부는. 살색, 미라인 듯하다가 살색, 살색보다 더 영롱해 보이는.

메피스토펠레스는 정작 살을 몰랐지. 하나님도 몰랐지만 메피스토펠레스가 더 모른다는 걸 안 거야. 그런 내기였던 거야. 살도 모르겠는 살의 사랑을 도대체 누가 알 수 있을까. 정작 파우스트를 쓴 괴테도 몰랐어. 중세와 이성만 알았지. 중세와 이성만 알면 중세 아니면 이성이거든. 독일 사람들 괴테 파우스트를 살의 오페라로 만들어 버린 구노 죽이고 싶도록 싫어했던 거 당연하다. 구노도 알았던 게 아냐. 음악이 알았던 거지. 그의 정결한 마르가리테의 집은, 살의 집이지. 나를 꿰뚫는 이 알 수 없는 정신 사나움은, 뭐지……? 머뭇거리며 이제 끝나려나 하는 그런 느낌이 드는 바로 그때 주제가 시작되고, 안녕! 정숙하고 순결한 집…… 그러고도 한참을 머뭇대고 나서야 폭발하는. 사랑을 이해하는 것 어렵지만 사랑의 살을 이해하는 것 더 어렵다. 다른 언어가 필요한 거지. 살의 지옥은 악마의 그것 아니고 사랑의 행복은 천사의 그것 아니다. 아니, 하나님은 모름 그 자체의 결정이고, 악마는 선불리 아는 자고, 그래서 내기는 하나님이 이겼던 것인지 모른다.

근데 거울 속 저 여자, 가 아니라 내 의식에 살이 돋아나고 있는 건가, 그 요상한 살이? 이건 어떤 살이지, 이 'ㄱ'의 살은? 강강수월래 아니고, 강강술래 아니고, 아아 강장동물이구나.

뜻은 모르지만 바로 그래서, 강강수월래, 그냥 부르면 슬프고 그냥 춤추면 즐거운 강강수월래, 밝은 달밤 여자들 모여 손에 손잡고 강강수월래, 아니고.

몸속 전체가 밥통인, 몸이 밥통인, 먹고 또 먹고 먹고 또 먹고, 굶고 또 굶고 굶고 또 굶는, 소화가 생각과 목숨 너머 평생을 넘쳐나는. 검은 몸만 크게 우는. 내 안의 그 누구도 망을 보지 않는다.

당신. 이런 나를 받아주는 것이 죽음이라 할 수 있겠는가.

24. 남자

현실에 비해 전망이 초라한 게 아니라 전망에 비해 현실이 형편없이 초라하다고 생각한 적이 있다니. 아무리 먹고살기 위해서란들 공포를 대안으로 삼은 적이 있다니. 똑같이 먹고살더라도, 저 거울 속만 보아도, 예술은 죽음의 전략이었다. 저 아이, 개초장이가 신기한 모양이군. 인위와 자연 사이 그가 있다. 새빨간 코를 보면 평소 술꾼이겠고 개초철 오면 개초 없는 솜씨는 귀신이겠고 개초는 귀신 얼굴로 말짱하겠고, 지붕은 미끈하겠고, 하지만 저 아이 아직 인위의 구역으로 확실하게 들어서지 않았다. 정작 노란 개나리가 너무 샛노래서 인위의 구역을 들락거릴 뿐.

거북은 어른 말, 거북이는 애들 말. 그러면 거북아, 거북아는 어른이 거북이 부르는 말? 애들이 거북 부르는 말? 그러면, 느릿느릿 거북이걸음은 애들 짓, 어른 짓? 수숫대 거북놀이는 어른 짓, 애들 짓? 거북배, 거북선은, 거북꼬리, 거북손은 거북이 말, 애들 말? 거북점은 애들 짓, 어른 짓? 거북, 거북은 어른 말, 거북이는 애들 말. 뱀과 거북은 남근의 두 모습이다.

나는, 지옥의 이름을 지나왔군. 이름은 지옥의 마지막 과정이었다. 내 이름에는 삭제당하지 않으려 기를 쓰는 살기가 묻어 있었다. 거울 속 저 아이. 그것이 없다. 아직 없지 않고 벌써 없다.

저 소년, 말한다. 개골개골 개구리 무슨 소린가 했더니. 제 이름 나눠주는 소리. 산기슭에 개구리발톱, 개구리미나리. 논과 연못에 개구리밥, 논밭 고랑에 개구리자리. 개굴개굴 개구리 무슨 소린가 했더니 개구리매 꿩 잡는 소리, 개구리도 잡는 소리. 개골개골 개구리, 개구리 헤엄치는 소리. 개굴개굴 개구리. 개구리젓 담그지 말라는 소리. ……동물한테서 벗겨낸 살갗, 가죽은 내 생애 언제 끔찍함을 벗었을까. 무두질한 가죽은, 내 가방 되고 가방끈 되고 신발 되고 혁띠 되니 가죽은. 어디쯤에서 끔찍하지 않을 수 있었을까. 몸매 호리호리한, 머릿기름 삐까번쩍한, 벌이가 시원찮아도 폼생폼사였던, 사람 순했던, 생각보다 순정파였던 이발관 아저씨 숫돌쯤에서? 까까머리 옆에서 무엇을 더 깎으려는지 틈만 나면 슥삭슥삭 면도칼 시퍼렇게 문질러대던 그 가죽 숫돌쯤에서?

2, 3, 4, 5, 22…… 이 숫자는 뭐지? 그래. 검청색 장정 옥스퍼드 잉글리시 딕셔너리보다 가로가 넓은, 정사각형의, 미색 바탕에 약간만 꾸불거리는 수직선과 글씨를 금박으로 입히고 다시 수의 삼베 올을 씌운 1977년 권당 정가 이만원 전 24권짜리 『한국의 미』 시리즈 결권 숫자구나. 2권 백자, 3권 분청사기, 4권 청자, 5권 토기, 그리고 22권 고분미술……

이 뚜렷한 숫자와 내용은, 죽음은 이렇게 고가의 두꺼운 전집이면서도 각 권 날씬하고 가볍고 산뜻하고 살색을 닮을 수도 있을 뿐 아니라, 그보다 더 중요하게, 죽음은 결번을 더 생생하게 떠올린다는 뜻? 첫 권은 겸재 정선, (아, 그, 금강전도. 죽음이 이렇게 여러 겹 산으로 울울창창한 것이라면 생은 그 계곡을 가까스로, 물인 듯 여자 생식기인 듯 거슬러올라가는 인가나 절간쯤이라도 좋았을 것을. 강력하게, 휘둘리지 않기 위해서라도. 그는 더 크게, 더 강력하게 휘둘리는 쪽을 택한 것 같지만) 마지막 권은 목칠공예 편이었고, 추사 김정희와 단원 김홍도도 중간에 한 권씩 차지하고 있었다.

그보다 더 중요하게, 이제야, 죽음의 전략인 예술 작품 탄생사 속에 전체 역사를 스며들게 하는, 하여 역사의 맥락뿐 아니라, 과거의 법칙으로 실패했던 그 미래 기획을 예술 고유 작품 탄생 얼개로 설계할 수 있는 가능성이, 모든 게 불가능한 이 시간 혹은 공간에 비로소 보인다는 뜻? 물론 이 시간 혹은 공간에서도, 저 미술만의, 민속과 혼동된, 근대 이전의, 나열식 『한국의 미』 시리즈 전집 그 자체는 그 가능성을 처음부터 폐쇄하지만. 저건 자본주의 전략이지 죽음의 전략이 아니다. 다시, 이 낯익은, 폐부를 찌르는 냄새. 갯가에는 갯마을.

갯내, 갯비린내 나는 갯벌에 갯가재. 꼬리로 진흙 구멍 파고 밤이면 돌아다니지. 갯게는 건드리면 죽은 척하지. 갯버들은 이른 봄꽃이 잎보다 먼저 피지. 갯우렁이 갯고둥 껍데기 원뿔처럼 생겼지. 갯비틀이 고둥 주둥이가 비틀어져 있지. 갯지렁이 낚싯밥, 갯질경이 풀잎 주걱처럼 생겼지. 북한에서는 근대아재비. 갯가에 갯마을, 갯벌에 붉은 보라색, 하얀색 갯패랭이꽃. 갯메꽃은 메꽃보다 조금 작은 연분홍색, 갯가게붙이는 갯가 사는 게 비슷한 모양. 잡히면 다리 떼어내고 달아나지. (뭘로?) 이것들이 모두 갯것들이지. 갯가 사는 사람 모두 갯것들이지. 무섭지, 갯강구. 바퀴벌레 비슷한데 그보다 더 큰 놈들이, 몸에 마디까지 져 고깃배 안을 수백 마리씩 떼지어 다니지. 아니지 갯강구들 뱃사람들 무섭지. 떼지어 다녀도 뱃사람들 무섭지. 뱃사람들은 바다가 무섭지. 배 안에 있어도 무섭지. 고깃배 안을 떼지어 다니는 갯강구들 우습지. 갯머리는 바닷물 드나드는 가장자리, 갯바람은 바다에서 육지로 부는 바람. 갯방풍은 방풍 아니고, 그렇다고 갯 방풍도 아니고, 갯장구채는 장구채가 아니고, 그렇다고 갯 장구채도 아니고, 물론. 갯방풍은 막자고 하는 소리, 갯장구채는 놀자고 하는 소리. 갯의 반대는 갓. 갓나물은 갓잎 무친 나물. 갓김치 담그면 배추김치 무김치 다 안 먹지. 갓김치는 김치의 김치니까. 배추김치 무김치 다 먹고 갓김치 있으면 또 먹지. 갓김치는 김치의 반찬이니까.

까마귀의 'ㄲ'은 검은 'ㄱ'의 죽음일까 감태같이 새까맣게 윤기나는 생일까? 검보다 약한 감은 동식물 이름 앞에 붙어 가랑잎처럼 싯누런 빛을 띠었다는 뜻. 물고기 이름 앞에 붙어 약간 검다는 뜻. 먹물 들었다는 뜻. 시커멓다는 뜻. 맛도 좋지만 그것보다 더, 몸에 좋다는 뜻.

갓의 반대는 개다. 개갈퀴는 개 갈퀴 아니고 막 생겨 먹은 갈퀴. 개감수는 개감스럽지 않고 막 생겨 먹은 감수. 붉은 보랏빛에도 개감수. 이차돈 흰 피가 나와도 개감수. 나는 개똥밭에 개똥쇠. 개똥밭에 개똥가는 개똥쇠. 개똥참외도 꿀맛이지. 너는 개똥밭에 개똥지빠귀. 다른 새 되고 싶어 다른 울음 흉내내는 네 울음 개똥지빠귀. 고단한 날 서쪽 하늘 개밥바라기. 떴다 졌다. 희망찬 날 동쪽 하늘 반짝이 샛별 떴다 졌다. 오늘도 내일도, 떴다 졌다. 서쪽 하늘 개밥바라기, 동쪽 하늘 반짝이면 샛별. 난초인 네가 어쩌다가, 이른 여름 어쩌다 개 불알 늘어져, 개불알꽃. 어쩌다 한 개씩 늘어져 개불알꽃. 개수염은 그래도 낫지. 논밭, 물가 흰 뿌리, 정말 개수염 같지. 개맨드라미, 개망초, 개두릅, 개머루, 모두 개는 아니지. 개별꽃은 미치광이풀보다 낫지. 개복숭아, 개싸리, 개쑥갓, 개쑥부쟁이, 들에 산다는 얘기지. 개불은 정말 개불이지. 개비름은 개를 떼어도 비름이지. 개살구는 개를 붙여도 얄궂지. 개비자나무, 우리나라에서만 자라지. 개속새, 개쇠스랑개비, 개여뀌, 차라리 개가 낫지. 개아재비는 물장군이지. 개아그배, 개암은 개아그배, 개암이 더 낫지. 개자리는 꽃자리풀이지, 개양귀비는 애기아편꽃이지. 개조개는 맛만 좋지, 개족도리풀 머리에 쓰면 되지. 어쩌다가, 난초인 네가, 개불알꽃? 어쩌다, 이 땅에서만 개불알꽃?

그러나 갈개는, 얕게 판 작은 도랑. 갈개 만들면 물 잘 빠지는 논과 사이사이 좋은 사이. 물 잘 빠지는 갈개 만들면. 갈은 갈참나무. 갈참나무 굴참나무 모두 참나무. 물참나무 졸참나무 모두 참나무. 돌참나무 떡갈참나무 모두 참나무. 떡갈참나무 갈참나무 모두 참나무. 참나무는 상수리나무 모두 도토리나무. 떡갈나무도 도토리나무, 너도밤나무도. 갈색이라고 전부 갈색은 아니지 갈색띠매물고둥은 띠만 갈색이고 갈색 여치, 온몸이 짙은 밤색이고 갈색 인종, 살갗만 갈색이고, 갈색제비 갈색, 회갈색이고 갈색조류 갈색, 푸르거나 연한 갈색, 쥐갈색, 누런 갈색, 갈색토 갈색, 누런 갈색이고, 목탄 갈색만 갈색이지. 화약 갈색만 갈색이지. 갈은 색이다.

당신. 내가 당신을 그리는 것은 새끼손가락과 새끼발가락이 처음으로 서로 마주 보는 것과 같다. 우습게 보지 말란 소리, 까불지 말란 소리, 평소엔 알은척도 않더니, 내 마음이 궁금하기나 했냐 그 따위 소리, 어불성설이다. 그냥, 새끼손가락, 새끼발가락, 서로 마주 보며 새끼손가락, 새끼발가락, 그렇게 발음하면 우리 더 처음에는 하나였던 것 같은 생각들게, 그렇게. 누가 새끼발가락인지, 새끼손가락인지 하나도 중요찮게, 그렇게.

갬대로 나물 캐고 갬상추 뜯어 보리밥에 고추장 된장 상추쌈만 싸먹어도 행복했던 시절 분명 있었지만, 그때의 새끼손가락, 새끼발가락, 수고는 까마득히 잊은 듯 그렇게.

거울 속은 초가을이지만 건들마, 건들바람 불지 않으니 허수아비가 없다. 건들바람처럼 덧없이 지나가는 건들팔월, 음력 팔월이 없다. 우울이 없고 돈키호테가 없고 이제는 멀쩡한 쪽인 그가 사실은 더 멀쩡한 것이라고 우길 만한, 안 멀쩡해 보이는 것이 없다. 당신과 나 사이 가로놓인 세월 없는데 당신은 지금 광경조차 없다.

이제, 나의 감각은, '보임'마저 벗어야 하는가? 그것이 거울의, 거울 속 멀쩡함의 핵심인가? 그것에 달하는 모양새라는 건 있는가? 보이는 것은 모두 철완이라서 보이는 것인가? 그, 소멸에, 연착륙은 없는가? 당신, 거기 있는가?

25. 여자

헉! 허리가 끊기는 듯, 하지만 아프지는 않은 이 느낌은, 분명 거울 속 저 오십대 여자인 나의 이 느낌은, 뭐지?

갈구리노랑나비는 날개 끝이
갈구리 모양 구부러진
노랑나비지

갈구리측범잠자리는 가슴부터
배 끝까지 번갈아
검었다 노랗다 검었다 노랗다
줄무늬 나 있는 갈구리잠자리지

꽁지가 갈구리 모양 구부러진
측범잠자리지

아니. 이건, 어딘가 당신이고, 헉!, 은 어딘가 나의 그후다. 알 수 없는 오십대, 알 수 없는 폐경 직전 알 수 없는 임신 그후. 알 수 없음이 그 느낌을 불분명하게 하기는커녕 오히려 확정짓는. 왜냐하면 아주 평화로운 절제 여운의 동양화도 한 꺼풀 벗기면 그 동양 자연의 여성이 격류한다. 서양보다 더 무서운 팜파탈이지. 나무들의 완만한 수평이, 산들의 완만한 삼각형이 격류에 휩쓸릴 듯 위태하고, 점점 거뭇거뭇 점점이 더 새까매지고, 휩쓸림 같고 휩쓸림 그후 가파른 직선 같다. 남성이야 정말 뒤통수에 갈고리 맞은 느낌이겠지만 여성한테는 그게 아무렇지도 않지. 태곳적부터 월경과 임신의 여성한테는.

아니 월경과 임신의 태고인 여성한테는. 이, 여성의 불안을 잠재우기 위해 남성들은 그토록 불안하고, 늘 위기에 직면했던 것일까, 여성에게 세련을 강요하고 자기도 이따금씩 세련을 솔선수범하면서, 흡사 여성은 지옥도고 자신은 어쨌든 그 지옥에 연착륙해야 한다는 듯이?

여성이 임신하는 것은 남자도 여자도 아니고 자연 그 자체라는 소린가? 내 정신 말짱하지 않고 저 여자 얼굴, 유심히 보려 해도 유심히 보이지 않는데, 어딘가 산 보이고 어딘가 들 보이고 풀 보이고 어딘가 강 보인다. 따로따로 보이지 않고 하나로 흘러가며 떠오르듯 언뜻 언뜻. 사람이 완벽하게 없어야 할 것, 성냥갑, 성냥개비만큼도 없어야 할 것 같은, 그래야, 아니 그래서 마구 빽빽이 서 솟구치는 것 같은 느낌도. 자연의, 늙음의 비정, 깜깜함이 풍성한 그것도. 경사 같은 소리, 다행 같은 소리. 긴 얘기를 나누는 분위기와 정반대인. 그 앞에서는 촌스러움만 위로가 되는. 아주 가끔, 태연하게, 정반대로, 생을 산수화 몇 장으로 남겨야 하는 생의 비참함도 겸재는 진경산수에 담았다.

그 안에 옹기종기한 마름모 기와지붕들 혹은 다닥다닥한 직사각형 집의 낯익음의 안쓰러움으로 더욱. 그 집들은 조막만하다고. 가엾다고. 내년에 또 볼 수 있겠느냐고. 가오리 새끼가 간자미인 그 명명의 까닭처럼.

강기슭에 강바람
강심에 강월, 강천
강심수에 강오름
강내림고기

그런 것 아니라서 미안하다고.

강남
강동
강서
강북
방향만 없으면
강촌이 바로 강호

그렇게 말하지 않아서 나도 그냥 미안하다는. 그럴 때는 갈대 쪼개 만든 갈삿갓도 아니고, 그냥 갈대로 만든 갈멍덕, 갈삿갓과 달리 갈대밭에 갈바람 지나가는 소리 들리지 않는 그 갈멍덕 어감을 닮기도 하는 까닭처럼. 인간이 그 한가운데 서지 않았다면 만폭동 그렇게 제 몸 전체를 구석구석 요리조리 휘돌며 급기야 소용돌이쳐대지 않았을 까닭. 그렇지. 다소나마 진정하려면 각도를 조금 바꿔야지. 그리고 사람이 없는 백천동, 잦아들고. 정자만 있는 삼일포, 더 잦아들고. 낙산사 낭떠러지 아래 바다 파도도 잦아들고. 진경산수, 환영인 듯, 씻은 듯 사라지고, 환멸인 듯, 정형산수 드러나지. 인간이 멀쩡하고 인간이 있어도 모든 게 멀쩡해 보이는.

당신. 당신의 거울은 진경이라는 소린가, 정형이라는 소린가. 정형이 멀쩡한 거, 최소한 멀쩡해 보이는 거 맞는가. 당신은 최소한, 내게만은 독보적인 것 맞는가?

저 여자, 뒤틀린다. 살이 뼈로 굳는 동시에 마구 뒤틀린다. 굳음은 뒤틀림이라는 듯이. 늙음은 어쩔 수 없고, 억울하다는 듯이. 비비 꼬인다. 비비 꼬이는 윤곽만 분명할 뿐 시야가 새까맣게. 아니야. 저건 내가 아니다. 아니지. 새빨갛게, 가늘게, 각지며 모여 단 하나, 정사각의 전서체 전각 세계를 꽉 채우는 저것은 나의, 나라는 낙관이다.

측側, 점 찍고, (한자가 보이다니!), 늑勒, 가로 긋고, 노努, 내려 긋고, 적趯, 치치고, 책策, 치우쳐 긋고, 약掠, 길게 삔치고, 탁啄, 짧게 삐치고, 책磔, 파임내는 영자팔법永字八法의 모든 한자들이 초서 되고 초현실 되고, 배 모양, 항아리 모양, 종 모양, 거미 모양, 합친 모양, 변한 모양 되면서 흩어지는 것이 비로소 모임이고, 비로소 서예의 세상인 그 방향의 이면의 응집으로서 낙관. 풍성하고 현란한 검음의 변형으로서 빨강의 실의, 갈수록 가늘어지면서 갈수록 충만하는 낙관. 페넬로페의, 수의의, 페넬로페라는 낙관. 갈수록 모든 것은 이미 있었고, 모든 것은 발명이 아니라 발견이지. 죽음도 그렇다. 그리고, 사실 그 자체로 위로가 되지 않는 사실은 없다.

강아지풀
바람 불면
강아지 꼬리 살랑살랑
아니다 아니다 저건
우리 집 강아지
강아지풀 뒤에 꼬리 살랑살랑
아니다 아니다 저건
강아지풀 파란 꽃
바람 불면 강아지 꼬리
살랑살랑
발탄강아지, 불강아지도.

이건, 다시 당신? 강아지의 슬픈 눈동자는 당신을 얼마나 어른으로 만들었나? 당신. 나를 위한다는 당신도 어쩔 수 없는 당신. 그리고 이건, 당신을 위한다는 나도 어쩔 수 없는 나.

승마에서 말이 네 발 모두 땅에서 떼고 뛰는 것을 갤럽이라 한다. 승마 아니라도, 춤 아니라도 우리는 갤럽 한다. 춤이란 말 아니라도 우리는 갤럽 한다. 종이연 높이 솟는다. 괴발개발 갈개발도 높이 더 높이 솟는다. 그러나 나는 둥글어지고 싶어. 당신을 향한 방향으로 하얗게, 둥글어지고 싶어. 그릇 너머 거푸집이면서도 당신을 향해. 내호 외호 백자태 항아리에서 입이 죽 찢어진 왕대접까지 둥글어지고 싶다.

모든 둥긂을 담은 모양이, 도처에 그 모든 둥긂이 산재해 있음을 보여주는 내색인 하나의, 아무렇게나 하얀. 하양의 양각 음각 투각, 각刻과 각角의 육덕이 풍부한 둥긂. 갈고닦은, 이 아니라, 갈고닦는 둥긂. 가두거나 새게 하지 않고 새는 둥긂. 무릎이 없는 둥긂. 당신의 당초문, 청화매조문, 철화송죽문, 진사 매조송죽문, 모란초충문, 무늬 새기고 당신의 향을 꽂아줘. 호랑이, 봉황, 용, 박쥐는 과하지. 이것들은 무늬가 아니니까. 꺼이꺼이 우는 학 베갯모 딱딱해서 싫어싫어. ……그렇게 드러나는 나의 둥긂. 검은 광택, 흔들리지, 흔들리지 않게, 흔들리지, 기울지, 기울지 않게, 기울지……

〈청풍계도淸風溪圖〉, 1739년, 64세 겸재 정선. 청도, 풍도, 송도, 도도, 휘둘리며, 지나갔으므로, 모두 끝났으므로, 완벽한 각의 하루다. 걸작에서 휘둘리다. 휘둘리면서도 낭만적이지 않았다는 것, 그게 기적이다.

높은 산 계곡에
계곡산개구리
겨울잠 어디서 자나
온몸에 검은 점
그대로 자나
물속 돌 밑이나 가랑잎 속
온몸에 검은 점, 높은 산 계곡
계곡산개구리
그대로 자나

계는 곡이고 개구리고 지나갔으므로 완벽한 하루다. 당신도, 완벽한 하루다. 당신이 완벽한 하루다. 하루여, 단 한 번만 울어다오. 결코 새겨질 수 없는 울음으로 단 한 번만, 검음으로라도, 뭉치도록. 귀얄로라도 나를 쓸어다오. 입은커녕 입지름에도 이르지 못한 나의 몸을.

26. 남자

내가 알던 빛의 소멸 아니라, 빛이라는 의식의 소멸. 나는 당신과 나 사이, 내게 보이지 않는 사이. 그러나, 그래야만 당신과 만날 수 있을 것 같은 소멸. 등장인물이 숱하고, 그것이 모두 당신일 것 같은, 그렇게 어지러워야 할 것 같은 소멸. 색이 공을 능가하게 만드는 부처 변상, 은색의 자수, 하나의 평면의 생애를 세계화하는. 그러나 당신이 없으면 세계관이 없다. 평생의 세밀을 수로 셀 수 있다는 거지. 수는 평생을 세게 할 수 있지만 죽었다 깨어나도 시간에 달하지 못한다는 거고, 저, 색에 달한다는 건가, 이승이 아닌 저 색에?

저 까까머리 총각, 지옥과 극락 사이 너무 얇은, 수시 마구 무너지는, 육이 있다. 때로 그 무너짐이 지옥이고, 극락이다. 찢어지는 것은, 더 지옥이고 더 극락이다. 윤곽을 만드는 건 찢어짐이지. 당신이 없으면 찢어짐이 없다. 당신이 있어야 색이 있다. 그때 꽃과 나비, 새는 색 아니고 색색 가지 꽃과 나비, 그리고 새. 꽃과 나비, 그리고 새는 그냥 놔두면 색실을 닮지만, 목재가 아닌 나무, 수석이 아닌 바위는 그냥 놔두어도 목숨의 색을 넘지 못하고 목숨의 색색 가지 나무이고 바위일밖에 없다. 한데 목숨의 색은 얼마나 색색 가지가 아닌가. 아니 나의 목숨을 색으로 느끼게 하는 것은 당신이다. 나무와 바위와, 풀까지. 그런 것들의 목숨을 색으로 느끼게 하는 것 또한 당신이고 그것 또한 이 세상에 없는 색이다. 그게 없으면 색깔도 윤곽에, 윤곽도 색깔에 지나지 않는다. 그건, 당신 몸이 석류처럼 벌어진다는 비유와, 정반대지. 백성의 비유도 맘껏 예술의 비유를 넘쳐난다. 아무래도, 가까운 물에서 건져낸 민물고기 비늘보다 더 영묘한 것은 없겠지. 흑백의, 귀신은 그것을 닮았다. 가장 가까이 있는 가장 무서운 것. 가장 가까이 있으므로 가장 무서운 것. 마침내 음식이 되므로, 가장 무서운 것. 산천초목이 놀라 갖가지 색깔을 발하는 순간이다. 기암이고 괴석이지. 모란은 천지사방 미친년이라, 호랑이도 속수무책이지. 까치하고나 어울릴밖에. 거죽만 남길밖에. 십장생은 뒷수습의, 색이 윤곽이고 윤곽이 색인, 무늬에 지나지 않는다. 비늘 닮으며 바야흐로 온 세상 덮칠 것 같은, 물결 봐라 저 도처 물결. 집들은 집들 곁에 바싹 따라붙고, 새까맣게 밀집하면 비로소 세상은 조금 영롱해지고. 생로병사의 관혼상제가 제일 먼저, 목숨으로 화려해지고. 오랑캐는, 그 과도한 울긋불긋은, 그때쯤 생긴 말이고 일단 죽음에 들면 삶은 저렇게만 회복된다는, 어감 혹은 색감 아니었을까? 여진족을 낮잡아 이른다는, 말은 사실 그 나중 아니었을까?

당신은 그림자가 없지만 무영탑이 아니다. 그렇게 말이 없을 리가 없지. 아기자기하게 허물어지는 다보탑이다. 그런 당신을 쳐다보는 내가 무영탑. 아니, 당신도 그러한가? 무영탑은 눈에 보이는 대상에 빠져 보고 있는 자신을 까먹은, 주체를 잊은 주체의 비유인가? 얼마나 우뚝 서야 탑은 주체의, 망각의, 죽음의 키를 뛰어넘을 수 있지? 얼마나 낮아야 탑은 뛰어넘을 수 있지, 주체의, 망각의, 죽음의 중력을? 그 질문을 야기하는 탑들은 교만하거나 미련하다. 다보탑 계단을 오르내리는 것처럼. 전신이 희미하게, 표정처럼 새겨진다는 것처럼. 국보는 죽음의 상부구조, 보물은 죽음의 하부구조라는 소리처럼. 겨드랑이로 보이는 목재는 왕성한 생명이다. 벽돌이 꽁꽁 차단하는 것은 죽음이 아니고 삶이다. 오래전도 아닌 것이 너무 멀리 왔구나. 인도에서. 하긴 시간도 공간도 없는 그곳에서, 불쑥, 튀어나오듯. 행여 찢을세라, 너무 뾰족하지는 않게.

당신. 웃음이 몸의 수줍음을 한 번 더 마무리해주는 것임을 당신으로 하여 알았다. 자칫 무참해질 수도 있다. 그보다 더 자주, 크나큰 모험이며 희생일 수도 있다. 조금만 지나치면 몸은 아무리 차돌마냥 딴딴해지고 동그래져도 돌이킬 수 없이 벌어진다. 당신 웃음은 벌어지지 않고 번진다. 그게 수많은 당신이다. 당신의 금 긋는 입구인 웃음. 그게 다보탑도 없는 지금 마지막 황혼의 붉은 장엄을 막는다. 산산이 부서질 정도로. 일체의 안간힘, 없다. 아득바득 떠 있다는 게 무엇이고 가라앉는다는 게 무엇인가? 그 질문도 없다. 배를 맞이하려 치솟는 절벽도, 마중하려 가라앉는 절벽도 없다. 절벽은 없다. 번개 번쩍 묻어나는, 이금 명부산수泥金 冥府山水, 없다. 전생의 풍경 아니라, 풍경의 전생 보인다. 그것이 정말 사실이었다고 할 수 있지. 그렇게도 볼 수 있다, 없다가 아니라, 그렇게 본 사람한테는 정말 그게 사실일 수도 있다는 거. 더군다나 길의, 지나옴의 가시적인 사실은 봄의 가시적인 사실과 전혀 다르다는 거. 어떤 때는 지도가 사진보다, 그리고 움직이는 사진보다 더 사실적일 수 있다는 거. 발의 전생이 보인다는 거. 풍경은 떠 있지만, 가본 듯 아니고, 간 듯하다는 거. 엄혹을 길들이는 것 또한 발이라는 거. 펼치자마자 보이는 것이 산수 아니라, 그 안에 하찮은 인간사 몇 점 아니라, 세계의 전면일 때도 있다는 거. 그게 눈에 보이는 사실보다 더 사실적으로 보인다는 거.

저 아이. 아마도 가출을 준비중이다. 동해 바다 가까운 곳으로 가서 일출에 기대어 자살하려는 건지도. 당신. 당신이 나를 배웅하고 기다리느라 지붕이 맞배지고 그 일이 오래되느라 맞배 기울기가 꽤나 완만하지만 당신이 나에 대한 걱정을 아예 놓아버릴 수 없을 것이므로 아주 축 늘어지지는 않은 그것이 바로 집이고 나머지는 모두 사무실이고 건물이라는 소린가? 집은 실내와 마루와 천장 주심포 흉곽의, 오래되었으되 속살 여직 왕성한 온갖 목재들을 숨기고 의식주를, 안방의 방사를 숨기고, 그 숨김으로써 배웅과 기다림의 외모를 심화한다. 종교의 집이라니. 집은 무엇을 모시는 데가 아니다. 으리으리한 집은 있어도 거룩한 집은 있을 수 없다. 간절과 거룩의 관계는 무영탑과 다보탑 사이 그것과 다르지. 무엇보다, 사원의 목재는 거룩함의 육이지만, 집의 그것은 살림이 찌드는 역사 아닌가, 닦아내도 소용없고 스며들어야 비로소 비린내가 다스려지는? 법당 배흘림기둥은 아니고, 그 집의 기억이 혹시 죽음이라는 집일 수 있을까, 아니 있었을까? 죽음 속에서 거룩은 아무래도 생명의 과잉 같고 건물 같다. 대웅전, 원통전, 각황전, 미륵전, 팔상전, 극락전, 대장전 맞배지붕은 가까스로 맞배지붕이다. 영취산에서 석가모니가 법화경을 설법하던 영산

회상은 동판채색이 부식되어야 가까스로 영산회상이다.

당신과 나는 오작교로도 만나지 못하고 다만 둘이 합쳐 돌을 쌓은 무지개다리나 무지개문일 수 있다. 무지개다리 밑으로 물이 흐르고 물 위에 우리가 없는 풍경이 비치면 우리는 잠시 슬퍼할 수 있다. 무지개문으로 사람들이 지나가면 우리 잠시 그 틈에 바람으로 뒤섞이며 한숨지을 수 있다. 우리가 한 몸으로 돌계단인 것은 잠시 우리에게 휴식일 수 있다. 우리가 한 몸으로 소맷돌, 디딤돌, 기단석, 기단면석, 답도석, 주초석, 낙숫물받이홈이라면, 우리 한 몸의 윤곽이 세상에 가 닿는 차가운 감촉을 느낄 수 있다. 우리가 수막새, 암막새라면 두 개로 쪼개져 온갖 형용으로 다시 합칠 수 있다. 너무 분명한 것만 아니라면. 너무 분명한 것은 따로이고 홀로이기 너무 쉬우니까. 죽음 속 너무 분명한 것이야말로, 세상 속 너무 분명한 죽음이야말로 지옥 아닌가. 유독 비석을 제 등에 심은 돌거북이 유독 실제보다 더 흉악하게 생긴 이유. 석등에 불 밝히고 싶지 않은 이유. 유교 예법이 죽음의 질서와 더 근친인 이유. 종묘 정전이 좌우로 펼치며 정면으로 뿜어내는 죽음의 빛에 한번 시선을 빼앗기면 궁궐의 광경은 모두 검은 사진틀 속에 갇힌 것처럼 각각의 색이 유현의 빛을 머금는다. 그 사태는 창덕궁 비원 단풍 물든 애련지에 이르러서야 수습되고, 역전되지. 너무 완벽한 자연이 너무 아름다운 죽음의 얼굴이라는 것을 보게 되니까.

당신. 우리는 한데 합쳐 외딴 정자일 수 있다. 아무도 없으면 바람 서늘하고 수풀의 어둠도 속살거린다. 누가 있으면 우리는 스스로 서늘한 바람인 듯 속살거리는 어둠인 듯 착각을 누릴 수 있다. 우리는 남대문과 동대문 거리만큼 아주 낮익은 죽음일 수 있다. 궁궐에서 솟

을대문 안채 사랑채 아흔아홉 칸 고택으로 종갓집 맏며느리가 살림을 하는 안동 김씨 마을로 전통가옥으로 점점 더 편안해지는 관광일 수도 있다. 그렇게도 집은 당신을 향해, 당신을 위해 줄어든다. 초가는 없다. 자연의 아름다움은 죽음의 아름다움의 비유일 수 있지만 원초는 생명이고 죽음에 자리가 없다. 죽음은 유구한 전통이고 오래된 도시고 가장 큰 대궐이다. 풍속도 자리가 없지. 당신이 죽어 장례 행렬을 본다면 아무리 슬퍼도 그건 당신만이 기억하는 당신만의 당신 장례식이지 풍속이 아니다. 무수한 사람들이 무수한 복장으로 무수한 것들을 들고 일대 행렬을 벌인단들, 당신만의 마지막 당신 기억이지 풍속이 아니다.

그래. 내 앞에 그 행렬 지나간다. 위안도 없고 끝도 없는, 가기 위해서 아니라 마지막으로 사라지기 위해서가 분명한. 내가 벌써 내 장례식을 보는가? 내 평생 주마등처럼 펼쳐지는 일순도 없이? 누가 그것을 삭제했는가? 누가 날 이리 이 지경으로 몰고 왔는가? 당신, 당신은 누구? 당신은 있었던 사람인가, 당신은 지금 있는가, 당신은 장차 있을 사람인가? 당신은 장차 다가올 나의 예정인가?

27. 여자

부엌은 고깃국이 끓고 흰 쌀밥이 김을 뿜는 것 말고는 그럴 수 없이 정갈하고, 방은 반닫이 하나 그렇게 반듯할 수 없고, 그보다 더 정갈하고 더 반듯하게 당신이 말한다. 밥 먹자…… 이때 당신은 부엌과 방의 테두리고 나는 비로소 그 테두리 안에 있다. 때로는 반닫이보다 더 낮게, 반짇고리보다 더 작고 더 단단한 몸으로 누웠을 수도 있다. 개다리소반은 금물. 당신은 우물 같기도 하고 그때 나는 비로소 물방울이 우물 물속으로 다시 떨어지는 소리가 내 가슴에 차게 울리는 것을 느낀다. 삶긴 고깃점에 살생이 없고 끓는 국은 혀에 뜨겁지 않다. 뜨거움도 혀의 온도가 아니라 그냥 맛이다. 물레방앗간 옛날 아니라 그냥 맛이듯이. 수렵은 동화다. 그 모든 것은 우리 둘을 벗어나 있지 않고 당신과 나 사이 어떤 진혼의 흔적도 고된 행군의 여파도 묻어 있지 않다. 굽이굽이의 맛만 그냥 정갈하다. 마구간도 냄새가 아니라 그냥 정갈이다.

울먹울먹하며, 결코 슬퍼서 울먹이는 것은 아니라는 표정을 지으려

애쓰다 흠칫 소스라친 경악의 그것에 비슷해질 뿐, 내 심정을 당신한테 표현할 길이 달리 없다. 내 마음 점, 점으로, 아니 콤마, 콤마로 찍히는 것 같다. 부엌이고 우물인 당신 아니라 엉뚱한 곳에. 그 엉뚱도 정갈하다. 모든 것이 흰 바탕에 색의 잔치 선묘線描될 정도로 정갈하다.

설법도 변상도 없다. 죽은 아버지 사도세자와 산 어머니 혜경궁 홍씨의 회갑을 맞은 자신의 치세 19년 백관과 호위군사 도합 천의 인원을 거느리고 한양 궁궐 떠나 백성 수천수만이 나와 구경하는 중 화성 사도세자 묘 현륭원에 성묘하고 행궁에서 어머니께 회갑잔치 올린 정조 행차를 기록한 〈화성성묘전배도華城聖廟展拜圖〉 〈낙남헌방방도洛南軒放榜圖〉 〈봉수당진찬도奉壽堂進饌圖〉 〈낙남헌양로연도洛南軒養老宴圖〉 〈서장대야조도西將臺夜操圖〉 〈득중정어사도得中亭御射圖〉 〈환어행렬도還御行列圖〉 〈한강주교환어도漢江舟橋還御圖〉 8폭 병풍 '수원능행도'를 그린 조선 말 화원들의, 시간을 깨알 같고 온화한 색과 형의 공간으로 복제해낸 궁중행사도 그, 수공을 입은 사진의 눈은 있다. 그 속이 그 속으로 세상보다 더 넓어 보이는 그림은 얼마든지 있다.

동떨어져야 둘만 있다는 것을 알 정도로 우리 바깥은 알 수 없지만 우리 사이 동떨어진다는 개념이 없으니, 우리는 서로 다닥다닥이 그 점을 확인할밖에 없고 그때는 불현듯 우리도 풍속이고 확인했으므로 우리는 풍속 속으로 다닥다닥해도 좋다. 그때 삼강오륜은 죽음의 목각이지. 실체 없는 실체의 목각. 풍속의 딱딱함. 군君이 신臣이고 부父가 자子고, 부夫가 부婦고 장長이 유幼인, 무엇보다 유有가 무無고, 더 무엇보다 위爲가 신信인 죽음의 목각. 돌이킬 수 없는 육체를 돌이켜 육체화하려는. 육체는 죽음의 통속이고 죽음의 육체, 죽음의 통속이라는 게 있다면, 통속의 눈에 보인다면 그것은 설죽, 풍죽 지나 묵죽, 그 너머 통죽에 이르는 과정에 가까울 터.

〈수박과 들쥐〉〈산차조기와 사마귀〉〈가지와 방아깨비〉〈오이와 개구리〉〈양귀비와 도마뱀〉〈맨드라미와 쇠똥벌레〉〈원추리와 개구리〉〈어숭이와 개구리〉. 풀과 벌레. 초草와 충蟲. 이름을 미리 정하고 그린 것이기도 하겠지만 어쨌거나 '초충도 8곡병'을 그린 신사임당 어린 시절은 지저분했을 것 같고 지저분하다는 것은 목숨의 양이 풀이나 벌레와 비슷했다는 뜻일 것 같다. 그리고 죽음 속에서는 그 지저분한 것들이 오히려 아기자기 반짝일 것 같다. 목숨의 양이 죽음 비슷한 것들이. 하지만 지본채색의 초충도 아니라 견본수묵의 〈포도〉에 이르면 죽음의 위용은 그 무게가 목숨 자체를 압도하지.

마치 그녀의 여성 삶은 처음부터 죽음 속에 있고 줄곧 죽음의 나이를 먹은 것처럼. 그것도 죽음의 전략이라는 듯이. 포도의 맥락인 포도원 혹은 수풀은 아무 맥락도 없다. 넝쿨, 가지, 잎, 길고 조금 검은 포도당이 죽음의 목숨을 묵직하게 지탱한다. 나는 분명 그 속에 있다. 죽음에 있지 않고 죽음의 목숨 속에. 숲의 전설 속에. 그 속에서는 누구나 유년인. 그러나 아무리 늦게 돌이켜보아도 벌써, 끔찍하지 않은. 포도 알맹이는 그 이상을 머금고 있으면서도 달콤하므로. 모든 눈초리는 심상찮지만, 포식자보다 잡아먹히는 놈 눈초리가 더 그렇지만, 끔찍함도 분명 애들 장난이다. 그녀는 노래도 부르지 않았다. 생생을 몰랐으니까. 생생하지 않으면 처량도 않다. 축축하지 않으면 기적도 없다. 사람들은 거꾸로 생각한다, 기적이란 늘 최초로 당하는 그 무엇인데 말이지. 늘 축축한 여성의 몸으로 보건대 조선조 내내 기적은 없었고 앞으로도 없을 것이다. 안간힘이나 뒤틀림은 더 자주 있겠으나.

거울 속 저 여자, 젊어졌지만 오백 년 가까이 이전적인. 혹시, 당신인가? 이렇게라도 만나자는 건가? 당신의 여성은 당신 죽음의 전략인가? 아니면 당신의 삶이 너무 죽음과 닮았던 것에 소스라쳐 놀라고 있는 중인가? 당신은 내게 결코 죽음이 아니었다. 내 바깥의 당신 삶이 당신에게 이제 어떻게 보이든 내가 내 안에 느끼던 당신 삶은 너무 생생해서 당신을 통해 세상 전체가 내게 흘러들어왔고 그 속에는 내 바깥의 당신 삶도 분명 들어 있었다. 내가 이따금씩 당신 죽음의 껍질에 지나지 않는다고 느낄 정도였으니까. 하지만 우리는 어디로 가는지 분명 알고 있었다. 조막만한 참새떼에까지 죽음의 담채를 입히는 짓은 하지 않았다. 세월은 지나놓고 보면 그렇고, 그들도 지나놓고 보니 그랬겠지만, 우리는 지나놓고 보더라도 그렇지 않았다. 물론 해체하고 싶었을망정, 그리고 미끄러져도 할 수 없을망정 도외시하고 싶지는 않았다.

왕릉들이 너무 커서 그냥 떠안고 살밖에 없는 천년 고도에서 당신과 만년을 같이하고 싶다는 말을 했던 것이 생각난다. 내가 마음에 들었던 것은 왕릉 속 죽음이나 죽음 속 왕릉 아니라 천 년 동안 사라지지 못하고 도시 살림을 하나씩 둘씩 제 영역 안에 윤허하다가 이제는 오히려 천 년 곤궁한 그 도시의 생계의 아우성을 금제 은제 청동제 곡옥 유리 거덜난 거대한 공동의 뚜껑으로 하냥 떠받들밖에 없는 그 처지였다. 난 그만큼 당신과 나의 생이 다른 사람들보다 더 왕성하다고 생각했다. 그리고 내가 생각하는 죽음은 그 생계의 기와집 속이다. 지금은 소리가 새겨지는 구리종 표면, 빛이 새겨지는 구리거울 뒷면, 부조 속이다. 소리가, 빛이, 응집시키는 만큼만 응집되는. 나전은 주칠은 물론 흑칠도 너무 요란하지. 그건 자개의 생이고 죽음이다. 생이든 죽음이든 인간의 것일 수 없다. 자개는 제 속을 들여다보게 만들려는 욕망을 버리지 못, 하지. 아무리 닮으려 해도 나전이 결국은 인간의 경치를 벗어나는 까닭.

우리가 생에서 실제로 만난 최초의 죽음들은 사실 생의 살기가 너무 넘쳐 더 두려웠다는 것을 우리는 나이를 먹으면서 알게 모르게 수긍하게 된다. 병사하거나 횡사한 친척의 죽음이건 쥐약 먹고 죽는 팔뚝만한 쥐건 그 쥐 물고 죽는 멍멍이건 거미줄이건 어둠이건 어린 눈에 정말 두려웠던 것은 죽음 자체가 아니라 살려는 발버둥의 끝장이었다. 그리고 우리를 안심시키는 것은 초상 아니라 사진이었고 가족사진, 수학여행 사진이었고 사진의 빛바램이었다. 더 정확히, 쇠락의 증명이었는지도, 더 길게 보아 죽음 그후의 안심 보증이었는지도 모르지. 어떤 죽음도 조퇴는 아니라는. 돌이켜보면 첫 살상이 첫 죽음보다 갈수록 더 무섭게 느껴지는 까닭. (첫 살상에는 늘 새벽이 묻어난다는 거.) 참혹은 사실 아주 일찍부터 견딜 만하다. 생명의 고향이라고 배우기 전에는 흙이 참혹에 가장 가깝지 않았나, 굶주림이 죽음과 가장 무관하고 육식이건 채식이건 먹을거리가 (가장 맥 빠진) 죽음에 가장 가깝지 않았나, 생명이야말로 무시무시한 것 아니었나? 자연은 온갖 생명을 배제한 뒤에야 비로소 어머니 아니었나, 그때 비로소 인간은, 하릴없는, 역시 맥 빠진, '인간적' 아니었나?

그러니 돌이켜보면 우리가 사랑을 이룬다는 것 처음부터 얼마나 숱한 눈물겨운 비유가 필요한 일이었을까, 그 안온의 동네 너머로? 그리고 얼마나 더 지나야 어둠이 안온해졌을까?

그리고 지금 밤길을 도와 당신한테 달려가는 것은 내 몸의 사산이다. 문명을 후회할 겨를도 없다.

하지만 당신. 이게 생이 아니고 사랑이 아니라면, 아니면 또 무엇이 생이고 사랑이겠는가. 이 부재의 아픔 아니고서 어찌 알겠는가, 무엇보다 당신의 진짜 있음을, 설령 내 그리움이 단지 당신이라는 흙을 네모나게 잘라내는 것에, 혹은 엿듣는 것에 지나지 않는다 해도?

그리고 시간은 이미 죽은 누구 때문에, 그 덕분에 이리 죽음처럼 깊은 것인지 모른다. 의로운 자보다 아무것도 모르고 죽은 자들 덕분에 더. 아니면 내가 아무것도 모르고 이미 죽어 있는 까닭에.

당신. 내 몸은 습기가 모두 빠져나갔고 당신을 다시 만난대도 당신과 흠씬 젖었던 내 몸의 기억은 이제 영영 돌아올 수 없다. 하지만 그 돌이킬 수 없음으로도 시간은 깊어진다. 그리고 가장 깊은 시간이 죽음인지 모른다. 그러기를 우리는 바랄밖에 없다. 하지만 누군들 돌이킬 수 있겠는가? 그리고 누가 이토록 바라겠는가? 우린, 행복하다.

28. 남자

내가 기억하는 당신의 몸은 아직 젖었다. 나의 당신 기억에 아직 죄가 많다는 뜻이다. 당신 손이 아직 설거지로 젖었고 당신 뺨이 아직 땀에 젖었고 당신 발이 아직 차다. 내 기억에 햇살이 들지 않는다. 내 정강이 다시 인어처럼 시리다. 여름에도 당신 꿈은 추웠을 것을 안다. 내게 열렬했으되 세파에 연약한 사람이었으니까. 가까이 있다는 것은 연약한 것이다. 연약한 것은 사실 능력이고 사내란 사실 연약할 능력도 없는 족속이다.

사내가 강하다는 건 집만 나왔다 하면 수십 수백 년 멀리 떠날 듯 기고만장하다는 뜻에 지나지 않는다. 기껏 여자가 집에서 만들어준 사람 구실로 혹은 챙겨준 자존심으로, 생명을 잉태한 적 없으니 죽음도 모르면서 껍적대는 거지. 남을 등쳐서 저 먹고살 것 챙기는 게 뭐 그리 대단한 거라고. 동은 해 뜨는 쪽, 서는 새 둥지, 남은 울타리 속 양떼, 북은 등진 쪽. 그때부터 사내들은 헤맸지. 북풍한설 어쩌고 하면서. 여자들 보기에 안쓰럽기는 했을 거라.

우리가 살림을 차린 것은 광명이니 광복, 혹은 그런 말들이 서민 아파트나 임대 점포 이름으로 많이 쓰였을 때지만 그런 아파트에서 살림을 차리고 아파트 정문 직전 그런 상호가 붙은 구멍가게에서 꽝꽝 언 동태를 토막 내 달래서 들고 가면서도 광명과 광복의 감격과 제일의 자부심이 삽시간에 그리 초라함의 대명사로 일상화했구나 하는 느낌은 지금 생각하니 한 번도 가진 적이 없다. 누구나, 감격은 크면 클수록 오래가는 것이 아니라서 그렇기도 했고 너무 남발해서 그런 결과를 낳기도 했겠으나, 나는, 지금 생각하니, 살림과 밑반찬이라는 말과 맛에 너무 매료되어 그렇기도 했던 것 같다. 당신 덕에 그 말이, 겨울 동치미니 여름 오이지, 사철 김이니 명란젓으로 채 갈라지기도 전에 그리 애틋할 수 없었다. 밑반찬이야말로 살림의 맛이지. 어머니 밑반찬이 간절하게 단란한 가정의 맛이라면 당신의 밑반찬은 죽음을 길들이는 섹스의 비린 맛이다. 그 맛으로 검은 철길 레일에 여럿이 귀를 대고 기차가, 죽음이 아직 저 멀리 있는 것에 여럿이서 안심했던 소년기가 비로소 온전히 끝났었구나. 모든 단어들 살림을 입고 밑반찬 맛을 내고.

지금도 기차 바퀴가 쇠다마를 누르고 지나가면 동글납작한 지남철로 변하는지, 그게 사실이었는지 궁금하다. 그 지남철이, 그 궁금함이 죽음일 수 있을까. 지하철 맞은편 좌석 창유리에 비친 내 모습이 죽음일 수 있을까.

당신을 만났던 곳이 모두 종점 같다. 만남이 헤어짐 같았다. 세찬 흙바람이 잃어버린 말들처럼 일고 불었다. 모두 단 한 번 도착해 있었고 단 한 번 잡은 손 따스했다. 여관 아크릴 간판이 있었다. 이불 속이 따스할수록, 당신 몸이 달콤할수록 잠이 아늑할수록 그 뒤로 가파른 떠남이 보였다. 그것이 죽음일 수 있었을까. 무엇이? 그렇게 날이 밝는 것이, 아니면 날이 밝지 않고 그런 채로 모든 것이 나무 속으로 되어버리는 것이? 땅에서 옛날 동전이 마구 나오는 꿈을 꾸던 나의 유년은 흙이 나중에 너무나 귀해질 것을 알고 창고에다 마냥 쌓아두는 미래의 장사치보다 얼마나 덜, 얼마나 더 죽었던 것일까? 아니 그 정도가, 그 정도라도, 죽음일 수 있을까? 단식할 때 생명은 가장 경이롭고 사랑할 때 가장 힘겨웁다. 그것을 안 것만 해도 우리는 행복한 종점이다. 아이를 낳고 돌잔치를 치렀다 해도 그랬을 것이다. 그것이 죽음일 수 있을까.

차에 올라탔다. 거리가 지나간다. 행인들이 오가지 않고 세월이 거슬러오르지 않고 지나간다. 당신을 보았던가? 아니다 당신이, 당신의 몸이 세월이고, 당신 몸속을 내가 거슬러올라간다. 명작 같군. 미래에, 미래의 우리 아이한테 가 닿을 수는 없지만 종점에는 가 닿을 수 있는. 하여 태어나지 않은 혈통을 만날 수 없지만 이을 수는 있는. 내 몸속에 스며든 눈물 번화가로 반짝인다.

여러 번 죽은 것일 수 있을 것이다. 젖은 몸을 말리듯이. 윤곽의 검음과 하양은 쉬지 않고 무너진다. 동그랑은 땡이지. 경악은 일순 웃는 것인지 우는 것인지 모른다. 농담이 너무 진지하면 생은 빠져나갈 길이 없지.

너무 늙었다는 생각도 들지 않는다. 그건 아무래도 불행한 일이지. 이십대에 장차의 삼십대가 끔찍해 보이지 않는다는 것은, 진정한 젊음을 몰랐다는 뜻이니까. 동(動, 同, 童, 그리고 또 무엇?)의 화(化,

和, 話, 畵, 그리고 또 무엇?)와 정(精, 靜, 淨, 그리고 또 무엇?)의 그것 사이에만 건물이 있고 문상이 있군. 건이 있고 물이 있고 문이 있고 상이 있군. 지나다닐 때 도로는 늘 그런 느낌이다. 쏜살같이 달릴 때 도로는 더 그런 느낌이다. 예전에도 그랬으나 당신을 만난 이후이므로 더 그렇고 당신을 만나게 될 것이므로 미리부터 그랬다는 느낌. 길은 이어진다. 끊어지지 않거나, 않을 것 같아서가 아니라, 원래 그랬고 앞으로도 그럴 것 같아서. 운명이란 말은 너무 크지. 뒤늦게 확인하고 뒤늦게 안도하는 예정의 어감 정도. 모든 게 본 듯한 것은 보았기 때문 아니라 내가 속도 속에 있기 때문이라는 듯이. 도로는 광속보다 더 빠른 생각의 시간으로 뻗는다.

숫자가 기나긴 화살표를 닮는 그 속이 죽음일 수 있을까. 죽은 자 문상을 독점하고 죽은 자 죽음을 먹고 살다 죽은 자 죽음으로 죽으면서 정작 죽은 자 죽음의 의미를 세상에 세우지 못한 나, 그 죽음이 바로 자연의 야만을 아름답게 변화시키는, 어둠이 반짝이는 물가, 물고기 아니라 거울을 닮은, 그리고 어둠이 잠든 숲속, 짐승과 나무 아니라 존재의 거처를 닮은, 그리고 비 내리는 굴레방다리 밑의, 가난 아니라 생활의 위엄을 닮은, 언뜻언뜻 그림자들이었다는 것, 그리고 그 그림자들이야말로 밤하늘에 빛나는 예언에서 운명의 냄새를 지워주는, 색이었다는 것을 이제야 깨닫는 나에게도? 물가에서 건너는 자 산 자뿐이고, 숲속에서 잠드는 자 야영자뿐이고 굴레방다리 밑 우글거리는 것은 생뿐이다. 죽은 자 물가고, 숲속이고, 아름다움이고 위엄이고, 계절이다.

12월은 죽은 자 지상의 얼음이고 1월은 죽은 자 그 위를 덮어주는 흰 눈이다. 2월은 죽은 자 언 흙을 깨는 바람, 5월은 죽은 자 계절의 여왕이지. 8월은 죽은 자 당신의 풍만한 밤, 9월은 죽은 자 당신의 늘씬한 허리께였다. 한번 가본 곳을 다시 가볼 필요가 없는 게 죽음일 수 있을까.

한번 지나간 계절이 다시 돌아올 필요가 없는 게, 한번 일어난 기적이 다시 일어날 필요가 없는 게 죽음일 수 있을까. 3월은 죽은 자 싹을 틔우는 햇살, 4월은 죽은 자 들판에 피어오르는 아지랑이. 죽음은 헌사일 수 있을까.

당신이 어느 여름날 그렇고 그런 강변에서 내게 조약돌 하나 쥐여주던 그 감촉 생각난다. 조약돌도 따스했지만, 당신 손바닥에 비해 이승의 온도가 아니었지. 차가웠더라면 더 좋았을 거라는 생각이 이제야 든다. 그랬더라면 인간적으로 유구한 따스함이 죽음일 수 있을까, 하고 지금 물을 수 있었을 것이다. 누구나 돌아갈 필요를 느껴서는 죽음일 수 없고, 유구하지 않고는 죽음일 수 없다. 그 따스함, 뼈아팠겠구나.

뼈아프구나, 당신과 나 사이 태어나지 않은 아이는 지금 그 조약돌 같다. 저주받은 듯 끝없이 목이 터져라 인간의 노래 부르고 또 불러야겠지, 인간이 되고 또 먼 훗날 인간의 죽음일 수 있으려면. 태어났다면 누구나 어머니 바깥으로 태어나 어머니 안으로 죽겠건마는. 우리 아이 태어나지 못했으니 죽음 속으로 태어나려면 너무도 낯설고 흉측한 일일 것. 최소한 사산보다 더 그런 일일 것. 하지만 누구나 다름아닌 생이 바로 그랬던 것 아닌가 하는 착각도 든다. 노래 바깥으로 나온 가수. 조각 바깥으로 나온 조각가. 연극 바깥으로 나온 배우. 그리고, 생 바깥으로 나온 생.

식물 아니고서는 견딜 수 없는. 아니 식물이야말로 생명의 집 속 생명이 가장 안온한 상태인지 모른다. 그것이 집이 된 생명의 가장 바깥이든 거처가 바로 생인 흙이든. 꽃 자체는 아닐망정 적어도 꽃의 아름다움은 처음부터 가시이자 비명소리 아니었을까?

노. 비관은 죽기 싫은데도 죽어가는 생명의 알리바이에 지나지 않는다. 거꾸로지. 죽어가는 자에게야말로 생명은 원치 않고 옳지 않은 죽음으로조차 끝내 거룩한 축복이다. 나는 다만 당신을 위해, 그리고 나를 위해, 종교 없는 육체의 예배를 드리고 있는 중. 내세의 지복과 자비 아니라, 생명이라는 축복을 육체라는 기도로 더 거룩하게 하기 위하여. 거룩함의 육체를 위하여.

당신. 당신이 당신의 육체가 나의 예배당이다. 말씀이 없으므로 참혹이 거룩을 낳는 고요도 없는, 그러므로 더 온전한 예배당.

이미 먼 눈알이 뽑히는 만큼의 시야 축소. 그 눈알을 다시 끼워주는 만큼의 시야 확대. 축소와 확대를 반복하면서 갈수록 줄어드는 반복의 시야 축소. 깨어나면 다시 꾸고 싶지 않은, 두 번 다시 잠들고 싶지 않은 악몽이지만 그런 생을 두려워한다는 건 비겁이겠지.

울증이란 더하기 빼기 산술 같은 거야. 삶의 기쁨양에서 삶의 고통량을 뺐을 때 확연 마이너스로 나온다는 거. 아니 그전에, 생이 산술화한다는 건 정말 삶이 끔찍하다는 뜻. 가난은 생의 제사상이었다는 뜻. 당신이 나의 가난이었다는 뜻. 따지고 보면 생을 이어준 것은 가난이었다. 아니, 단속의 생을 지속의 생으로 느끼게 해준 의상이 바로 가난이었다.

29. 여자

거울 속 저 여자. 상복 차림이다. 나의 상복이다. 베올 감촉이 까칠하다. 어머니의, 할머니의 상복 차림이다. 당신이, 아버지가, 할아버지가 돌아가신 상복이다. 문상은 왁자지껄하다. 할아버지와 아버지, 그리고 당신한테로 이어지는 죽음의 검음 하양이, 할머니와 어머니, 그리고 내게로 이어지는 상복의 검음 하양이 드문드문하다 자칫 지워질 정도로 왁자지껄하다. 생은 그렇게 아우성치는가? 아니면 당신은 혹시 정치를 하다, 정치가로서 죽었나?

그럴 것 같지 않지만, 설사 그렇더라도 당신은 승리한 정치가는 못되었을 것이다. 여러 번 선거에서 패배했을 당신한테 나는 이렇게 충고하겠다. 정말 이기려면 정말 이겼을 때까지는 절대 당신 자신이 상대방보다 더 낫다고 생각하지 말라. 상대방을 최대한 과대평가하고 상대방보다 더 나아지려는 노력을 끝까지 멈추지 말라. 그것이 야당으로서 여당을 이길 수 있는 유일한 방법이고, 그런 식 아니라면 사실 굳이 이길 필요도 없다. 민심이 여당한테서 등을 돌렸다…… 그랬으면 좋겠으나, 설령 그랬더라도 그것을 믿지는 말라. 여론은 선거 때 말고는 늘 여당한테서 등을 돌리는 거니까. 그것 따라 일희일비하다 보면 어느 날 당신은 하나마나한 소리밖에 못하게 된다. 그건 여당이 자살을 하지 않는 한 야당이 도저히 이길 수 없다는 뜻이지.

아니 이 정도를 당신이 모를 리가 없다. 당신이 그 점을 고수하다 불행한 정치인으로 끝났거나 실패한 혁명 이후 그 정도를 충고해야 할 정도로 정치가 타락을 뜻하게 되는 시대가 올 거라는 뜻이겠다.

무슨 수백 년 이어온 마지막 노동의 제의일까, 유가족 일동이 고인을 대신하여 수많은 문상객들과 큰절 맞절을 나누는 것은? 무슨 마지막 노선투쟁일까, 문상객들이 고인을 기리며 고인을 자기편으로 끌어들이려 서로 언성을 높이는 것은, 술상이 엎어지고 술병이 날아가고 누군가의 조화가 집단적으로 짓밟히는 것은? 돌이켜보면 생 전체가 허리 굽은 노동이고 허무한 죽음의 노선투쟁이었다는 듯이. 초상집에서 정해진 노선이 초상집에서 끝난다는 듯이? 승리한 혹은 집권한 죽음의 노선투쟁이 대통령의 자살로 끝나는 일도 가능한 제의라는 듯이?

평생은 너무 키 큰 육신이 관에 담길 수 있을 만큼 허리 굽음이 각인되는 시간 혹은 노동 혹은 노선투쟁이라는 듯, 삶은 다름아닌 죽음이 눈에 보였던 행렬이라는 듯이. 평화에 없는 것은 윤리고 윤리에 없는 것은 평화다. 인간의 윤리는 자신이 무엇을 할 수 있느냐의 문제와 직결된다…… 근사하지만, 역량 없는 정치인이 오독하여 무턱대고 대중집회를 소집할 때 하는 말이기도 하다. 그런 논리라면, 각자 역량을 정치적으로 발휘할 길이 있을 때 대중집회는 정말 얼마나 비윤리적인가.

저 여자 울고 있다. 내가 울고 있다. 여러 사람을 울리며 울어도 울음은 농촌과 도시 풍경 모두를 합쳐 응축한 것보다 더 깊고 진하고 내밀하구나. 생명은 울음으로 솟구친다는 듯이. 강물이 흐르는 것은 물론 들판에 꽃들이 아무리 흐드러지게 핀단들 결국 울음 그후라는 듯이. 울음은 모두를 집중시키고 스스로 해체되지만 울음만이 울음 이후 해체를 막아준다는 듯이. 울음으로 오늘밤 온다는 듯이. 얼굴이 갈가리 찢어져도 좋다는 듯이 저 여자 운다. 울음으로 저 여자 비로소 나다. 울음으로 모든 우는 여자 비로소 나고, 개들 컹컹 짖는 소리, 새들 우짖는 소리, 짐승 웅크리는 소리, 꿀벌 날갯짓 소리, 꽃잎에 이슬 맺히는 소리, 비로소 모두 울음의 몸이다. 우물이 있었어.

우물 이야기 아니라 우물이 당신과 나 사이 있어 비로소 당신과 내가 처음 만나는, 두레박 뜬 물에 풀잎을 얹는 우물 이야기가 있었고 그뒤로 내내 우리 만남은 우물이었다. 차가운, 안온한, 끔찍함 직전 무서움이 아름다운. 스스로 원천인지 모르는 원천의. 지붕은 어느 날 기적처럼 생겨나므로 꼭 솟구치는 것 같지. 그 지붕으로 아무리 가려도 죽음이 무슨 강물을 건넌다는 것은 스스로 원천인지 모르고 원천인 것의 비유에 지나지 않는다. 비유이므로 크게 틀린 것은 아니지만 건너지 않음은 물론 지나지도 않으므로 지옥은 쓸데없이 끔찍하고, 백발의 울음은 쉽사리 건넘의 시늉을 대신한다. 생의 갈퀴가 죽음의 뼈대보다 더 흉악해 보이고 죽음이 결코 안온할 수 없는 순간이지. 죽은 자에 대하여, 죽은 자를 위하여 이야기할 뿐 죽은 자 이야기를 하지 않은, 할 수 없는 순간이고 그 순간 흐르지 않고 백인다, 육체보다 더 거대한 가시, 혹은 대못의 고통. 생애 내내 지속적으로 육체의 그 전과 그후를 가르는 그것으로.

당신의 몸, 내 품에 안겨 딸기처럼 새빨갛게 소름 돋았던 까닭은 당신을 품에 안고서도 내가 끝내 온전하게는 당신을 이해할 수 없다는 뜻이었나. 당신의 언어 내 몸을 닮아가고 내 언어 당신의 몸을 닮아갔건만, 그게 문제였나? 아무래도 당신과 나만의 언어, 아니 최소한의 문법이라도 둘이서 함께 만들어야 하는, 아니 주워야 하는 것이었나?

당신이라는 기적과 나라는 기적의 만남이라는 이중의 기적은, 기적이므로 더욱, 온전한 결합으로 되기에는 너무 아스라한 것이었나. 하여 사별은 헤어짐 아니라 그 아스라함의 확인인가. 하여 우는 것은 평생인가. 우는 것은 평생의 실종인가.

하지만, 우는 평생은 울음으로 육화하는 평생이고, 우는 실종은 울음으로 실종을 능가하는 실종의 육화다. 하여 가고 없는 당신은 여러 겹으로 없지만, 없음의 겹은 없음을 능가한다. 당신을 애도할 때야말로 당신이 가장 육체적인 때다. 그것이 당신과 내가 함께 줍지 않고 만드는 언어다. 새빨간 소름의 딸기 비로소 검게 무르익는다.

거울 속 저 여자 상복 차림이다. 그래 저런 차림으로 당신을 나 혼자 애도하고 싶었던 게 지금 말고도 있었던 것 같다. 당신의 초상과 문상 아니라 기적의 완화, 우리만의 문법과 어휘의 획득, 최소한 선택을 위하여 그랬던 것이. 지금 생각해보면 '겨울 이야기'라는 말에 그런 어감이 묻어 있지. 겨울이 겨울 나는 이야기를 요했던 유년-자연기부터 이미. 그리고 살인사건 해결이 아니라 죽음의 난해는 수수께끼를 풀거나 미로에서 길 찾기와 전혀 다른 몸 거푸집 문제라는 것을 자연스레 받아들이게 되는 만년에 이르러서도 여전히.

그사이 모든 예술을 이야기하거나 모든 이야기를 예술화하는 어감. 자식의 결혼식과 부모의 장례식이 동전의 양면을 이루는 어감. 거푸집을 닮은 거울 속 저 여자, 결혼식의 상복 차림이고, 그래서 어머니의, 그리고 할머니의 상복이다. 그러고 보니 이미 돌아가셨으나 그분들 모두 오셨던 것이었구나.

유령 아니라 육체의 다른 거푸집으로. 유령은, 유령이야말로 돌아올 수 없다. 그것도 겨울 이야기 일부분이지, 초상과 결혼식 사이 있는. 그분들 때문에, 당시 들러리가 누구였는지 기억나지 않고, 그날의 피로연 기억나지 않고, 신혼여행 기억나지 않고, 그분들에 비하면 그날 밤 처음으로 온갖 경계태세를 해제한 내 몸을 마음껏 채우던 당신의 육체가 처음부터 무척 공허했다는 생각이 새삼 든다. 밤이 새까만 밤이었던가 기억나지 않는다. 그래. 결혼식도 결혼식날도 겨울 이야기 일부분이다.

지금 당신을 이끄는 것은 당신보다 더 가슴 아픈 사연으로 당신보다 더 먼저 간 당신 동지들이겠지. 아무리 생각해도 그건 살아 있는 내게 다행이 아닐 것이다. 당신이 어디로 갈지 짐작하기가 더 힘들기 때문. 우린 이 상태로 계속 가야 한다. 그렇게 그 옛날 전설처럼 당신이 가버리면 안 되지. 살아남은 자들이 당신의 삶을 전설화하면서 당신의 죽음을 더욱 독점해도 거울 밖 내 소망은 입지가 없다.

혁명, 혹은 진정한 정치가 죽음일 수 있겠으나, 있으므로 더욱, 죽음이 정치거나 혁명일 수는 없잖겠는가. 죽은 자 혁명 혹은 정치를 탐하는 자 비루하게 살아남을 자들뿐이다. 죽음 속은 정말 절망의 화려가 없다. 살아 있는 동안, 의식이 남아 있는 동안, 당신과 나는 이대로 계속 가야 한다. 아직은 죽은 자들 가슴에 품고. 이미 죽은 자 그들 나름 계속 가야 하듯이. 불붙은 당신의 몸이 바다로 나아가듯 당신의 관이 화장터 화장실로 드는 것이 눈에 선한 지금도. 우리 사랑했다, 그 아스라한 기적의 기적을 우리 사랑했다 말할 수 있다면, 육체는 화장장에서도 축복이다. 아직도 당신의 사랑은 나의 육체를 공작 깃털로 괴롭힌다. 끝난 것은 여성이 노동으로 끝없이 집약되는 골무의 시대일 뿐. 거울 속 상복 입은 저 여자. 내가 죽은 만큼 살아 있고 산 만큼 죽어 있는지 모른다. 오백 년 만에 수의 그대로, 편지 그대로, 미라 육체로 발견된 애간장 끓는 사연의 여인이란들 놀랄 것이 없지. 중요한 것은 애끓는 사연이 오백 년만큼, 아니 그보다 더 애끓는 사연이라는 거, 가장 놀라운 발굴품이 바로 육체라는 거니까. 그 미라가 수천수만 년 되지 않았다고 고고학적으로 서운해할 일이 전혀 아닌, 경악의 육체, 육체의 경악이니까. 경악의, 생명의, 물고기가 튀어올랐다 삽시간에 사라지는 거니까. 당신은 어디까지 탈 작정인가. 타버리는 것이 육체의 작별을 서두르는 것이라고, 지겨운 이승을 빨리 떠나려 하는 것이라고 생각하는 유족은 없다. 갈수록 아른거리는 것은 이승이 모든 것이 종합된 한 단어, 당신과 육체의 일치인 한 단어. 그건 가장 강력한 기약이지. 부디 활활 타다오.

30, 남자

거울 속 저 남자. 상복 차림이다. 나의 상복이다. 베올 감촉이 까칠하다. 아버지의, 할아버지의 상복 차림이다. 당신이, 어머니가, 할머니가 돌아가신 상복이다. 문상은 쓸쓸할 정도로 드문드문하다. 할머니와 어머니, 그리고 당신한테로 이어지는 죽음의 검음 하양, 할아버지와 아버지, 그리고 내게로 이어지는 상복, 그리고 찬 음식의 그것이 짙고 단선적이다. 죽음은 그렇게 자신을 미화하는가? 아니면 당신은 혹시 내가 예상하는, 했던 것보다 더 혹독한 시대를 맞았나? 그것은 내가 겪은 것을 더 빠르고 좁은 기간 동안 압축적으로 겪어서였나 아니면 더 장구한 세월 지루하게 겪어서였나?

둘 다겠지. 아니 둘은 같은 것이겠지. 세계의 비극이 한반도에서 악화하는 방식이 그렇듯. 지하철 순환선을 타고 한 시간에 한 번씩 반드시 나타나는 정거장들을 마냥 스치는 것 말이지. 빙빙 돌면서 비극의, 질량이 줄어들든지 아니면 차라리 늘어나는 게 더 낫겠건만 비극은, 그 구조만 심화한다. 울화에 지지 않는 것이 가장 큰일 중 하나로 된다는 거. 당신은 저질러져버린 어떤 것. 당신의 죽음은, 당신의 마음과 정반대로 그 일을 더욱 어렵게 하겠군. 산발이, 산발일수록 더욱 분명해지는 것이 보인다. 하긴 그런 식으로라도 육체적인 것이, 그런 식으로라도 육체가 귀가하는 것이 지금 이 자리에서만은 다행이군. 초상집 육개장이나 누른 돼지머리 맛 생각난다. 고춧가루 모자란 김치, 그리고 여름날 쉰 수박이 향을 피운 바깥으로 시체 냄새 풍기던 것도.

문상 끊기고 이제 정말 당신 혼자 남아 영안실을, 접대실을, 그리고 나의 죽음을 당신 육체의 고독이 꽉 채운다. 나의 죽음은 당신의 방이지만, 그건 나에게만 소용되는 방이다. 이대로 떠날 수 없다는 말로는 도저히 채울 수 없을 뿐 아니라 그 말과는 정말 관계가 없는.

이 자리에서 소용되는, 쓸모 있는 말이 없는 게 바로 그 이전과 이후 육체가 있었던 까닭, 그리하여 그 육체가 고독이었던 까닭, 그러므로 사랑이 소용되고 쓸모 있었던 까닭이라는 생각. 육체에 비하면 정말 말은 쓸모 있기는커녕 쓸모의 뜻을 설명하는데도 어림없었구나.

그러나, 하여, 우리 사랑은 육체의 육체 너머 그네 타기와 같았다. 그들이, 그 응축인 당신이, 머물러 있으면 좋았겠으나 그렇지 못할 것을 알았고 그래서 더, 한 번도 타보지 못했으나 오래전부터 타고 있는 듯했던 그네 타기와 같았다. 그네 타기와 비슷하게 전화가 걸려올 것, 걸려오는 것 같다는 거. 그게 죽음일 수 있을까.

그게 그 말일 수 있을까. 그때는, 그때는, 이, 미래의 뜻을 품는, 어쨌든 그때 우리는 생생의 야만을 벗을 것이므로, 검은 새는 오히려 생이고 목가는 오히려 죽음이었으므로? 당신과 나를 따스하게 맞아주었던 사람들은 그러므로 그들 스스로 따스한 죽음일 수 있지만, 우리에게도 그럴 수 있을까? 그들이 우리를 아무리 기려도 그럴 수 없을 것이다. 그러려면 세월이 우리 생애보다 한참을 더 흘러야 한다, 흐른 세월이 죽음처럼 보일 정도로. 당신과 나 흐른 세월이 죽음처럼 보이나? 우리는 죽어야만 혹시나, 흐른 세월이 죽음처럼 보일 수 있을 것이다.

그, 혹시나가 우리 몫이군. 그것만은 여태 살아 있는 자도 이미 죽은 자도 범접할 수 없는, 죽을 자들만의 몫이군. 당신과 나 아직도 서로 사랑하며 죽을 자라면, 참으로 엄청날 혹시나. 모든 것을, 이 문상 끊긴 죽음, 빈방의 변방으로 만드는. 번역 아니라 내가 나의 글을 썼다면 그 글쓰기 동안이, 그 글쓰기 통신이 그랬을 것 같다.

그래. 아직은 죽음도 새로울 것이 없구나. 새로운 비유는 아직 없다. 기억의 유적, 혹은 기억된 기능이 있을 뿐. 부활도 몸의, 감각의 부활밖에 없었다. 감각으로 온전화하기는커녕 해체되는 영혼의 부활밖에 없었다. 영원도 육체의 영원한 연장이다. 각각의 죽음의 몫은 각각의 새로운 비유여야 하건만. 그리고, 거꾸로, 우리가 무언가를 기억한다는 것은 사실 애써 그 시늉이었는지도 모른다. 단지 죽음의 기억뿐 아니라 기억한다는, 혹은 기린다는 행위 그 자체가. 먼저 죽은 자들의 최후로부터 유전된, 춘화의 목각에 그치는. 목각 바깥에서 거웃과 거웃이, 원천과 원천이 상호 심화할 뿐인.

그렇다면, 죽음은 이제껏 죽음의 비유와 전혀 다른 죽음이려는 노력일 수 있을까. 전혀 다른 그 무엇의, 전혀 다른 그 무엇인 죽음일 수 있을까? 그 안에 바로 당신이 있을 것 같은데, 그럴 수 있을까?

매사에 낑낑 매던 그 급사 소년 사라진 지 언제인데 왜 아직도 매사에 낑낑 매는 급사 소년일까? 우리가 운명 너머 비유를 만들어낼 능력이 전혀 없는, 그냥 낑낑 맬 뿐인 운명 여신의 급사일 뿐이기 때문일까, 아니면 늘 낑낑 매며 운명 여신이 내는 수수께끼를 비로소 풀려던 찰나의 연속이 바로 삶, 혹은 삶 속 죽음이었던 까닭일까?

급사는 늘 소년, 소년은 늘 급사였던 까닭, 누굴 기리던 그 대상은 늘 급사 소년이었던 까닭, 그게 급사 소년의 어감이었던 까닭, 급사 소년이 곧장 노년을 부르던 까닭, 그렇지 않은 것이 이제 죽음인 까닭? 당신한테는, 급사 소녀가 있나? 당신한테는 기찻길 소녀가 있나? 그 소녀 길을 가고 있나, 아니면 멈춰 있는 것이 뻗어가는 길인가?

당신은 벌써 기억으로 넘어가버렸고, 당신의 급사 소녀, 당신의 기찻길 소녀는 벌써 당신의 기억으로 넘어가버렸나? 누가 누구의 기원 혹은 기적이었단 말인가? 당신으로 하여 길 위를 벗어나 당신의, 수평을 이루고 있다는 다행이 있었다. 그 수평이 이제 더 무거워지는 것. 낑낑 매는 급사 소년에서 유희하는 기찻길 아이들까지 이어지는, 이것이 죽음일 수 있을지.

이것에 와 닿기 위해 우리가 그토록 수많은 길을 잃고 슬퍼했던 것 같은, 이제야 그 길들을, 이발사처럼 싹둑싹둑 까까머리로 자르며 머리칼을 감싸안듯 제 몸에 감싸안는 것 같은 이것이. 세상의 온갖 숨겨졌던 실종의 내용을 한꺼번에 드러내고 평생 치유될 수 없었던 그 슬픔들을 한꺼번에 하나로 모으며 슬픔보다 더 벅찬 어떤 통로, 의미의 폭발로 만드는 이것이.

마치 기찻길 아이는 철길의 끝을 보지 못했을 뿐 길을 잃은 것이 아니었다는 것을 뒤늦게, 이제야, 후회 없이, 아주 편안하게 깨닫는 것처럼 기찻길이 뒤늦게, 후회 없이 뻗어나간다는 듯이.

그 냄새가 아직 코끝에 남았군. 말린 다시마 냄새. 말려서 비린내 덜하고 짭짜름 내 더 진한. 뜨거운 물 부어 훌훌 마시면 피로회복제로 그만이었던. 당신은 그게 바로 일본 냄새라고 했다. 사면 모두 바다라 씻어도 씻어도 바닷물을 다 씻어내지 못한 일본 열도 냄새.

하지만 내게 그것은 가장 깨끗한 당신 사타구니 냄새였다. 육체를 음탕하게 하기보다 죽음을 정결하게 만드는 면이 더 많은. 왜냐하면 육체 없이 정결 없다. 그 냄새는 죽음을 싹둑싹둑 까까머리로 깎아낸다. 손톱 타는 냄새와 정반대지. 거울 속 저 남자, 깎이고 있다. 관능이 관능에 의한 해체 이후를 보장받지 못하는 시간에 나도 들어 있다. 숭할수록 관능적인 터럭이 깎이는 시간에. 당신은 그 어느 때보다 더 명징하게 깨어 있고.

그런 게 아니라면 깨어남이란 도대체 무엇인가. 혼미, 혹은 혼탁과, 심지어 홍건과 액체 구멍의 쾌락과 난잡과 그것은 어떻게 구분되는가, 선은 갈수록 가늘어지지만 결코 섬세하지 않고 마구 헝클어지는데, 쾌락할수록 더러워지는데, 빨고 할딱거리고 또 빨아야 하는데? 액체와 더러움을 벗지 않는, 아무리 반복되어도 쾌락이 줄지 않는 지겨운 육체의 지옥을 벗지 않는 꿈은 무슨 소용이고 그 꿈에서 깨어남은 무슨 소용인가?

그러니 당신. 끝까지 깨어 있으라. 최소한 내가 깨어 있는 동안은 끝까지. 아니, 나의 깨어 있음은 당신 깨어 있음의 징표이니, 끝까지. 끄덕여다오, 당신 깨어 있음으로 당신 깨어 있음을. 그것이 바로 우리의 새벽이었다. 깨어 있음이 깨어 있음을 끄덕이며 서로의 깨어 있음을 꼬드겨내는. 끌림과, 은어를 미끼 은어로 꾀어 낚는 덧낚시 사이.

당신만이라도 염습을 끝까지 견뎌다오. 알코올이 아무리 당신 영혼의 씻음일망정 당신 깨어 있음까지 씻어내게 하지 말아다오. 수의가 아무리 당신 영혼의 새로운 집일망정, 당신 깨어 있음까지 들이게 하지 말아다오. 염포가 아무리 당신 영혼의 새로운 운명일망정 당신 깨어 있음까지 속이게 두지 말아다오. 왜냐하면 누가 알겠는가. 깨어 있음은 장차 영혼 없는 육체의 깨어 있음일지 모른다. 우리가 정작 모르는 것은 정신 이후 육체의 언어일지 모른다.

나머지, 나머지가 하나도 없으므로 육체인 육체의 언어. 나를 넘어선 육체의 언어. 수목장 흙이나 나무나 바람이나 하늘공원 따위 산 자를 위한 것 아니라 속 비치는 애벌레 몸이 가벼워질수록 더욱 진해질 듯한 꿈의 물질성 같은.

거울 속 상복 입은 저 남자, 향 피우고, 절하고 잔 들어 당신을 부르고, 당신은 어느새 저 남자 곁으로 등장한다. 어느새 저 남자, 거울 밖으로, 나인가? 당신이 내 곁에 앉아 있는가? 당신 얼굴 전에는 그리 화사한 적 없다. 내 가슴 덜컥 내려앉고 내 의식 끊기려 한다. 내 곁에 있는 것 당신 맞는가? 이 만남은, 당신, 이 만남이 당신, 나보다 더 먼저 떠났다는 뜻인가? 돌아와다오 제발. 내 의식이 끊기기 전에 끊김 속으로. 당신은 이런 식으로 당신일 수 없다.

31. 여자

나는 당신과 함께 있다. 사망 이전 당신과. 아무렴. 당신의 죽음은 벌써 너무 오래전 지나간 일. 역사 이전의 일. 아니면 언젠가 아주 어릴 적 여름날 불볕 피하던 나무 그늘이었나. 그리로 오지. 당신은 그만큼 생생하게 살아 있다.

밖은 겨울이고 석탄 난롯가 주변은 따스하다. 검지 않고 아늑하다.

언젠가 거꾸로였던 적 있었던 것 아닐까. 우린 바깥에 있고 돈이 없고 배가 고프고 당신 잠바 속 당신 손에 쥔 내 손 여전히 차고 바깥에 내놓은 솥에서 김이 밑으로 식식대며 새는 고기만두 가게였을까. 아예 생태찌개 팔팔 끓는 식당이었을까.

여기는 마침내 거울 속인가. 언젠가 거꾸로였던 적이 있었던 것, 그것이 거울 바깥인가. 어쨌든, 이제는 괜찮아…… 당신 표정은 그렇게 말하고 싶어한다. 그렇고 말고…… 내 표정은 그렇게 말하고 싶어할 것이다. 달라졌지만 낯설지는 않다.

난롯가를 벗어나도 따스하고 아늑한 이미지는 온도 없이 계속 키들거린다. 우습잖아. 혁명이 실패할 줄도 모른다는 생각을 했다는 것이…… 그렇게 키들대는 것일지도. 물론 내가 아니라 당신을 위해. 당신이 정말 직접 키들대면 나도 덩달아 키들댈 것이지만. 풍경은 툭하면, 어느 때든 주인공이 될 수 있으니까.

자연의 계시도 사회의 아우성도 이쪽 일은 아닌 것 같다. 그리고 바깥 것들은 예전을 닮았지만 점점 더 낯설고, 공포스러워진다. 이쪽은 아무리 오래된 성상도 성상 밖으로는 맥을 못 추지, 거룩이 거룩 밖으로 낯설어질 수 없는 것보다 더 성상은 성상 밖으로 낯설어질 수 없다. 늙은이들은 말하자면 노인범죄 없는 성상이랄까. 낡음은 더더욱 낡음 밖으로 낯설어질 수 없다.

하긴 모든 것이 자기 밖으로 전파될 필요가 없구나. 모든 것은 자기로서 자기 안에 온전하다. 자기도 모르게 쏟아져 그 독한 향기 그대로 번지는 태즈메이니아 팥꽃나무 꿀쯤 된다면 모를까.

당신. 몸은 그냥 끝없는 번짐이다. 당신이 당신의 몸이고 내가 내 몸인 것이, 기적일 정도로. 그 겹침도 구분도 모두 기적일 정도로. 우리, 서로에게로 새는 것도 같다. 우리, 서로의 속인 것도 같다. 우리, 서로의 전생인 것도 같다. 뻗어나갈 것도 없다. 번짐이 몸이고 신경망이고 나를 능가하는 나고 세계를 능가하는 세계다. 생명이 이리 투명할 수가 없다.

당신한테도 해안선 양쪽에서 이리저리 긴 형광등 막대 같은 빛을 쏘아대다가 힘을 합쳐 해일처럼 해변 모래 당신을 덮쳐오던 시절이 있었나보네. 계엄령 없이도 젊은 날은 불안의 굵디굵은 역동이었겠지. 당신한테는 달빛 비친 호수가 임신의, 외경보다는 저질러짐의 표상에 더 가까웠을 수도 있었겠다.

꿈과 현실 사이 달빛 깔리며 위로 멀리 뻗는 것은 죄책의 길이었겠다. 더 위로 더 멀리 더 새하얗게 더 까마득한 기슭에 이르는 것은 욕망의 동반 자살이었겠어. 날이 밝으면 그 호수 이름 너무도 멀쩡해서 아침 안개가 좀 민망했겠군. 호수가 밤사이 제 몫의 죽음 혹은 주검을 뱉어냈다고 한들 당신은 살아 있었으니 진혼곡 바깥이었겠고, 대낮은 천하고 소란스럽기만 했을 터.

사람을 낚는 어부 없고, 물갈이 된 미끼 낚시꾼들만 아무 일 없었다는 듯 꼬여들어 어제와 같은 자리를 차지했다. 그날 당신이 본 것은 죽음의 결과가 아니라, 죽음의 과정도 중단되면 어설프다는 엄연한 사실이다. 당신의 죄책감은 계속 출렁거리는 채로 상당히 가벼워졌을 것이다.

미끼가 겨냥하는 것은 죽음도 아니고 생명도 아니고 그냥 물고기 파닥거림에 불과한 것일 테니까. 그리고 월척에 이르면 미끼는 생명이나 죽음을 둔중한 우매로 뭉뚱그린다.

당신이 지금 나를 들어올리나, 온몸에 수액이 도는 듯, 이 청량한 기분은? 나는 응집의 광경, 그 광경의 응집, 없는 땅이 꺼질 듯한 귀환의 스며듦의 응집의. ……우리 사랑 너무 찢어져라, 끈적거렸던 적 있었나, 당신 지금 나를 들어올리나, 이 말랑말랑한 육감은? 당신은 늘 내게로 귀환하는 광경, 나는 그때마다 늘 달아오르는 광경이었나 보다.

이제 보면 당신은 유년으로부터도, 초등, 중등, 고등 학년으로부터도 소스라치듯 내게로 돌아왔나보다. 초등이 유년에 대하여, 중등이 초등에 대하여, 고등이 중등에 대하여 뒤늦게, 새삼, 경악하는 등을 보이며 돌아왔겠지. 저기서부터 여기까지 이게 어찌된 일인가, 아는 것은 어찌 알게 된 것이고 모르는 것은 어찌 모르게 된 것인가 의아해하며, 돌아왔을 것이다.

단절은 폭력적이다. 유년의 단절은 가장. 콩나물 교실 초등의 등을 주먹으로 갈기고 너무 어린 나이 검은 교복 중등의 등을 발로 차고 무참하게 검은 교복 고등의 등을 비수로 찌른다. 왜냐하면 고등에게 유년은 단절된 어떤 것 아니라 단절 그 자체다. 공포는 한참 더 뒤에 무슨, 이름도 기억 안 나는 오래전 빚쟁이처럼 목덜미를 움켜쥐겠지. 빚쟁이 손아귀의 자초지종을 대번 알아챈 목덜미는 사색일 테고.

당신과 나 어찌어찌 첫 걸음마 첫 발음을 뗐는지 당신과 나 자신의 경험으로는 도무지 알 수가 없다. 인지는 자신의 최초 인지를 인지할 수 없다. 남의 것으로 유추할 뿐. 자전거 타는 법은 머리가 아니라 팔다리 균형 언어로 팔다리 근육에 저장된다.

온몸이 근질근질하지 않고 간질간질한 겨드랑이다. 아기장수 설화가 정말 사실이었다, 정말 어처구니없다는 듯도 있다는 듯이 말이지. 그리고 음식이 정말 육체에 영양을 공급하고 정신을 육화할 뿐 아니라 그 자체 정신의 육화였던 시절도. 노래가 지옥을 견뎌줄 뿐 아니라 지옥 찬가였던 시절도.

사회라는 말이 그 두려움을 아주 적절하게 외화하는 구호였던 시절도. 그 모든 것을 겪은 당신이 거기에 덧붙여 초경의 역사까지 지닌 나와 만나는 일이 있을 수 있었던 시절도 있을 수 있었다는 듯이. 그 모든 노출의 연도가, 그 모든 반복이 심화하는, 원천이야말로 아름다운 거라고 갈수록 목청을 높이며 총천연색으로 목이 쉬던 계절이, 세상에 말이지.

하지만 아름다움이야말로 어느 날 갑자기 튀어나와 등 아니라 정신과 육체 사이 광활한 빈틈을 꽉꽉 조이지 않던가, 정신과 육체 각각 그 조임이 제 고통인지 희열인지 헷갈려 하며 제 정체성의 분열을 감내하지 않던가. 당신 지금 나를, 나라는 번짐을 조이고 있는 건가, 내가 더 조여줘, 더 꽉 조여줘 하던 당신을 온몸으로 조여주던 시절이 있었다는 듯이.

무수한 육체가 의상을 벗으며 단 하나 목표를 향해 집중하던 시절이 있었다는 듯이, 그것이 바로 단 하나 정신이었다는 듯이, 그것이 단 하나 정신의 환영의 거대한 기둥에 새겨진 무수한 육체들의 환영이었다는 듯이? 1세기에 이르면 폼페이 벽화, 트로이 목마 속에는 그 많은 그리스 병사가 들어갈 수 없다. 당신 지금 나를 맨 처음으로, 소박하게, 그러나 소중하게, 아프게 하는가. 당신이 아직 나의 이쪽에서 보이는 당신의 저쪽 순교 역사의 노출인 시절이 있었다는 듯이.

당신 지금 나를 부축하는 건가, 내가 자리를 보존하고, 내 몸이 누우면 누운 침대와 같고 앉으면 앉은 의자와 같던 시절, 당신이 나를 침대에서 일으키고 대소변을 돌봐주고 목욕을 시키고, 의자에 앉히고 다시 일으키고 다시 침대에 눕히면서 부축하는 몸이 부축의 몸으로 되던 시절이 있다는 듯이.

당신의 몸 치매 속 카타콤, 안온한 죽음 속이었던 적이 이미 있었다는 듯이. 나는 기꺼이 노약하고 당신도 기꺼이 노약했던 시절, 당신이 나의, 내가 당신의 도와주는 주체와 도움받던 대상에서 둘 다 도움의 몸으로 되던 시절이.

예수는 노약할 수 없다. 끔찍한 거룩을 자기 배로 임신한 마리아도 그렇지만 자신이 끔찍한 거룩 자체의 육화라는 것을 알았다면 어린 예수 얼마나 무서웠을까, 두려움의 주체도 두려움의 대상도 없이, 더군다나 그 생애를 시간으로 겪지 않고 공간 장면의 명징 겹침으로 보거나 느끼며? 그 생애를 젊음 너머로 어떻게 잇겠는가.

하여, 그러나, 그러므로, 더 끔찍하고 거룩한 것은 거룩한 끔찍의 육화의, 노약할 수 없는 운명. 예수는 노약할 수 없다. 치매 아니고서는. 더 정확히, 치매의 이쪽 아니고서는. 그리고, 알 수 없지만 혹시 유년의 저쪽 아니고서는.

당신 지금 나의 번짐인가. 이쪽에는 지방자치제 파견 가정부가 없다. 세금도 요금 감면도 면제도 비용 지원도 없다. 그쪽에서는 일상의 지속성이 관건이었지만 이쪽에서는 명징의 깊이가 중요하다. 그러니 당신 지금 나의 상하와 좌우의, 번짐인가. 번짐의 깊이와 높이 그리고 그다음의 너비인가.

당신과 나, 구차한 육체가 있고 더 구차하게 치러야 할 사랑의 섹스가 있었다는 듯이. 더 구차한 여관방에서 더 구차한 오징어 고추장 안주에 더 구차한 소주를 마신 다음에 말이지. 빈민가 뒷골목도 그런 키 낮고 악취 치솟는 빈민가 뒷골목이 다시없을 정도의, 당신과 나 모두 거의, 방 안 자체가 낡은 간판 같은 사창가 광경과 풍경으로 여잔지 남잔지 모를 포주도 포함하여 주객이 뒤바뀌어 혹은 뒤섞인 채로 말이지.

당신 지금 나인가, 우리가 합할 수 없는 두 몸이었던 때가 있었다는 듯이? 정말로 나인가?

32. 남자

나는 당신과 함께 있다. 당신의 사망 이전과. 그러면 그렇지. 당신의 죽음은 사람이 듣는 물고기 소문 아니라 물고기가 듣는 사람의 소문 같은 것. 한 차원 더 멀지. 물은 사람에게 물질이지만, 물고기에게는 세계거든. 거울 속 세계에 달하기 전까지 그 차이 극심하지. 어? 나는, 당신은, 어디로부터 빠져나와 우리 이렇게 함께 있는 거지? 우린 거울 속 세계에 달했나? 당신의 죽음이 물고기 소문이라는 것 또한 물고기 소문인가?

두뇌가 텅 비어 깨끗하군. 무엇엔가에 호되게 한 방 얻어맞고, 다운되었다가, 다시 깨어나보니 바이러스가 모두 퇴치된 컴퓨터 하드디스크가 이럴까. 당신은 초점이란 얘긴가. 당신을 맞추기 전까지 모든 것은 흐리멍덩하고, 당신을 맞추기 위해 있고 맞춰진 후 당신은 다른 모든 것이 명확해지는 기억이자 예감, 근거이자 그후다.

하지만 물고기를 품은 하나의 곡선, 그 초점을 자꾸자꾸 뒤로 미루며 자꾸자꾸 부피와 무게 너머로 풍만해지는구나, 마치 울컥한, 완벽하게 헐벗어 서로를 채우는 당신과 내 몸 밀착의 완성의 응집인 곡선이 있었다는 듯이. 그건 꼼짝달싹 못하는 것과 영영 무관하다.

갈수록 '느지막이'의 어감을 닮아가는, 혹은 언젠가 그런 적 있었던 듯한 느낌, 그런 게 정확히 뭔지 모르면서 그냥 그런 적 있었던 듯한 느낌에 젖어드는 그 곡선의 행로를 따라가다 나는 여기까지 온 것인가보다. 다락 같지만 전혀 좁지 않은, 내 몸은 물론 내 몸의 세계에 맞춤하게 높고 넓고 깊은 여기에. 당신 아닌 식구들 걱정, 당신 아닌 이웃집 여자들 생각, 당신 아닌 파충류로 어지러운 꿈도 끼어들었겠으나 어쨌거나 나의 충만인 당신의 곡선을 따라 나는 여기로, 여기까지 왔다. 유태인의 방황만큼이나 오랜 세월을, 그들만큼이나 집요하게 모종의 초점을 맞추며. 그것은 내가 내 생각 속 당신의 여성 속으로 들어왔다는 뜻일까?

끝없이 사회화하는 육체적 피비림을 끝없이 육체화하고 끝없이 제안으로 무마시키는 그 일상의 추진으로 단호하지 않고 아무렇지 않은 평화의 몸 표정을 끝없이 발산하는 여성. 검은 장미 아니라 붉은 장미 흰 장미더라도, 장미를 가만히 들여다보면 수수께끼가 살인에 더 가까운 바로 그 느낌으로 죽음에 더 가깝게 느껴지는 여성.

어린 시절 허투루 부르던 세계 명곡 자장가 따위를 어른이 되어 우연히 명가수 명창으로 듣게 될 때 격하게 밀려오는 격차의 감동인 여성. 슬픔이 위안인 것을 알고 모든 노래를 슬프게 부르는, 슬프게 하는 여성. 소프라노가 제 목소리를 찢으면서도 뭔가를 끝까지 끌어내리지 않고 오히려 끌어올리는 여성. 그 뭔가는, 무엇? 아바 하이쉬 붐바이쉬 오래 자거라……

이것은, 아니 이것이? 왜 여기에? 그래, 가장 슬픈 자장가의 여성. 느리게, 슬프게 더 느리게 더 슬프게. 아바 하이쉬 붐, 밤이, 어둠이, 죽음이, 바이쉬 붐붐, 오랜 단잠에 달할 때까지. 더 느리게, 더 슬프게. 슬픔의 위안이 모성의 비정을 극복할 때까지. 그, 노래의 여성 속으로.

엄마가 집을 나가
영영 돌아오지 않으니
우리 아가 버벌 정말 홀로 남았네.
아바 하이쉬 붐 바이쉬, 붐 붐.
아바 하이쉬 붐 바이쉬, 붐붐.

아바 하이쉬 붐 바이쉬, 단잠 자거라.
아기천사 네게 인사하네.
그리고 묻고 있네.
함께 하늘나라 소풍 가지 않겠느냐고
아바 하이쉬 붐 바이쉬, 붐 붐.
아바 하이쉬 붐 바이쉬, 붐붐.

그 하이쉬 붐 바이쉬 이리로 왔다.
와서 나의 버벌 데려갔다.
데려가서 영영 돌아오지 않으니
나의 버벌 잘 자라 해야겠지.

아바 하이쉬 붐 바이쉬, 붐 붐.
아바 하이쉬 붐 바이쉬, 붐붐.

부모에 딸리고 바닷가 어촌에 딸렸던, 비린내 비늘 두껍고, 거추장스러운 것도 몰랐던 당신의 어린 시절과, 소녀 가장으로 더 어린 두 동생 끼니 챙기느라 툭하면 월경하는 것도 잊던 당신의 고교 시절 당신의 다락이 있었다는 듯이. '빈민가'와 '다른 면'은 영어에서만 한 단어가 아니라는 듯이. 그 다락에서 당신이 새로 만든 당신만의 단어들이 있었거나, 그 단어들의 사전이 바로 당신의 다락, 아니 다락을 구성하는 사방 벽과 바닥과 천장이었다는 듯이. 당신과 나 그곳을 다시 한번 가보는 중이라는 듯이.

그에 비하면 십자가로 자신을 처형한 골고다 언덕을 다시 가보는 예수는 차라리 살기 위해서다. 그의 영광과 처참, 누추와 장엄은 당신과 나 죽음의 그것들과 사뭇 다르지. 산 자를 위한, 산 자의 죽음을 위한 것일 뿐 죽은 자 죽음을 위한 종교는 있을 수 없고 있을 필요가 없다. 다락이 있고, 있을 필요가 있을 뿐. 다락은 죽음의 거처 너머 존재 이유이므로.

동물들에게도, 아니 동물들은 더욱 첫 수태고지가 마지막 십자가 처형보다 더 난해하고 거룩이 무서웠을 것이다. 바다 한가운데서 물 속 거대한 고래 한 마리 지나가는 게 물 바로 밑에 육안에 보일 때처럼. 하지만 이때 동물은 우리? 그 난해와 끔찍과 거룩 인식을 일순, 언뜻, 한 차원 더 끌어올리고, 기억의 흔적도 없이 사라졌을 터. 하지만 그때 그 동물은 우리?

차츰차츰, 강 낚시 여전히 검지만 제법 만만하고 개울 고기잡이는 쾌활 장난인 거야. 어린 시절은 늘 유쾌했다고 우리는 평생 속는 거지.

식물들은 평생이 수태고지 상태인 건지 모른다. 그 신경망 자체인 세계가 평생 묘호 혹은 묘비명, 최소한 그 탁본인 건지도. 우리가 잠에서 깨어나는 도중 지나온 평생을 식물계로, 종묘 형식과 무늬와 모양으로 겪거나 앓는다는 듯이. 그리고 그날의 양치와 아침식사가 말끔히 지우는 것은 그 평생의 겪음 혹은 앓음이었다는 듯이.

그래서, 이래저래 다시 가보는 것이 좋을 것이고, 좋은 것이다. 당신이 만든 단어들은 여기, 지금, 존재야말로 이리 적절한 노동이라는 결론이었나? 가난은, 고생은 그 적절함을 드러내는 무척이나 적절한 무늬였다는? 그건 당신도 의식하지 못한 결과였겠으나, 어쨌건 당신의 생은 울화와 무관한 것이었구나. 울화에 지지 않겠다는 결심도 울화와 무관한 경지는 아닐 것이니.

디자인도 자칫하면 옛 디자인의 부분만 확대하는, 혹은 전체만 축소하는 울화에 빠져든다. 지금 당신의 존재는 내게 에로티시즘이고, 비판에 몰두한 자 한가한 자다.

자연을 인간 일상 속에 스며들게 하려면 무늬가 필요한 것처럼, 인간을 자연 일상 속으로 스며들게 하려면 단어가 필요하지. 그것도 다시 가보는 까닭. 아담과 이브가 촌스러운 옷을 입은 덕지덕지 어색한 상태는 중세, 로마네스크까지 성당에서 반복된다. 건축이 몸이고 그 안에 그려진 인간 형상 벽화가 옷이라면, 하느님이 에덴동산에서 추방한 것은 육체가 아니라 옷이었다는 얘기.

육안에 보이는 것만 검열된다. 알몸과 의상이 보일 뿐 육체는 눈에 보이지 않는다. 도덕을 벗은 육체는 욕망의 과도도 벗는다.

지금, 당신은 입음의 벗음을 전복한 벗음의 입음이랄까. 소박의 전복. 화려와 무관한, 덕지덕지를 벗은. 그리고 장차의 육체를 지금 바야흐로 입고 있는 듯한. 왜냐하면 육체는 아무리 옷을 입어도 육체 바깥으로 화려할 수 없다. 육체 안으로 의미 있을 뿐.

육체의 고고도 고고학도 아닌, 미래라는 육체, 미래학도 아닌, 육체라는 미래. 지금 당신은 내게 그것이었다는, 소린가. 시골집 채광창은 채광이 육체고 미래고 장면이 영영 바뀌지 않아도 미래다. 향하지 않고 관할 뿐인, 관하여일 뿐인 내 죽음의 검음이 그 육체의 영롱을, 혹은 폭설 내린 세상의 내부를 더 영롱화하기를. 침대에 알맞은 영롱의 윤곽 드러내기를.

당신은, 늘 죽는 여성은 세상의 다른 모습이었을 뿐 실상 죽음은 여러 겹 여성이라는 얘긴가. 당신이, 스테인드글라스처럼, 여성의 시간을 구체화하는 대신 흐트러뜨리고 여성의 외모를 길쭉하게 하는 대신 생략하고, 여성의 두께를 얇게 하는 대신 중첩하고, 여성의 육체를 투명 너머로 심화해야 비로소 죽음이라는 소리라면, 나는 당신을 위해 구체화하고 당신을 위해 길쭉해지고 당신을 위해 얇아지고 당신을 위해 투명해질 수 있는데, 그 소린가, 모종의 장려하게 씻어내는 이 소리는?

아, 그러나 나를 까마득히 빨아들였던 당신의 첫 우물 눈동자는? 달콤함으로 나를 꽁꽁 얼게 했던 당신의 첫 흑설탕 미소는? 수줍은 부드러움으로 나를 태웠던 당신의 첫 박하 입맞춤은? 적나라한 부끄러움으로 나를 압살했던 당신의 첫 앙다문 젖가슴 사이 첫 앙가슴 열림은? 나를 더욱 숨막히게 했던 내 귀에 당신의 첫 뜨거운 숨결과, 내 양팔 쓰다듬으며 겨우겨우 내 숨통을 틔워주던 당신의 첫 위로의 손길은?

당신은, 그 위로의 손길만 남는다는 소린가. 이제는 당신이 음향 아니라 조각의 언어라는 소린가. 오, 그렇다면 얼마든지 아바 하이쉬 붐 바이쉬, 붐 붐. 아바 하이쉬 붐 바이쉬, 붐붐. 그 하이쉬 붐 바이쉬 이리로 오라. 내 몸이 돌이킬 수 없이 굳어지기 전에. 죽음 속에서는 정말 돌이킬 수 없을 것이므로.

33. 여자

당신의 체취는 당신이 피우다 남긴 담배꽁초에서 제일 짙었다. 청승맞고 초라하기보다는 간절한 쪽으로, 물론. 담배 냄새 짙은 것 아니라 사라진 당신의 담배연기 냄새 사라짐 짙은 것 쓰라렸고, 킁킁 맡아댈수록 쓰라린 부재이자 위안이었다.

거리의 당신한테도 집 안의 내가 쓰라린 부재이자 위안이었을지. 우리 살림의 소꿉장난이, 사랑의 유희가 구멍가게 삶은 계란쯤 되었을지. 아니면 전쟁이 육체의 일과였던 로마나 중세병사들이 가죽부대에 담아다니며 주식으로 꿀꺽꿀꺽 마셨을, 가장 흡족했을, 주식이 아닌 지금은 불가능한 포도주 맛쯤 되었을지.

당신이 내던진 담배꽁초 냄새가 당신한테로 거둬들인다 나를. 그전까지는 내가 위태롭게 흩어지는 파편이므로 당신의 담배꽁초는 몽당할수록, 느낌이 강인할수록 더 좋다. 당신을 덮어주고 싶을수록 나의 파편, 아무래도 몸을 이루지는 못할 것이겠으나, 한없이 화려해진다, 형상이라도 이루기 위해.

따지고 보면 벌써부터 죽은 자 산 자를 이렇게 떠나고 산 자 죽은 자를 이렇게 보냈던 걸 게다. 울며불며했던 것은 그걸 가리기 위해서였거나 울며불며가 그것을 가렸거나 둘 중 하나일 게다.

당신. 죽음을 생각하는 기회를 가져야 비로소 우리는 탄생에 대한 기억을 되살릴 수 있다. 그리고 탄생에 대한 기억은 재탄생에 다름아니고, 내던져진 것을, 내던져지는 것을 다시 거둬들이는 것에 다름아니다. 그게 수태고지였는지도 모르지.

지금은 두려움을 벗은. 예수도 기적과 처참과 황홀경을 벗은. 왜냐하면 기적도 처참도 황홀경도 세례요한이 더 심했다. 고통조차도 험은 악이다. 비통의 검은 눈자위는 죽음 속에서도 지워지지 않겠지만.

왜냐하면 그것만이 죽음을 육체적으로 거둬들인다. 그것만이 고요의 소리를, 동작의 형상을, 형상의 표정을 거둬들인다. 그렇다. 그것만이 생명의 환희를 거둬들인다. 검은 눈자위는 비통의 흔적 아니라 비통 너머 마지막 남은 생의 이니셜 서명이고 죽음 희망이다.

왜냐하면 누가 비교하겠는가, 십자가에 못 박혀 죽은 예수의 고통과, 양손 겹쳐 박힌 그 못을 빼고 그를 내려 다시 양발 겹쳐 박힌 못을 빼내는 어머니의 피에타를? 게다가 누가 예수 고통이 더 크다 하겠는가, 죽음 속에는 고통이 없는데?

그 검은 눈자위를 내가 보고 있는가, 아니면 당신이 보고 있다는 소린가. 그렇다, 우리는 앞으로, 비로소, 정말, 남녀노소 죄 다리 밑에서 주워온 아이일 터. 생전의 그 농담 덕분에 죽음의 광경 우리를 덮치지 않고 다소 낯익고 덜 낯설 터. 하여, 당신, 죽음 속은 생보다 최소한 더 시적으로 약동적일 것이다.

그 아이 더이상 자라지 않는다. 최초의 색, 최초의 소리, 최초의 모양, 최초의 무게, 최초의 구도, 최초의 자장가. 거기 있다. 모든 것이 최초로 있다. 당신도. 최초의 당신으로. 당신의 유년 아니고 내가 처음 만났던 당신 아니고 처음 만났을 때 당신 아니고 최초의 당신으로 있다.

최초의 색은, 소리는, 모양은, 무게는, 구도는, 자장가, 당신은 최초로 색이고, 소리고, 무게고, 자장가고, 당신이다.

이를테면 흑백, 색의 시작 혹은 직전 아니라 그후이자 징조인.

윤곽은 원래 있지 않고, 솟아나며 진다. 당신과 내가 낯익은 거리를 걸을 때 낯익은 윤곽은 발걸음 따라 솟아나며 진다. 당신과 내가 장차 낯선 거리를 걷지 않으리라는 것은 분명하다. 색은 솟아나 비치고, 소리는 솟아나 들리고 무게는 솟아나 내려앉고 자장가는 솟아나 불릴 것이다. 그리고 당신은 솟아나 나를 품을 것이다. 당신과 내가 장차 서로에게 낯설지 않으리라는 것 또한 분명하다.

당신과 나 되살아나기를 꿈꾸지 않을 것이다. 생의 일상은 일상적일수록 욕망의 기괴한, 생식기로 나팔을 부는 빛과 색이 지나쳐 모양을 엉클어뜨리거나 뭉뚱그리는 지옥도였을 수 있다. 다만 그리움이 있을 수 있었다. 사랑의 그후이자 징조인. 우리가 그리워할 수 있다면 그리운 모든 것 이미 당신과 내 안에 있을 것이다. 아니, 그리운 모든 것이 모두 합쳐 당신과 나일 것이다.

이것은 당신이, 당신의 거리, 당신의 점방, 당신의 버스정류장, 당신의 교통신호, 당신의 도시, 당신의 포장마차, 당신의 귀가를 사실 끔찍이도 사랑하였다는 소리인가.

나는 당신이 헤매고 다녔을 그 모든 번화가와 뒷골목을 사랑했다. 뒷골목을 좀더 사랑했지. 거기서 당신이 좀더 혼자였을 테니까. 도시는 당신의 방황이 새기고 나의 기다림이 껴안은 길의 지도였다.

수태고지와 다리에서 주워온 아이 둘 다 자본주의 바깥에 있다. 그것으로 자신의 뿌리인 자본주의를 극복하려 한다는 점에서 현대 기독교 신학과 서유럽 철학은 동전 양면을 이루지, 결코 헤매지 않는 시시포스 도로의.

당신 지금, 당신의 길을 돌이켜보니 당신의 시대 가장 중요한 것은 대신 헤매주는 일이었다는 생각도 든다는 소리인가. 당신 길 두 배 세 배 에두르고 깊어지고, 내가 그것을 감싸안는다.

스스로 초점을 모으지 않고 뭔가 초점이 모이게 하면서, 배경과 초점의 차원을 바꾸며, 형상을 형상이게 했던 형상의 요소를 뒤집어 다시 형상이게 하는 방식으로, 모든 장면은 최초로 등장한다. 색의, 모양의, 구도인 등장. 그 등장의 사소한 압도. 그러므로 밝았던 것은 너무 밝았던 것이다.

최후의 심판 같은 소리. 이것들은 순서 없는 등장이고, 순서 없는 심판은 없다. 생애의 맥락이 없는데 무슨 심판? 등장의 압도 속에 구텐베르크 성경, 이제는 아주 멀쩡한 소품으로 있을 뿐. 구텐베르크 성경은 지나치게 멀쩡했었다는 듯이 말이지.

당신 지금 고통보다 더 견딜 수 없는 것이 점액질 징그러움이라서 생애가 몸을 뼛속 깊이 돌처럼 갈아내는 일과 같았다는 소리인가? 내 몸은 비린내 묻어날 수 없을 만치 매끈한 대리석 표면이다. 비로소, 최초에서 신비가 지워졌다는 듯이.

나를 더 갈아다오. 석공이 돌을 깎아 그 속에 담긴 모양을 내듯 나를 깎아 내게 당신을 새겨다오. 그렇게 나를 최후 심판해다오. 내게 새겨진 당신이야말로 나의 최후 심판이다. 생명이 생명이므로 누구보다 자기 자신에게 비리고, 비리므로 내 안에 악어 새끼 한 마리 똬리 틀고 있는 듯 징그러웠던 기억의 물 씻김, 아니 불 씻김, 매장 말고 화장터 화장 말고 장작불 화장의 그후 같은.

내 귀를 앙증맞은 아기 행진곡들이 흐르는 방, 그 흐름인 방으로 만들어다오. 네케, 제법 으스대는 크시코스 우편마차, 리베로, 없는 내 몸을 없는 당신 눈으로 탐색하는 큐비의 열병식, 레이크, 조용히 난데없는 새 가게, 처칠, 없는 살림의 흥에 겨운 세 마리 아기 돼지, 미하엘 프레토리우스, 없는 내 몸을 없는 당신 손으로 더듬는 숲속의 대장간, 그리고 없는 딴전 피우는 터키 순례병, 삐에르, 어디선가 들려오는 가보트와 파란 돌 춤곡, 그리고 없는 길을 없는 발로 내는 납 병정의 행진, 쇼팽, 없는 현기증이 제 소용돌이를 아름다움으로 펼쳐가는 강아지 왈츠, 예셀, 없는 대오를 제법 갖추는 장난감 병정 행진곡, 르로이 앤더슨, 없는 아침이 없는 양팔 벌려 하품을 하는 왈츠 추는 고양이, 그리고, 없는 시간의 없는 공간을 없는 박자로 짜깁는 싱코페이티드 시계, 오르토, 없는 시간의 없는 시계의 없는 방을 소개하는 시계방, 레오폴트 모차르트, 제법 진지한 것이 제법 유쾌한 장난감 교향곡, 폴디니, 없는 잠이 없는 육체 속으로 기분좋게 깨어나는 춤추는 인형, 차이콥스키, 없는 우스꽝스러움이 모여드는 네 마리 백조의 춤, 베르츠, 없는 옛날 속으로 굴러가는 없는 숲속 없는 물레방아, 생상스, 없는 호수 위 없는 파문이 번지는 백조, 베이버다, 없는 술집 없는 실내를 요란하게 들추는 맥주통 폴카, 프라이어, 그 모든 없음을 압도적으로 상쾌하게 등장시키는 휘파람 부는 사람과 개……

당신. 유년이 우리한테서 사라진 것은 사라지는 식으로 무르익어 이런 식으로 다시 등장하기 위해서였다는 소리인가, 아니면 유년이 최소한 유년 자신에게만큼은 비리지 않기 위해서였다는 소리?

돌돌 말렸던 어린 잎 이제 없고 내 없는 몸 한없는 펼쳐짐 그후다. 당신은 지금 당신과 살을 섞는다는 것이 내게 당신의 무엇을 잉태하기 위한 것 아니라 당신과 나 자신을 잉태하기 위한 것이었다는 소리인가. 그게 무덤 그후였다는 소리인가. 그러나 여기서 저쪽 무덤은 모양이 아무리 부드러워도 아주 딱딱한 느낌일 것이다.

그것도 도로일 것이다. 딱딱함이나 부드러움을 요하는 해체가 여기에는 없다. 여기에는 진행이 없다. 당신과 나의 만남도 진행 아니고, 현재 진행 아니고, 없는 현재고, 부드러움과 딱딱함의 등장이고, 의외로, 아니 마땅히, 역사도 낡음도 없는 최초다.

당신과 나, 아직 죽지 않았지만, 되살아날 수 없다. 당신은 내게, 그리고 나는 당신에게 돌아오는 여행일 수 없다. 그러나 나는 당신에게, 그리고 당신은 내게, 돌아온 여행 그후일 수 있다. 나는 당신한테 두 겹 수줍음일 수 있다. 없는 몸의, 없는 옷 아니라, 비유를 덮은 야만의 껍질을 당신과 나 두 겹 벗겨낼 수 있다. 내 안의 당신 지금 헤어질 것을 알았으므로 서러웠었다는 소린가.

34. 남자

당신. 옛날이 그리도 슬프게 들리는 것은 옛날에도 당신과 나 같은 사연이 즐비했을지 모른다는 생각 우리가 한 적 있었기 때문 아닐는지. 그래서 슬픔이 힘 아니라 위안에 그친 적도 있었던 것 아닐는지. 그 슬픔은 앞으로, 우리 죽은 후에도 대대로 산 자들을 위로할지 모르겠으나 죽음 앞에서는 모종의 자격이 없구나.

죽음을 육체적으로 만드는, 죽음을 단지 돌무덤에 그치지 않는 것으로 만들어주는 액체인 만큼만 슬픔은 죽음 앞 자격이 있고 죽음 속 거처가 있다. 귀는 이제 오는 소리를 듣지 않고 오지 않는 소리 속으로 스며들지. 슬픔은 귀 기울이며 스며드느라 뒤돌아볼 겨를이 없다. 당신 지금 울고 있구나. 울음은 제 속으로 귀 기울이며 스며든다. 그러면서 모종의 무게를 들어올린다.

당신 어떻게 나한테 이럴 수가 있어…… 내가 당신한테 정말로 고마운 것은 당신이 내게 그 말을 한 번도 해본 적이 없다는 점이다. 물론 내가 잘해서가 아니다.

당신이 내 잘못으로, 슬픔의 경악으로 혼비백산했으나 끝내 그 말을 더듬더듬 내뱉지는 않았던 것이지. 한 번이라도 당신이 내뱉었다면 그 말은 지금 얼마 안 남은 내 폐부를 대못으로 갈기갈기 찢었을 것이다. 그럴 줄 알았다면 내가 당신을 슬픔의 경악으로 혼비백산시키는 일 절대로, 차마, 없었을 것이다. 당신 지금 세차게 울고 있군.

내 품에 파묻혀 당신은 울고 있다. 내 품이 울음이라는 듯이. 울음은 방향이 없다. 혹시, 감격인지 모른다. 그보다, 여기서 울음은 돋보기다. 그 속에서 보이는 것은 확대만이 아니지. 부분의 확대가 부분과, 전체를 분명하게 해줄 뿐만 아니고, 수건이 신성의 얼굴 드러낼 뿐만 아니고, 우리는 확대 속으로 이미 들어갔다가 나온 것 같다.

어떤, 비로소의 느낌. 어느 날 정겨운 선배와 후배 들과 모처럼 편안하고 풍성한 점방 낮술자리 거나한데 희뿌예지는 가게 밖 풍경을 더 흐리게 만들며 비가 내리고, 한바탕 쏟아지고, 스스로 흐림을 씻어내고, 그 비에 씻긴 그 가게 밖을 보니 바로 먼 옛날 내 중·고등학교 후문 등하굣길에 붙어다니던 그것이었던 적 있었다는 듯이.

뭐랄까, 원근법 없는 죽음의 편리. 해골 없는 살의 죽음. 고통에 어울리는 경치가 있다는 듯이. 용을 죽이는 신화도 목을 베이는 순교도, 그 둘의 일치도 없다. 배가 부른 신비쯤이라면 모를까. 선이 어느 정도 배가 부르면 위압 없는, 스스로 숨막히지 않는, 색에 달하지. 색칠 금칠한 목각에서는 거꾸로다. 색칠 금칠이 어느 정도 배가 부르면 목각의 윤곽에 달한다. 석탄 묻은 대리석상도 마찬가지. 색의 신비 아니라, 색에서 신비, 색으로 들어가는 신비. 스스로 색이 되어가는 신비, 홀림이 없는.

잠의 꿈에 현실이 묻어나는 정도로 저쪽이 이쪽에 묻어날 수 있는 것이라면 해골은 절벽에서 추락 자살, 어딘가 똥오줌이 묻어들고 묻어나는 더러운 변소, 강간, 이틀간 정원사 눈에 비친 동요의 실상, 연쇄 사냥 살인마의 편리한 연장 같다. 그리고, 그러므로 여기 죽음에 해골이 없다. 그 까닭은 여기 까닭이 아니지만. 왜냐하면 여기 까닭이 없고 그 왜냐하면도 여기 것은 아니다.

역사의 노래가 끝나고 역사성의 회화화, 죽음화. 걸작을 살게 해줄 실내가 있었다는 듯이.

그리고, 그렇지. 엘 그레코 1541~1614년, 세르반테스 1547~1616년, 셰익스피어 1564~1616년, 저쪽에서도 벌써 실내에 살기에는 좀 지나친 면이 있었지. 그 지나침도 해골이고 예수와 세례요한이 동성애를 한단들 그 센세이션이 이 지나침보다 딱히 더 지나칠 것도 없다. 여기, 키워드 없고, 전형 없고, 전형들의 전형적인 관계 없다.

모든 것은 모두 개별이고 개별의 양식이다. 죽은 짐승은 아무래도 정물에 어울리지 않겠지. 죽은 짐승은 정물에 너무 과한 생명이다.

여기서 보면 그림에 혼이 없다는 것은 죽음이 없다는 뜻이었다. 현실에는 죽음의 구도가 있다. 아니 현실이야말로 죽음의 구도다. 들여다보면 인물이나 건물이 없어도 혼이 있다. 그러나 서툴고 모자란 풍경화는 어딘가 죽음을 그리는 데 서툴고 모자라서 서툴고 모자란 것 같다. 초상화도 그렇고, 성당화도 그렇다. 자세히 보면 모든 서툴고 모자란 신화, 그리고 온갖 서툴고 모자란 장르 예술 작품이 바로 죽음, 그리고 죽음의 구도, 그리고 죽음이라는 구도에 대해 서툴고 모자라서 서툴고 모자란 것 같다.

하긴 자연의 몸을 제 예술의 몸에 받아들여 죽음 예술의 몸으로 외화해야 하는 풍경화가 어디 쉬운 일인가. 그런 생애의 몸을 제 예술의 몸에 받아들여 죽음의 죽음 예술로 외화해야 하는 풍경화가 초상화는 더욱, 그것을 자기 죽음 예술로 외화해야 하는 풍경화가 자화상은 더더욱, 어디 쉬운 일인가. 음악가, 소설가, 시인 초상, 그리고 자화상은? 얼핏 인상주의가 장땡이지.

아기예수를 경배하는 목동들은 천사들이 함께 있어도 곧장 동식물의 자연으로 이어지지만 음악과 회화는 거리가 아주 멀기에 악기 그림은 아무리 잘 그려도 좀체 악기 소리를 내지 않았었다. 달의 여신으로 처녀를 지키는 아르테미스는 자신의 벗은 몸을 보았다는 이유로 악타이온을 사슴으로 변형시켰다. 사냥꾼이 거꾸로 사냥당하게 만드는 거지. 결국 그는 갈기갈기 찢겨 사냥꾼 늑대들에게 먹힌다.

딱히 알고서 일부러 훔쳐본 것도 아닌데 왜 그토록 잔인한 벌을?

알몸을 보았다는 것은 핑계였지. 그녀는 자신의 생식기를 들킨 것이 너무나 당혹스러웠던 거다. 거의 공황상태였던 거야. 사랑과 임신 및 출산이 배제된 여성 생식기는 정말 너무나 흉측하고 끔찍해 보였으니까. 아니면 그녀 자신이, 왜냐하면 생전 처음 들켰으므로, 여성 생식기 자체를, 그 흉측과 끔찍을 생전 처음 자의식 했던 것일까. (왜냐하면 사랑은 두 겹 수줍어 제 섹스 도구에 대해 무의식적이다.) 그게 무덤을 봉긋한 젖가슴보다 더 봉긋하게 세우고, 아예 젖가슴을 젖무덤이라고도 부르게 된 이유일까?

여기는 무덤도 남녀 생식기도 사랑도 임신도 없다. 공포가 없는 것과 마찬가지로 흉측도 끔찍도 없다. 그리고, 여기서 그림들은 인상주의 그림들 아니고, 예술 작품 아니고 완벽한 혼의 풍경이다. 현실은 정말 서투르고 모자란 것이었다는 것을 드러내는 투명 스크린 같은. 풍자도, 우화도, 우스갯소리도, 엉터리 해석도, 없이.

당신 이제 울음이 그쳤는가. 그래야 마땅하다. 살아남은 자들에게 당신과 내가 죽음 말고 또 무엇을 줄 수 있겠는가. 당신과 나의 죽음이, 어느 누구의 의로운 죽음도 죽음일 뿐 산 자들이 해결해야 할 문제를 대신할 수는 없다. 죽음은 어른이 될 수 없다.

설령 우리나라에, 혁명이든 진보든 보수든 바람직한 세대 관계가 없다고 하더라도. 처음부터 이성이 명징한 노년인 볼테르(1694~1778)와 끝까지 열정적인 청년인 루소(1712~1778, 그래 둘 다 같은 해 죽었구나), 그러나 역사적 목표는 같았던 그 둘 사이 아직 없고, 낭만주의에서 고전주의로의 이행을 완만하게, 점잖게 완성한 선배 괴테(1749~1832)와 그 행로에 자기 행로를 빠르게, 과격하게 겹치던 중 먼저 죽은 후배 실러(1759~1805) 사이, 선배 생애가 후배 생애뿐 아니라 그 전후까지 보듬어주게 되는 그것 아직 없고, 의외로 선배지만 갈수록 의식 첨예해지는 도스토옙스키(1821~1881)와 의외로 후배지만 처음부터 세계관이 현실세계보다 더 넓고 깊었던 톨스토이(1828~1910) 사이, 늘 새롭고 갈수록 새로운 그것 아직 없단들, 그리고 그것이 성립될 여건이 갈수록 좁아지고 있다 하더라도, 죽음이 바람직한 윗세대 혹은 바람직한 아랫세대 역할을 대신할 수는 없다.

산 자가 죽은 자에게 그걸 요구한다면 그는 하이에나와 다를 바 없고, 죽을 자 스스로 그걸 바란다면 그는 아무 소용없는 지상의 찬탈자로 자신의 죽음까지 무화하는 셈이 된다.

어쨌거나 당신. 당신 울음이 나를 이렇게도 많이 되살려놓았군. 짜장면보다 더 비싸지만 까짓것 탕수육 한 접시 시키면 어김없이 서비스로 곁들여져 배달되던 중국집 군만두 생각날 정도로. 웬 사람들이 마구마구 떠오를 것도 같고. 아니, 그냥 졸린 건가? 그러고 보니 졸린 느낌도 참으로 먼 데를 돌아 다시 왔네.

먼 데서 근육이 욱신욱신하는 느낌이기도. 점점 졸리면서, 잠에 빠져들면서 그런 식으로 되살아날 것 같은 느낌이기도. 웬 사람들은 여전히 웬 사람들이면서 한두 명 더 늘어난 느낌. 아주 천천히지만, 계속 그럴 것 같은 느낌. 영향이 있고 진전이 있을 것 같은 느낌.

혹시, 두 겹 수줍은, 수줍던 느낌.

당신. 당신의 울음은 내게 어떤 메모를 남기고 그친 거지? 고개 돌려 뒤를 보아도, 돌이킬 수 없을 것 같다는 생각이 이제 들지 않는다. 그리고 이제 불안하다. 당신 눈물 흘린 것, 맞나? 어떤, 죽음을 돌이킬 수 없는 자한테도 치명적인, 일이 벌어졌나? 누가, 저질렀나? 당신과 나한테 아직도 저질러질 것이 있단 말인가, 당신?

영향과 진전은 느리고, 너무 졸리다. 없는 바닥이 꺼지고 무겁게, 빠르게 가라앉는 느낌. 안녕도 못 하고 당신은 내 손을 놓았나, 완전히 깨어났나, 너무 높은 세상 속으로? 아, 구덩이, 잠!

35. 여자

물감 덩어리는 물론, 명암이 명암들로 쪼개진다. 삼차원은 태어날 때부터 본능이고 사차원은, 시간이니까, 이해하는 데 시간이 좀 걸리고, 정작 이해하기 어려운, 어려웠던 것은 이차원 아니었을까? 의문이 그런 식, 그런 방향으로 드는 것은 죽음에 좀더 가까이 와 있다는, 죽음의 몸을 피부로 느낀다는 뜻일 수 있겠지. 주물럭거리는 조각보다 그리는 회화가, 천연색보다 흑백이 더 더뎠음을 확인한다면 더욱. 소름 끼칠 것도 없이.

자연관에서 '관'을 뺀 자연. 인간은 물론 동식물의 '관'도, 생명의 '관'도 뺀, 우주 기계인 자연. 허리께로 번지는 선경과 슬하 민가와 꼭대기 암자는 물론, 바위들의 속삭임과 얼굴 형용은 물론, 그린 자 자체가 없는 동양 흑백 산수화. 마침내, 흑백도 없는. 보는 자 없고 보이는 것 없고 마침내 보는 행위가, 봄이 전체 세상인 자연.

서양 산수화는, 인간과 동물과 식물이 있든 없든, 시민혁명의 영국, 17세기에 이르러서야 자연이 기괴 혹은 종교를 벗고 자연스러워지지만, 이 자연은 그 자연 아니고, 정반대지. 화가 입장에서 이제 좀 먹고 살 만해졌다 싶은 자연, 금강산도 식후경인 자연, 벌레가 살고 있을 것 같아도 괜찮은, 그게 오히려, 비로소, 더 자연스러운 자연. 한마디로, 인간 그 자체의 '관'의 자연이니까. 신대륙도 그랬겠으나, 행인지 불행인지 상어가 있었지. 어쨌거나, 그 자연을 뒤집은 자연.

형체가 없는데도 모든 것임이 분명한 모든 것이 지나간다. 속도가 없다. 정다운 선물들의 진열처럼, 뭔가 세월인 듯 지나가고, 속도가 없다. 내가 무엇을 타고 가는 거 아니고, 아예 가고 있는 게 아니고, 내가 정지해 있는 것인데도, 정지해 있다는, 의미가 없다.

원시인의 자연은 물론 원시 자연도 아니고 자연의, 자연에 의한, 자연을 위한 항상 자연. 이차원이면서도 그것에 비하면 삶이 오히려 남는 것 백지 한 장의 기하에 불과해 보일 것 같은. 그리고 영원이야말로 일차원일 것 같은.

그것이 죽음일 수 있을까, 죽음 상태 아니라 죽음 자체일 수 있을까? 모든 완성이 희미해진다. 생이 왕성했을 때도 못 붙잡았던, 사라지는 것들을, 지금 어찌 붙잡겠는가. 내가 아는 당신의 분량은 이미 완성 이전 스케치의 완성 이후 기억만큼일 게다.

완성이 희미해지는 만큼 그 이전 스케치의 기억이 그후 더 생생해질 수 있을까? 없겠지. 시간도 공간도 없지만 여기서도 스케치의 운명은 완성과 더불어 소멸이다. 그림의 언어이므로 더욱.

아니면 일반명사가 고유명사로 되기 직전, 이를테면 남대문이 남대문으로 되기 직전, 그러니까 남쪽 큰 문이란 뜻을 완전히 잃기 직전, 뜻이 남아 있는 그 분량만큼 당신이 남아 있는 것일지도. 그리고, 죽음은 아무래도, 완전한 고유명사, 고유명사의 최종적 완성이다. 맥락이 없는 여기서도 이외는 이전이 아니고 너머는 더욱 아니다.

생각건대 부끄럽지 않게 열심히 산다는 게 살아생전 벌써 슬프고 아름다운 일이었으므로, 당신과 나의 이차원, 고유명사는 당신과 나에게 더더욱 아름다울 것이다. 산 자들의 세상에서 산 자들이 당신과 나의 처참을, 의미 있게, 그리고 아름답게 만드는 것은 그들 세상을 위한, 그들 세상의 미래를 위한 그들 일이지 우리가 할 수 있는 일이 아니겠지. 처참의 기억을 그냥 두면 미래의 예감이 처참으로 물들 테니까.

독일 고전음악의 3B를 당신이 모를 리 없겠지. 그래, 바흐(1685~1750), 베토벤(1770~1827), 그리고 브람스(1833~1897). 독일 파시스트들이 그들 음악을 활용했다는, 활용할 수 있었다는 건 별로 중요하지 않아. 음악은 악용당하는 순간 스스로 망가져버리고, 망가진 것은 음악의 죄가 아니지. 망가뜨린 사람이 나쁘거나, 망가진 음악을 활용했으니, 아둔한 거지. 우리가 고전이라고 부르는 모든 음악과 예술 작품은 예술적 아니라 정치적으로 이용되는 순간 망가져버린다.

어쨌거나 내가 당신한테 무슨 음악 얘기를 하겠다는 소리일 리 없겠다. 내가 당신한테 해주고 싶은 말은, 내가 보기에, 그 근면한 독일 사람들 대부분이 3B를 좋아하는 것은 3B 음악이 파시스트적이라서가 물론 아니고, 파시스트적임에 불구하고도 물론 아니고, 산 자들은 어쨌든 살아 있는 동안, 살아 있으니까, 살아 있다는 이유만으로, 뭔가 노력을 하게 되어 있다는 것, 그것을 그들이, 그 음악의 대가 셋이서, 마치 대를 잇듯, 십오 년에 이 년 모자란 동안 삼대를 음악 몇 시간으로 잇는 듯한, 그렇게 늘 이어주는 듯한 느낌을 주기 때문이라는 거.

평생 인간 고통의 극한을 떠안고 사는 한편 내내 기고만장했던 베토벤은 만년에 이르러 바흐 푸가 기법을 한바탕 전쟁 치르듯 파헤치고 분석한 후 최후의 현악사중주들을 남겼고, 많은 음악평론가들이 그 작품을 인간의 음악이 도달할 수 있는 최고의 경지로 친다지.

베토벤을 앞세대로 둔 브람스 얘기는 참으로 슬프고 아름답게 들려. 작곡을 하면 할수록 베토벤이 너무 커 보여서 현악사중주는 물론이고 교향곡, 피아노협주곡 등등 거의 모든 장르에서 작품 수가 베토벤의 반에 못 미친다는, 더이상 해봐야 소용없다고 체념했다는, 그래서 '브람스의 숫자'라는 말이 생겨났다는, 하지만 브람스가 스스로 의식적으로 생각했던 베토벤의 벽은 사실 자신이 스스로 무의식적으로 세우고 키워간 벽이고, 그 자신 평생 콤플렉스에 시달렸겠으나 사실은 그가, 베토벤이 더 오래 살았더라도 쓸 수 없었을 수준의 베토벤 교향곡, 협주곡, 현악사중주를 몇 개씩이나 써준 셈이라는 얘기.

3B의 삼대 백오십 년. 이건 흡사 그 전후 역사 전체의 역사발전을 육체적으로 응집한 듯하잖아? 그 육체는 생의 육체 너머 죽음의 육체처럼 보이기도 하잖아? 당신과 나 아니라, 살아남을 자들의 희망과 연관된, 그리고 한참 동안 고생만 할 뿐 아무것도 못 이룰 자들에 대한 위로와도 연관된 생의 육체 너머 죽음의 육체 말이지.

아직 삼차원이 남았는가. 어떤 연결되지 않은 동작, 아니 동작은 아무래도 너무 과한 표현이고, 어떤 제의, 어떤 매너, 혹은 어떤 그림 언어쯤으로, 가운데가 높아지려는, 그렇게 안정을 꾀하려는, 산을 닮으려는 나의 습관은 남아 있다. 양쪽 경사가 대칭을 이루지는 않고, 따라가지 않고, 어긋나고, 어긋남이 별것도 아니고, 편할 것도 불편할 것도 없는. 산도 그것이 오히려 중력을 무마하는 나름의 방법이었을 것이다. 성부와 성자와 성신도. 십자가 양팔 벌림도, 산을 따라 했을 것이다.

3B 삼대가 역사보다 더 두드러진 역사의 땜통이듯이. 땜통해야 할 데가 절반을 훨씬 넘으면 아예 엎어버릴까 생각도 해봐야겠지만, 하다보니 반 이상을 땜통한 셈이 되면, 그게 더 다행한 결말이다.

그런데 지금 내게, 처음과 끝이 있어 역사가 있고 희망이 있는 음악의 시대는 끝나고, 디자인의 시대가 시작되고 있다. 죽음의 디자인 시대.

거울처럼 그대로 있는 유년이 성년과 직접 부딪쳐 파탄하는, 경악한 디자인. 자신이 하나님의 아들이란 걸 알았더라면 아기예수는 얼마나 무서웠을까, 그리고 자신의 핏덩이 더러움이 더더욱 얼마나 이상하고, 징그럽고 끔찍했을까. 누구나의 유년도, 스스로 유년임을 깨닫는다면 그런 것 아닐까.

내년이면 이 정권은 망한다…… 그런 말을 이삼 년도 아니고 십수 년 혹은 그보다 더 오랫동안 틈만 나면 하던 사람, 혹은 사람들과 당신은 살아왔다. 죽도록 고생한 사람일수록 더하지. 정말 불쌍하게도, 자신의 평생을, 수십 매 역사발전법칙 도식으로 설명하지. 어떻게 보면 자기최면이고, 어떻게 보면 주문을 외려는 욕심. 그걸 신념으로 추켜세우며, 아니 세우는 척하면서, 혹은 게을러서, 언론은 사태를 더 악화하고.

서로 정반대 이야기가 둘 다 같은 내용이라며 사이좋게 악수하는 자세로 지면에 자리를 잡거나, 거꾸로, 둘 다 고만고만하건만 철천지 원수인 듯 대결 자세를 취하거나.

세계관의 엄청난 협소화를 초래한 엄청난 수난을 존경하면서 당신은 살아왔다. 죽음이 그 도식의, 해체일 수 있을까. 죽음은 생에, 수혈일 수 있을까?

먼 훗날 신성 가족 이야기를 기록한 성경을 바로 그 신성 가족이 들고 앉아 읽을 수 있을까, 꽃의 화사 아니라 풍성, 혹은 육덕이 있을 수 있을까?

아무리 구석구석 뒤지고 살펴보아도 인식한다는 것은 그 구도, 인식의 그전과 그후를 인식한다는 것이다. 천방지축에 천방지축의 사방이 있다는 것이지. 총천연색의 직전 혹은 시작 아니라, 희미한 그후인 흑백이.

죽음도 몰려오고, 말살도 몰려온다. 자살만 몰려오지 않는다. 아직까지는 정신이 건전하군. 중국 한나라, 만주 요양 땅에 묘가 마련되고 벽화가 그려졌다. 제목은 〈장례식에 도착하는 손님들〉. 장례식 호사를 죽음이, 주검이 매일 저승 잠에서 깨어날 때마다, 계속 누리라는 뜻인가. 죽음은 바로 그 자리, 무덤 너머 정말 아무것도 없다는 뜻인가. 누가 누구를 문상하는 건지 모른다는 뜻인가. 문턱 너머가 바로 죽음이라는 소린가. 혹시 죽음의, 혹은 생의 인구가 너무 많다는 소린가.

종교는 멀리 전파될수록 희박해지고, 강경해진다. 종교 예술은 다르지. 그것은 변방일수록 더욱 찬란한 꽃을 피운다. 그게 혹시 죽음일 수 있을까. 내가 사라지려 한다. 문상객 하나 없다.

인테르메조2, 혹은 때 이른 에필로그

에우리디체와 오르페우스 :

뒤돌아보지 마라 사랑은.
한날한시 세상 뜨면 우리
각각의 저승 어딘 줄 알고
찾아 만나겠는가.
떠남이 있어야 뒤따라
만남이 있는 것이
저승인지, 아니 저승
이었는지 모른다.
너무 늦지 않는다면,
않았다면 다행일 뿐이다.
내 눈은 깜깜한 장막이 된다.
당신도 그러한지.

36. 여자

그이가 오신단다. 어머나. 어머니. 내가 여자였구나. 여자는 어제다. 있었고, 지나간. 거쳐갔던 모든 것들이 다시 거쳐간. 뒤돌아보지 않고.

—글을 썼다, 쓴다는 것처럼.

—새뮤얼 존슨 전기를 쓴 게 보즈웰이던가, 아니면 존슨이 보즈웰 전기를?

노. 여기서, 자문 아닌 질문의 의문부호는 금물. 그건 쓸데없는 중력을 입히는 짓. 전기 작가의 전기 속에서만 존재한다는 거, 좀 그런가 싶지만, 여기와 상관없는 지상의 유명이나 유명세 문제를 굳이 따져보더라도(보즈웰은 재야학자 새뮤얼 존슨의 전기를 아카데미 미술 창시자 조슈아 레이놀즈에게 헌정했다), 어쨌든 〈새뮤얼 존슨의 생애〉를 쓴 제임스 보즈웰이 아무리 거저먹었단들, 새뮤얼 존슨 전기 작가로 유명하니까 새뮤얼 존슨보다 더 유명할 수는 없다는 거.

왜 글을 썼던, 쓰는 걸까. 자신의 생의 육체를 잘라 먹이며, 죽음의 육체를 만들었을까.

어쨌거나, 이리 옮겨오지 못하고 가져오지 못할 죽음의 육체를 왜. 여기도 그 정도 액자는 있다. 전기 아니라 자서전 액자. 예술 장르별 주례사도 물론. 같은 해 태어나 같은 해 죽은 제임스 조이스와 버지니아 울프가 서로를 액자화하는 액자는 여기서 더 분명하다.

그밖에, 여기서는 셰익스피어 전집을 번역하는 게 이상하지 않고 당연하지.

—그건 그동안 세상이 바뀐 거고.

셰익스피어와 세르반테스가 같은 해 죽은 그 액자가 그리 다행일 수가 없다. 하이데거는 비트겐슈타인과 같은 해 태어나 비트겐슈타인보다 너무 오래 더 살았군. 그건 여기서 처치 곤란.

고대로 갈수록 위인들은 역시 질서정연하게, 차례대로 태어나 차례대로 죽더라구. 생몰 연대가 좀체 안 겹쳐.

여기는 그런 느낌이 약간 있다. '합리적'이 '군사적' 아니라, 군사도 합리인 느낌. 그 왜, 미군 캠프 도서관 장서의, 책표지를 한 번 더 싼, 무슨 푸대 느낌의 국방색 바탕 종이와 투명 셀로판지 양수 겹장의, 원래, 책표지 생김새를 두툼하게 튼튼하게 만드는

LIFETIME^{R} DUPLEX

SELF_STICK

ADJUSTABLE

Book Jacket Cover

BRO

DART

책 껍데기 같은 느낌. 여기도 시 잘 쓰는 사람 한두 명 아닐 것이다. 그이가 오신단다. 방금 전 이빨은 닦았나. 기억에 없지만, 닦았겠지. 그이가 오신다니까. 그건 이빨을 닦은 느낌이다.

—색하고 잠자리를 같이했어, 잤다구.

—그건 네 맘. 울긋불긋하게 괴팍한 노인네하고도 자는 판에. 지가 20세기라나 뭐라나.

그게 내 마음이다. 라벨 〈볼레로〉가 끝날 때까지 꼼짝 않고 들을밖에 없었다고? 〈볼레로〉를 듣는단 소리냐, 꼼짝 못할 일이 있었단 소리냐? 여긴 강간의 기억이 없다. 화간도 없지. 섹스 그후니까. 그후야말로 진행형이고.

그런 얘기가 있기는 했었다. 라디오 클래식 음악방송 시간에 그걸 트는데 엔지니어가 들으니 처음에 소리가 너무 작아서 키우고, 더 키우고, 그러다 너무 크다 싶으니 줄이고 다시 줄이고 그래서 그 방송 듣는 사람은 아주 밋밋한, 소리 강약 없는 〈볼레로〉를 듣게 되었다는…… 그게, 강간이란 건가?

—몸 좀 들어올려봐.

그이가 오신단다. 들일 다녀왔다. 약초 향초는 땀을 흘리는 새로운 방식이 있지. 냄새가 본성이나 특징 같다. 씻어도 씻어도, 가장 깨끗해도, 아주 지워지지는 않는. 역대 그 숱한 화가들의 그림이 이름으로 있었다는 듯이. 코를 킁킁대던, 현장답사 다녀왔다.

누가, 아가씨라고 부르는 것도 같더군. 그것, 참, 소리는 없었던 것 같아. 깨알같이 작고 무수했던 게, 바람이었나, 산들바람? 어떤 분야보다도 더 깨알같이 작고 무수했던, 그것을 역사상 가장 격동했던 당대라고 했던가? 새로움 자체 아니라 새로움의 늘 새로운 양식. 미래의 고전 아니라 미래라는 고전. 미래의 진행이라는 걸작.

—그 노인네 나이 아흔아홉이 넘어서도 취미가 계속 새로운 질병들 찾아내고 파악하고 분류하는 거더라니까? 제 몸뚱아리 안에 스멀거리는 질병들만 해도 노숙자 수두룩 떼거지겠건만 말이지. 그걸 죽음에 대한 집착이라고 해야 하나, 삶의 필사적이라고 해야 하나?

의자 침대에 나는 누웠고, 앉았고, 다시 누웠고, 내 등이 높았고, 그건 의자 등이었고 그는 알토 뭐라는 핀란드에서 온 남자, 아시아 종족이 몇천 년 걸려 거기까지 갔다가 비행기 타고 날아온, 모나리자 얼굴 표정이 몸인, 그래서 다소 살냄새 나던 신비가 아름답게 수습된, 깊고 깊은 여자. 내 등은 등이 더 높은, 딱딱하지 않은 의자.

그이가 오신단다. 오, 눈앞에 이, 깨알의 깨알 같은 글씨들. 나는, 다루기 힘든 타타르 여자, 코끝에 진동하는 땅냄새에 잔뜩 취한, 기분 좋은 육체의 약어, 로마로 이르는 모든 길 아니라, 숱하고 숱한 길. 기억은 나의 액자 틀. 등 높은 의자. 등높이 의자에 앉았던 기억은 나의 주물집. 조금은 딱딱해도 좋은. 참으로 간절하지 않다면, 바이올린 소리가 무슨 소용인가.

지옥이 아이큐가 높은 소산이라구? 환락의 우스꽝이 일순 소름 끼치도록 징그럽고, 그게 내 몸 같고, 내 몸 지옥 같은 경험 없었다면 번화가가 삽시간에 빛을 잃기는 했겠지. 힘센 생명이 약한 생명을 먹고 가장 약한 미생물이 모든 생물의 생명을 갉아먹으며 생명의 전체를 유지하는 일이 있을 수 있었다니. 그래서 기린이고 코끼리고, 사자고 호랑이고, 그래서 꽃이고 벌이고 감자고 고구마고 지렁이였다는 일이 있을 수 있었다니. 사랑은 그 비유의 범벅이었나, 씻음일 수 있었으나 참회 아니고 씻김 아니었다.

죽음도, 벗기고 나니 그 모든 게 그냥 얇디얇은 한 꺼풀이었다는 거. 죽음도 참회는 아닐 것이다. 여기는 땅이 없다. 팔 수 없고 묻을 수 없지. 그냥 한계를 벗고 나니 그것이 한 꺼풀에 불과했다는 것을 뒤늦게 깨닫게 되는 거.

오래된 시가지, 오래된 건물, 대사관 아니라 영사관, 오래된 집, 오래된 정원, 일제와 뒤섞인 구한말과 일제 식민지 기억이 묻어나는 건, 그것들이 원래 여기였다는 소린가? 한편으로 오래된 자위도 있었다는 소리, 한 손으로 다 끝낸 치욕의? 묘비는, 유물은 여기 흔적도 없는데? 무덤 바깥은 무덤 바깥이고 무덤 속은 무덤 속이다. 절대 합쳐질 수 없지. 그사이 등높이 의자 하나는 있고.

물론, 무덤은 각자의 가장 완벽한 고유명사다. 슬픔에 빠져 죽은 자 슬픔은 훌륭한 위안의 무덤이지. 너무 일찍 죽은 자 때 이른 죽음이 훌륭한 위안의 무덤이고, 무덤 바깥은 난리도 그런 난리가 없다. 그래 뼈가 있고, 살이 있고 아픔이 있었지. 그건 분명 저쪽이다.

슬픔은 원래 여기였나, 상실은 원래 여기였나? 흔들리던 것은 어깨 아니고, 가죽 꿰맨 데가 다시 찢어지던 것은 얼굴 표정 아니고, 딱딱 부딪치는 것은 이빨 아니고, 경계였던가? 그래서 그렇게 난리였던가, 알거나 느끼거나 믿는 것과 다른, 어떤, 내려갈 것이 당연하던 등산의 습관, 연이 날다날다 끊어져 저 혼자 날 법하던, 그래도 좋고 그래서 그래야 할 것 같은 후렴, 땅거미 지고 지상의 산에, 과수원에 내리는 어둠이 또한 지상의, 인간의, 민가의 온갖 상실의 아름다움을 동반하던 그, 보장을 믿고?

퐁텐블로, 제2차 퐁텐블로파. 뾰족한 젖꼭지를 꼬집고 꼬집히는, 풍성한 알몸의 두 자매. 그들은 중세 동성애로 그로테스크한 게 아니라 원래 여기였기에, 여기를 향해 아름다움이 뾰족하고 묘연하고, 여기서 풍만했었다. 너무 늦게 죽은 사람들은 아직 여기 오지 않았다.

그이가 오신단다. 수십 년 살림살이가 잿더미로 화했던 적, 내가 그 앞에 홀로 서 있던 적, 내가 그 현장이었던 적, 있었던 것 같다. 날씨 서늘하고, 나는 기다리고 있는 것 같다, 나의 수습, 나의 연주를. 나라는 무언극을. 나는 너무 일찍 죽은 사람이니까.

선창도 부창부수도 아닌 곁다리의, 오래 쌓아온 것이 분명한, 순조로운 폭발로 나를 불러다오. 결국 마지막 된 눈동자 아니라 정말 마지막인 줄 알고 마지막으로 나를 쳐다보았을 그 눈동자로, 내 살갗을 새까맣게 태워다오. 가장 뜨거웠던 여름날 소금 묻어나던 해변가 기억으로.

파릇했던 봄날, 무성했던 여름날, 그후 무르익었던 가을. 그후 비장의 겨울. ……이런. 이런. 이런. 내가 아직 살아 있구나. 어딘가가 있고 조금 이상한 환경이 있고 그 안에 나의 비장이 있다. 그이가 바로 당신이었던가, 와 있으므로 그이였던가, 오지 않았으므로 그이였던가? 나의 무덤 속이, 바로 당신이었던가, 오지 않았으므로, 혹은 이미 와 있으므로?

이 이상한 환경은 이미 와 있는 당신이었던가, 당신이라는 풍경 너무 세세하고 그럴수록 더 이상하다. 괜히 모든 것이 한 번 더, 더 깊게, 더 샅샅이 파헤쳐질 것 같은 두려움의 엄습. 살아 있음의, 가장 강력한 증거가 이거라니. 어떤 가여운 손길의, 가난한 목숨의 모금 아니라?

이대로 그냥 죽기를 바랐던 것도 잘못이란 소린가, 당신? 그이가 오신단다.

37. 남자

장엄하고 수많은, 피에 물든 역사를 더 장엄한, 그리고 단일한 경치가 압도하는 그림 속에 나는 있다. 수많은 역사들을 흡사 단일화할 정도로 경치는 압도적이다. 그림 속 수많은 역사 중 하나로 있다면 경치가 아무리 압도적이란들, 피에 물든 풍경이랄 수는 혹 있으나 풍경화일 수는 없겠지. 하지만 나는 또한 그림 밖에서 그림을 이상하게 압도적인 풍경화로 보고 있다.

어느 쪽이, 죽음 쪽인가? 쌍방의 합이, 혹은 합의가? 포장지 귀하던 시절 육곳간 고기 끊어 싸듯 헌 신문지에 싼 식칼을 주섬주섬 풀어 손에 들고 칼부림 위협 설쳐대던 백안의 살기는 온데간데없다. 죽음은 뭔가, 험악한 사내들 짓거리를 편안하고 우아하게 감상할 수 있는, 가능하면 속이 비칠 듯 얇고 섬세한 드레스 걸친 여인들의 절묘한 각도, 유리한 위치일 수 있을까? 여성의 자살을 음악으로 만드는, 죽음일 수 있을까?

나는 모래 채취장 같다. 아프지 않게 허물어지고 또 허물어진다. 내게서 떨어져나가는 모래들이 내 몸의 기억이기는커녕, 내 몸 아니었으면 하는 바람도 막연히 허물어진다. 왜냐하면 그건 이제 업이 아니다. 얼마나 시간이 지나간 걸까, 내가 얼마나 늙어버린 걸까, 오늘도 젊은 놈들이 밥값 술값을, 다 냈나?

나를 버려두고 갔나, 벌써 날이 밝았나? 눈을 찌를 듯 상업의 햇살 쨍쨍한데 짙은 게 하나도 없다. 눈부심으로 눈이 먼 것도 아니다. 눈부신 내 모래 허리 찬란하게 허물어진다.

어머니는 안 계셨다. 어머니는 나의 세상 구체성의 시작. 비린 맛과 비린 냄새와 부드러운 감촉의 시작, 그것을 통해 보고 듣는 세상의 시작. 어머니 자신의 구체성은? 여기서 거기 죽음 아니고, 거기서 여기 죽음. 여기 어머니가 안 계시다. 눈물이 눈에 고이지 않는다. 다시 한 번 눈에 고인다면 다시 한번 그 속에 그 맛에 그 냄새에 어머니의 처음을 느낄 수 있을 터.

아버지는 안 계시다. 안 계셨던 것은 아니지. 아버지의 그후가 나니까. 내 안의 나보다 더 가벼운 것이 내 안의 나보다 더 무거운 것을 들어올리는 어떤 시골 마을 운동회 같은 것, 그러니까 내 안의 여성을 제외한 모든 것이 나의 아버지다. 일곱 난쟁이가 나의 아버지고, 놓아라 놓으라니까, 그들이 나의 아버지고, SUV, sport utility vehicle, 스포츠 실용차의, 들어올리는 느낌을 뺀 모든 차체가 나의 아버지고, 백 달러 지폐에 짜글짜글 묻은 백 달러 냄새가 나의 아버지다.

아프시겠지. 왜 안 아프시겠는가. 하지만 여기 아버지는 안 계시다. 여기 아버지가 안 계시지 않고, 아버지는 안 계시다. 강이 흐르는 것을 아버지는 보고 또 보고 계시겠지, 살아생전 흘러본 적이 없으셨으니까.

이야기를 이차원 언어로 옮긴 회화사를 다시 회화화할 수 있다면 죽음의 비유에 제일 가까울 것을. 그때, 어딘가 숨어 있다가 그림 밖으로 튀어나오는 게 죽음일지도 모르고. 가장 손에 땀을 쥐게 하는 모험도, 가장 믿을 수 없는 기적도, 가장 쓰라린 비극도, 모두 평범의 심화에 쓰이고 난 후에 말이지.

아버지. 아무리 흘러도 강 이름은 강 표면에 백일 뿐 강 흐름을 닮지 않는다. 모음도 자음도 닮지 않는다. 삶의 기쁨으로 뛰노는 아해들도, 삶의 기쁨이 뛰노는 모양인 아해들도 없다. 아버지. 아무리 오래된 골동품에도 천박한 애절 혹은 간절만 있을 뿐 오래된, 오래됨의 품위가 없다.

아버지, 쓸데없이, 죽은 자 없이 한없이 깊어지기만 하는 죽음의 경치를 그리겠다는 도로. 무슨, 아름답고 푸른 도나우 강물 뒤집는 소리. 생을 갈수록 쓸데없이 쫓고 쫓기는 기괴로 물들이는. 아버지, 청순하고 끔찍한 여성을 아직도 이해할 수 없는, 죄가 많으신, 몽롱을 겪지 못하신.

이 소리는 내 목구멍이 내 목구멍 밖으로 내는 소리인가, 나도 없이, 정말 생은 죽음의 음탕 그 자체였다는 듯이, 죽음은 생의 정화 그 자체라는 듯이?

소리 지를 필요도 없이, 뮤즈의 영감도 도로였다는 듯이? 하지만 이것은, 당신, 소리 아니고, 우리가 언젠가 사랑한 적이 있었다는 사실의, 소리의, 반증일 거다. 내 목구멍이 내 몸 구멍 밖으로 내는, 소리는 여전히 거기 있고, 여기 그 반증이 있다. 다시 죽음은 생의 반증이라는 듯이.

죽음은 비유 그 자체 아니라는 듯이, 처럼, 같은 따위, 비유를 시작하는 동시에, 정처가 생기기 전 끝나는. 눈처럼 희다. 공처럼 둥글다에서, 희거나 둥근 정처가 생기기 전 눈과 공의 '처럼'. 나처럼 목구멍에서 목구멍 밖으로 소리를 내보지, 그 말을 끝까지 다 할 수 없는 나의 처럼. 당신은 그 처럼에, 나의 죽음에 물들어 있을 내게 뭔가를 알릴 수 없다. 처럼에서 문장은 시작되고, 문장이 끝나므로, 모든 것이 끝난다.

하지만, 그러므로, 당신처럼이 내 죽음의 온 세상일 수 있을까, 여기 냄새도 맛도, 감촉의 처음도 없는 당신의 당신처럼이. 당신의 양팔 벌림이 나의 양팔을 벌리는. 당신이, 그리고 나도, 양팔 벌려 십자가에 못 박힌 적 있다는 듯이.

성자는 몰라도 성부까지 합쳐 십자가에 못 박혔다는, 그렇게 했다는 아버지의 그 양팔 벌림은 여기서, 어떤 안방에 걸린 그림 테두리 밖으로, 우스꽝스럽지.

예수 염습도 세세히 따져볼수록 그렇군. 뭘 모조리 씻어내고 뭘 절대 그대로 두겠다는 건가, 뭘 덮고 뭘 드러내겠다는 거지? 여긴 단말마가, 피 흘리고 냄새나는 십자가 고통이 아름다워질 때까지, 거의 영영 멀어지는, 멀어진, 안방이다, 당신의, 당신처럼.

몽유병자가 자신의 몽유 행각을 기억한다고 하더라도 그건 비로소 그의 꿈이지 현실은 아닐 것이다. 이미 지나가버린 현실이 어디 있겠는가. 하지만 정말 무슨 기억이 어떤 형태로든 난다면 그는 몽유 아닌 지금 현실보다 그 기억의 완성에 더 집착하겠지.

내 지금 처지가 바로 그런 몽유병자다. 그, 꿈속에 당신은 고통이라는 이름으로 나와 함께 있었던 것 같고 그 고통만큼 당신은 내게 현실일 것 같다.

고통은 유형이 없다. 크기가 있다지만 비교가 되지 않는 크기다. 누구에게나 고통은 가장 고통스러운 고통이다. 당신은 나와 무슨 고통을 함께 겪었기에 당신, 당신처럼, 이리도 편재적인가, 의미를 갈기갈기 찢긴, 낙서와 같은 형용인 채로?

나를 보는 당신의 아주 솔직한 시선을 느낀다. 손에 닿는 것을 머뭇머뭇 만지작대는 당신의 손길을 느낀다. 그러나 당신이 당신 자신을 보고 있는지도 나는 단언할 수 없다. 당신은 당신 아니라 당신 자화상 같다. 당신 말고 아무도 본 적 없는, 당신도 그후 종적을 감춘, 당신 자화상. 홀로 어찌할 바 모르는, 또한 몽유중인.

얼굴 없이 홀로 남은 가면 있으면 그건 구체가 추상의 외양이라는 생각. 그 생각 저 혼자 따지고 보면 그건 가면이라는 인위와 명명 이전 유년의 응집. 계절도 인위적으로 울고 웃기 이전, 인위적인 응집과 확산 이전에.

시커먼, 뚜껑 없는 석탄 화차 차량들 덜커덩거리며 서로 떨어질까봐 연결 쇳덩이 부대끼며 지나가는 시커먼 눈물이, 눈물의 '시커먼'이, 분명 있었다. 그리고, 계절들이 저마다 자동 열쇠를 잠갔다. 안방을 찢는 그 귀신 방정 떠는 소리, 귀신 테두리를 벗어나며 흥분하는 소리.

그 소리, 당신이었나, 당신 테두리를 벗어난 듯 당신 몸속으로 잦아들던 그 신음이었나? 아니 혹시, 고문의 고통이었나? 그렇게 우리는 유년을 벗었나? 그렇게라도 당신 몸이, 맛이, 냄새가, 감촉이 되살아

오는 그게, 맞는가, 그래도 되는가? 바로 내가, 사랑은커녕 강간의 의미조차 없이 당신을 고문한 것이었다고 해도?

되살아나는 조형이, 왜곡된, 아니 제멋대로 마구 왜곡한 결과, 아니 왜곡하는 과정이라 해도? 당신처럼이 당신 아니고 당신이 당신 아니라 해도?

—그만. 그만해.

이것이 당신?

—그만. 그만해요.

이것이 당신?

—그만. 그만하라니까!

이것이 당신? 그만. 정말 그만. 여기 낭만은 여전히 용감하지만 낭만주의의 자리는 이미 비겁과 엄살의 신화와 알리바이밖에 없으니, 무슨 일이든 벌어질 수 있는 사태는 이제 그만. 아니, 당신 아니라, 내가 사라지는 게 더 좋겠지. 주체가 사라지면 잔학도 고전의 아름다움에 달한다.

—그것은 나에게 더, 아니면 당신에게 더?

인정. 나에게 더. 내가 내 문을 닫으면 안 되겠지. 당신은 늘 내게 문을 열어주고 나는 늘 내 문을 닫았던 기억이 있다. 그게 전생이라면, 내가 또 내 문을 닫는다는 건 있을 수 없는 일이지. 문을 닫고도 내 방은 밝지 않았다.

가렵구나. 비가 내리고 그 밑으로 뭔가 많이, 허물어지는 것과 달리, 씻겨 지워지는 것 같다. 그 위로 떠오르는, 확실히, 확실성이 다른, 말짱히, 말짱함이 다른 언어.

—물 한 모금.

그, 언어에 가까스로 닿는 정신. 물 한 모금, 의 내용과 소리의, 합침을 향해 뭉치는 정신. 그게 당신이었는가. 말과 다르게 어딘가 당신 속 기를 쓰던 언어. 그게 나였는가. 당신 속 나를 내가 당신 밖에서 느낄 수 있는 이것이 죽음일 수 있을까. 그렇다면 나는 내 죽음에 여한이 없다.

38. 여자

내가 바라는 것은 당신의 후회, 혹은 자책이 당신 죽음의 모양을 틀 짓지 않았으면 하는 거였다. 내가 당신의 고통을 다 알았다고 할 수 없으니 그 모양을 내 몫으로 해야 우리 사이 비로소 공평한 것인지 모른다. 누구나 공평하게 죽는 일은 있을 수 없지만 죽음의 계산은 무엇보다 공평해야 하니까.

하지만 그렇게 된다면 그게 죽은 우리를 또다시 갈라놓을 것 같다. 당신이 나를 사랑한 거 맞다면, 당신도 그렇게 바란다면. 우리는 입장이 바뀔 뿐이지. 그러니 나도 당신만큼 고통스러웠기를 바랄밖에.

그리고 그 고통이 내 죽음의 모양을 틀 짓지 않기를 바랄밖에. 봄비가 그래서 촉촉이 지상을 적셨고 흘러간, 오래된 유행가가 오래되며, 흘러가며 까닭 없는 슬픔을 그리도 쩍쩍 갈라놓았던 거라고 생각할밖에. 밀월이었는데도 말이지.

—어디였나? 나는 바닷가 여자. 걷는 여자, 알몸으로 서 있는 여자.

펭코, 펭코, 아르키펭코…… 펭코가 아르키에 의당 따라붙으며 저

절로 비워냄의 형상, 오목 퍼냄의 조각을 이룰 것 같은. 펭코, 펭코, 아르키펭코……

여기 자연의 계절은 문을 닫았을 때만 사람 형상으로 음산하다. 형상은 도로지, 사람 형상은 특히. 여기 고정된 것은 없고, 밀집 같은 소리, 모든 것이 늘 변하고, 고정과 밀집, 그야말로 도로니까, 어지러울 것.

—지금, 여기, 당신이라는 말.

물론 도로인 것. 도로일 것. 그러나, 그러니 당신의 가장 가까운 바깥을 그러모아 미소 짓던 당신, 혹시 숨죽여 울었을 당신 모습 또한 그러모으려 하는 나의 변형과정, 내 죽음의 변형과정, 의 고정은 내 죽음의, 죽음에 그런 게 있다면, 유일한 의미일 것. 마치 내게 아직도, 자세히 들여다보아도 뻔하지 않은, 세월이 정결한 돌 은수저 한 벌 남아 있다는 듯이.

—어디였나?

당신이 지워지면 도시는 드러난다. 당신이 집을 비우는 것은 도시 전체를 비우는 일이었다는 듯이. 나는 집 안의 강건한 한 마리 암컷 고양이였지. 외롭지 않기 위하여. 그 야옹 소리 참으로 명징하게 뭉쳤었구나. 지금, 여기 들리자마자 흩어져 사라진, 흔적만 남은 그 소리. 나를 훔쳐보는 것이 누구든, 당신은 아니었다는 소리.

당신은 도시 바깥이었고 집 안에서도 나와 당신 사이 도시가 흘러넘쳤다. 백 년 전, 이백 년 전 박하 냄새 닮은 야옹 소리를 내면서.

당신이 돌아오지 않을 밤 아니고, 돌아오지 않는 밤 아니고, 당신이 돌아오지 않은 밤, 그것이 죽음일 수 있을까.

죽음도 날 그 집 밖으로 도시 밖으로 쫓아내지 못했을 터. 왜냐하면 낯선 것은 죽음이 아니다. 낯설었던 것이 현실이었다. 죽음의 낯익은 색깔이 그 낯섦을 견딜 만하게 해주었던 것. 더군다나 죽음 속은 죽음이 출토되지 않는 도시다. 그 죽음을, 내게는, 당신이 만든다. 당신, 내 몸 어디였나?

당신 혹시 비가, 온다고 했나? 혹시 당신, 빗방울이 떨어진다고 했나? 오, 대답은 금물. 빗방울, 어딘가 비를 벗으며 방울, 어딘가 뾰족해지면서 자칫, 무너져버리면 안 되니까. 당신. 지금 너무 소중하다. 그것이, 그것만이 당신이라는 말이고 실물이다, 꼭 필요한 의미와 적당한 속도와 음정과 음량만 남아 완벽한.

그, 보장이, 그 의미의 속도와 음정과 음량이, 죽음일 수 있을까. 까마귀 유리창 턱에 앉으면 까치도 까마귀 못지않게 불길한 내 생각 속에서?

—비명이, 있었나?

아니면 귀머거리 속 너무 쨍쨍한 뙤약볕 대낮이었나, 그러기에는 초라한 가난이 너무 냄새나고 번잡해서 좀 머쓱했던 너무도 오래전 그때? 여기는 권선징악을 닮은 얼음산도, 의심의 눈초리도 없다.

숨어 있는 것 하나도 없다. 풍경에 등장하는 등장인물도 풍경인 풍경을 바라본다. 그래. 죽음은 모럴도 속담도 없이 풍경화가 스스로 풍경이기를 즐기는 시간.

—다가오지 마.

그래. 너무 다가오면, 닥쳐오고, 덮쳐오는 것 같겠지. 너무 무거운 애도가 있었다는 듯이. 그러나 그 말에 '다시는'이 따라붙지 않는다. 당신과 나, 우린 어쩔 수 없다, 그 말에 파국이 따라붙지 않는다.

서로가 아닌 함께의 애도. 당신에 대한 나의, 나에 대한 당신의 애도 아니라 우리와 더불어 우리의 애도. 그래,

—다가오지 마.

제발. 도르르 말리는 그 말. 찬양과 장관 사이 영광은 소름 돋은 몸이었나? 고통의 솔선도 극대화도, 뱀 지나간 자리는 물론 바퀴 지나간 자국도 없는, 여기, 그런 말, 제발. 회전하는 바퀴도 회전하는 모양 아니라 그 위로 뜨는 회전하지 않는 모양인, 그런 제발.

내 몸의 모처럼 척도 같은 제발. 죽음에 대한 공포를 씻어내는 생의 마지막 미모사 고통이었던 제발.

—다가오지 마.

—흔들릴 뿐야, 당신을 향해.

아냐. 나의 흔들림이 당신이다. 조금 더 지나면 나의 허리가 당신이고, 거기서 조금 더 지나면 당신을 계속 내 허리로 두기 위해 나는 최소한 반도만큼은 넓어져야겠지. 호수처럼 젖을 일도 없겠지만 내가 내 허리 밖으로 무산되지도 않을 것이라 기대하면서.

자동차인 듯 밤길인 듯 당신을 운전하는 기분도 그와 크게 다르지 않고, 그 기분 크게 이상하지는 않을 것이다. 크게 이상한 것은 정말 이상할 것 같다. 그리고 여기서 저세상 유령이라는 생각만큼 이상한 것도 없다. 정말 정체성을 잃은 일이니까.

여기는 바구니 속 아니고 나무 속 아니고 악기 속 아니고 음악 속 아니고 이야기 속 아니고 음악과 이야기 방향 속 아니고 빛 속 아니고 빛깔 속 아니고 고유명사 속 아니고 그냥 속이고 고유명사인 속이다.

여기서 부활은 무엇보다 터무니없는 일에 속하지. 아주 뒤늦은 정

신한테 더 뒤늦은 육체가 그냥 해대는 가르침 혹은 기억에 속한다. 고유명사인 속이 또다른 고유명사인 또다른 속을 방문하는 거라면 또 모를까. 그것도 번거로운 일에 틀림없지만.

날밤, 깐 맛에, 그리고 까는 맛에도 달하지 못하고, 밤 껍질 그 향긋하게 무뚝뚝한 빛깔과 그 무뚝뚝하게 향긋한 내음 사이 불분명한, 당신. 베갯머리송사라는 게 우리 사이 있었다는 듯이. 맘먹고 힘 합하면 못 할 일이 하나도 없을 것 같던 시절이 아무렇지도 않게, 친근하게, 군사작전처럼 강건했으나 또한 사랑니 한없이 수줍고 싱그러웠던, 우편엽서 그리도 소중하고 마음 간절했던 시절이.

정말, 분명 있었나? 아니, 그게 아니라, 질문이나 자문 아니라, 아픔 없이 가슴을 면도날로 긋고 이미 지나가버린 듯한, 그래서 더 선뜩한 느낌. 분명은 분명 분리된다는 뜻 아닌가.

이 분명은, 당신과 나 사이 아직도 분리될 것이 남았다는 뜻 아닌가. 우리는 아직 다 죽지 않은 것. 아직 끝나지 않았다는 것. 더 가야 한다는 것. 더 헤어져야 한다는 것. 이것은 이미 다행스러운 일이 아니지 않은가.

게다가, 정말이라니. 정말은, 현실을, 생을 다시 끌어들이겠다는 내색, 어리석기 짝이 없는. 하지만 밀려오는 것은 우선 나를 향해 나를 위해 그리움으로 밀려오고 나를 덮치는 것이다. 분리는 그 방향과 속도의 결과일 뿐, 밀려오는 것들의 책임이 아니다. 오죽하면 그러겠는가. 내가 생생히 살아 있어도 그러겠는가.

내가 살아온 생애의 모든 광경이 한꺼번에 밀려와야 한다. 그 안에 당신이 있다면 감사, 또 감사. 당신은 벌써 죽었나? 그런데도 내가 아직 살아 있나?

당신은 단 한 번도 말을 못 하나? 밀려오는 것은 언제나 드디어, 마침내 밀려오는 것이다.

말을 해, 당신. 당신 육성으로. 다른 것은 아무 소용이 없다. 단 한 번 나의 생애를 당신 육성으로 물들여주는 것 말고는. 나의 생애 전체가 당신의 죽음에 이르는 춤을 기꺼이 출 것이니. 단 한 번 내 손을 잡아줘, 당신의 따스한 손으로.

그것도 못 한다면 당신과 나, 살아 있단들 살아 있달 게 없고, 죽었단들 죽었달 게 없어. 아니, 그전에, 당신과 나 서로 사랑했단들 사랑했달 게 없다.

—이것이, 당신?

아, 이런. 이런. 이런. 죽음의 죽음이 나를 어지럽게 했구나. 당신. 죽음인 줄 알았던 것의 죽음. 첫 죽음에 이르는 시간은 너무 길었고 남은 기간은 너무 짧다.

너무 가팔라, 죽음이 나를 덮치기 전 내가, 나의 휘청거림이, 나의 무너짐이 죽음을 덮칠 것 같다. 당신. 살았다면 나를 붙들어다오. 죽었다면 나를 받아주리라. 그게 마음속 두 눈까지 감은 나의 균형이다.

당신. 악기는 소리의 무덤이 아니지. 연주자가 소리를 내기까지는 악기가 상상하는 소리가 악기의 음악이다. 악기가 상상하는 소리는 연주자가 내는 음악보다 어느 때든 얼마든지 더 아름답다. 내가 죽기 전까지는 내가 상상하는 죽음이 나의 죽음이고 지금 죽음은 삶보다 더 왕성하다.

계속 왕성하라, 죽음이여. 내 상상력이 다하고, 생각이 다하고 비장의 생명이 다할 때까지, 그리고 그 뒤로도.

살아 있는 동안 내가 상상한 죽음이 나 죽고 난 후에도 지상에서는 나의 죽음일 것이므로.

에필로그

오르페우스

죽음이 죽음을 덮친다. 그러면 그렇지. 죽음은 아무 힌트도 주지 않는다. 나의 죽음이 앞서간 부모, 형제, 누이, 그리고 동지들의 죽음을 덮친다. 보태는 것 아니라, 내가 그들 속으로 가벼워지는 것이다. 사랑하는 당신. 내 속으로 가벼워지기를.

에우리디체

허리가 끊어지는 아픔. 당신. 죽음이 죽음을 덮치며 기어코 당신은 건너갔구나. 그러면 그렇지. 죽음은 훨씬 더 엄혹하다. 그러나 나 허리 끊고 가리라. 사랑하는 당신 허리가 끊어지는 아픔. 내가 당신 속으로 가벼워지고 있다는 뜻이다.

작가의 말

이것은 서로 연락은커녕 서로에 대한 자신의 심경을 남길 수단도 시간도 없이 고문 속에 거의 같은 시간에 각각 따로 죽음을 맞는 두 연인의 상대를 향한 사랑의 심경과 육체 상태를 다룬 이야기다.

살아남은 사람들의 살아남은 이야기가 문학의 자연이라면 이런, 죽음을 스스로 겪는 방식으로 죽음을 위로하는 이 제의는, 말 그대로 문학의, 이야기의, 인위일 것이라고 나는 생각한다.

'~을 하게 해주었다'는 강제의 배려 또는 배려의 강제를 담은 표현이라는 것이 내게 요즘 드는 생각인데, 이 이야기는 문학동네 강태형 사장이 쓰게 '해주었다'는 말을 특히 하고 싶다.

2012년 김정환

문학동네 장편소설
ㄱ자 수놓는 이야기
ⓒ 김정환 2012

초판인쇄 2012년 7월 20일
초판발행 2012년 7월 27일

지은이 김정환
펴낸이 강병선
책임편집 백다흠 | 편집 박지영 이경록 | 디자인 윤종윤 유현아
마케팅 신정민 서유경 정소영 강병주 | 온라인마케팅 이상혁 장선아
제작 안정숙 서동관 임현식 | 제작처 영신사

펴낸곳 (주)문학동네
출판등록 1993년 10월 22일 제406-2003-000045호
주소 413-756 경기도 파주시 문발동 파주출판도시 513-8
전자우편 editor@munhak.com | 대표전화 031) 955-8888 | 팩스 031) 955-8855
문의전화 031) 955-8890(마케팅) 031) 955-8864(편집)
문학동네카페 http://cafe.naver.com/mhdn

ISBN 978-89-546-1882-3 03810
* 이 책의 판권은 지은이와 문학동네에 있습니다.
이 책 내용의 전부 또는 일부를 재사용하려면 반드시 양측의 서면 동의를 받아야 합니다.
* 이 도서의 국립중앙도서관 출판시도서목록(CIP)은
e-CIP 홈페이지(http://www.nl.go.kr/cip.php)에서 이용하실 수 있습니다.
(CIP 제어번호 : CIP2012003215)

www.munhak.com